人間

又吉直樹

suncolor
三采文化

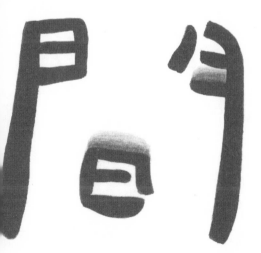

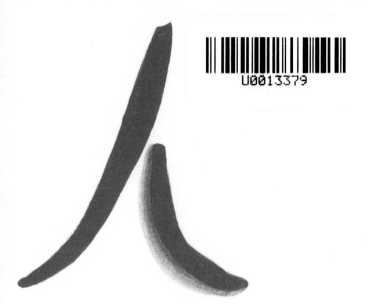

繁體中文版獨家作者序

不管多麼乏味無趣的時間，也不能改變身而為人的事實

又吉直樹

去台灣逛夜市的經驗，我記得很清楚。櫛比鱗次的攤商燈光很美、人們表情溫暖，這些都讓我印象深刻。明明是初次拜訪，也不知為什麼，總有股似曾相識的親切。

要將「人間」❶這兩個字作為小說書名，需要不小的勇氣。雖然是一本虛構小說，但題材都取自於我在自己人生中的所思所感。

無論作家再怎麼努力想細緻描寫人的一生，也不可能一秒不漏地完整記錄下一個人

人間

的人生。作家會省略掉自己認為對故事不造成太大影響的時間。想當然，比起記錄下來的時間，被省略掉的時間來得更加漫長。故事必然會因作者的意圖而經過編輯。許多故事都只集結了戲劇性事件而編寫，要收集日常生活中不經意的平凡小事串聯成故事當然也並非不可能，但這同樣也是作家刻意挑選出來的時間。

那麼，當一個人度過那些被省略的時間時，難道就不能稱之為人？當然沒有這種道理。無論何時、不管多麼乏味無趣的時間，都不改一個人身而為人的事實。人生並非只由記載在年表上的事件所構成，沒有人的人生能單憑一張履歷來講述。

活在故事裡有限戲劇性時間中的這些出場人物，後來過得如何？

大多故事都終結於喜劇收場或者悲劇收場，但故事結束之後，出場人物的人生還會持續。我試著想描繪不得不活在這些後續中的人。就如同沉重的音樂需要終章，故事也可以有一段回歸日常的終章。描寫那些活在沒能被描寫下來的枯燥又精彩日常中的人，是我一貫持續的主題。回顧這個時代時很容易被當作不存在的人，更能深深吸引我。

❶ 日文「人間」：意為人、人類。

我以搞笑藝人的身分來到東京，站在舞台上這二十多年來，活在各種價值標準的檢視中。寫文章這種行為也一樣會受到外界的品評。活在這種環境中，是我自己所願。

另一方面，我所尊敬的雙親則一直過著與這類價值標準稍有距離的平凡鄉間生活。當我思考自己的未來時，在自己軌道前方卻看不到他們的身影。無論我再怎麼努力，都不可能變成他們的樣子。但我也並不打算因此否定自己一路以來的人生。雖然我經歷過許多失敗，但世界並不是只由勝者所構成，也不是只由參戰的人來支撐。在與青春的漫長格鬥當中，我才終於發現了這個理所當然的道理。

我在台灣夜市感受到的似曾相識，或許是因為從在那裡自由呼吸、呈現豐富表情的人們身上，感受到了像我父母親般的溫暖面容吧。

1

也不知道什麼原因，群眾同時高聲尖叫，雖然身處其中，但我太在意周圍的眼光，怎麼也叫不出口。不過可以隱約感覺到現在的狀況如果不大叫可能有生命危險，儘管如此還是叫不出口，真是不中用。如果說是懷抱著堅持，決心緊抿著唇不叫那也就罷了，但我微張著嘴，旁人看了也會以為我好像在叫，我的聲音小到誰也聽不見，只在自己耳中迴響，沒用的東西。精神不夠亢奮的狀況下，連旁邊的人飛濺的口水都難以忍受。我是不是會就這樣死掉？

醒來時的表情不知是帶著悲觀還是帶著笑。醒來時明明感覺很糟，棉被卻一絲不亂。一方面因為剛剛一切都是夢覺得安心，卻也開始漸漸忘記細節。生日這天做的夢，總覺得有什麼寓意，而內容如此平凡的夢也令我覺得無奈。這夢境單純到就像想上廁所時會夢見去上廁所一樣，老套地對自己的痛苦解體、訕笑。

可能我自從出生的那一瞬間之後，再也不曾打從心底吶喊過。大家是不是也都這樣呢？就算不說吶喊，有誰說過跟初生啼聲一樣純淨的真實話語嗎？我有生以來的三十八年，似乎充滿謊言、空無一物。

從床上起身，點上瓦斯爐火。聽著電動磨豆機打碎豆子的聲音，心情才稍微平靜了一些。因為獨居時間長，所以有了泡咖啡的習慣。雖然習慣了步驟，並不代表能泡得好喝。等水煮沸這段時間打開電腦電源，在熟識的編輯寄來的幾封電子郵件中，夾雜了一個久違的名字。是多年沒聯絡的朋友寄來的郵件。

以前念美術專門學校時，我曾經跟一群身處類似環境的學生共度過一段時期。說不上充實，但那的確是一段密度很高的時間。這朋友就是在那百無聊賴的時代裡往來的人之一。我記得對方的長相和名字，可是卻想不起以前自己是怎麼稱呼他的，覺得有點不安。記得這朋友好像放棄畫畫去當上班族。而我雖然沒能當上漫畫家，現在還是繼續畫畫，不知不覺中也開始寫些難登大雅之堂的文章。說真的，我以前真的想當漫畫家嗎？

郵件主旨是：「你的人生就像一堆沒人踩過的狗屎（笑）」。

打開電子郵件前先關了爐火，把熱水倒進咖啡粉。完全無法想像信件會是什麼內容。他可能對日常感到厭倦，決定從今天開始一直痛罵我到死為止。比方說「你的人生就像沒吐過的嘔吐物殘跡」，或者「人生宛如踩過了卻沒發現的手工詩集」。

咖啡香好不容易將我拉回日常。我碎步走向電腦，小心不讓杯裡晃動的液體潑灑出來。看著「人生就像一堆沒人踩過的狗屎（笑）」這些文字，再怎麼想都覺得這句話應該是說給我聽的。我將游標移到這些荒謬的文字上，打開郵件。

永山先生

好久不見。前幾天在美容院翻看雜誌的咖啡特集，裡面的插畫一眼就看出是你的作品，覺得很開心。

對了，還記得仲野太一嗎？以前他也經常出入你住的地方呢。你可能已經知道了，那個仲野現在可了不得了呢（笑）。

用〈Nakano Taiichi 狗屎〉這組關鍵字去搜尋馬上就知道！

雖然同時也有懷念等等許多情感，但總之我先笑了一回合。我很好奇你會有什麼感想，所以特地跟你說一聲。工作請繼續加油喔，我會繼續支持你的！

森本

光看這封電子郵件還看不出發生了什麼，不過看來以前跟自己身處於同樣環境的仲野太一這個男人，好像成了話題主角。

我不太想回憶起仲野這個人。可是仲野的插畫工作發展得很順利，也會在雜誌和網路等媒體上發表專欄，平時的生活中就算不想也難免會接觸到他的名字。

「你一定成不了大器。」

仲野那句預言一直到現在都還滲透在我身體裡。當時我們正在深夜的複合式餐廳裡暢談，我們並沒有爭執，也不是在胡鬧。仲野瞪大著眼睛彷彿在吐氣般說道：「我知道了，你這個人一定成不了大器。」我不知該怎麼反應，沒有回話，勉強擠出笑容想告訴自己這沒什麼大不了，而仲野卻繼續對我說：「因為不管從任何方面來看我都比你優秀。」真是可笑。

被人這樣瞧不起卻笑不出來也無法生氣，可能是因為害怕對方那股沒來由的天真吧。仲野那詛咒般的預言確實成真了，我終究沒能成為兒時憧憬的漫畫家。現在有一搭沒一搭地寫點文章、畫個插畫，掠奪著東京的表層湊合過活。

啜了一口咖啡，還有點燙。

最早遇見仲野時，我剛滿十九歲沒多久。當時的我不知道如何才能成為漫畫家，總之決定先到東京再說。為了有個來東京的好藉口，進了一間美術相關的專門學校，在這裡認識了一樣立志當漫畫家的學長。學長知道許多我沒聽過的漫畫，對製作技法和道具也很熟悉。跟學長聊過後，我甚至開始覺得不安，自己是不是真的想當漫畫家？

學長的朋友參加了在上野的美術館舉辦的新銳藝術家企劃展，他邀我一起去看。展間裡擺了許多位年輕藝術家的作品，有些有趣、有些我看不太懂，但總覺得學長趁此機會在審查我的品味，也就不敢當場冒然說出自己的感想。

之後我們去了附近的居酒屋，一邊喝酒學長一邊問我看展的感想。我早有預感會這樣，所以事先準備好有十足把握能堅定回答的感想。

「整體來說有很多有趣的作品，不過有一幅基督眼中流出血淚的誇張作品對吧？我覺得那種手法有股既視感，太過刻意，感覺很做作。」

我講完之後學長說：「那是我朋友的作品。」

或許我用字遣詞應該再謹慎一點，但就算那是學長朋友的作品，我也無法改變自己的意見。學長對我的感想雖然沒有表達共鳴，但也沒有反駁，我不知道他腦中在想什麼。學長身材瘦高，一頭長髮束在腦後。第一次見面的人看到他的外貌多半會有點緊張，但聊了之後會知道他其實是個很溫和的人，個性一點都不彆扭。

但三杯黃湯下肚後，也不知是不是學長個人近來的習慣，我發現他嘴裡開始頻繁出現「我是流星」這幾個字，就像是喊著什麼口號一樣。比方說「因為我是流星」、「我明明是流星」等等，他好像深信這幾個字無所不能，只要搭配字詞稍加變化就能百搭，但聽的人卻什麼也感受不到，反而越聽越替他難為情。後來我實在聽得很膩，故意反諷地說：「你這個樣子也很像流星呢。」想試試他會不會清醒過來，但學長不知道是真醉了，還是真心陶醉在其中，只是痛快地回了聲：「沒錯！」

走出居酒屋，學長說：「附近有個可以免費喝酒的地方。」就逕自往前走。聽說參加剛剛那個企劃展的學長朋友還有幾個藝大生等美術科系學生就住在附近，距離上野公園走路大約十分鐘左右，那是一棟改建的獨棟老屋，看來應該是多人同住的共享住宅。看起來是好幾棟建築物相連而成，經歷過幾次增建。聽說住在這裡的人都管這裡叫「House」。

走進玄關，右手邊馬上看到一間六坪左右的客廳，五、六個年輕男人坐在沙發上喝酒。他們跟我年紀應該差不多，但是看起來卻成熟很多。其中帶頭的人大家叫他飯島，他面不改色地說了聲「請多指教」，對我伸出了手。看著那個人青筋畢露的手臂，我花了一點時間才知道他想跟我握手。我還注意到一個身穿蛇紋襯衫的微胖男人一直沉默地拿著攝影機拍攝。

住在這裡的藝大生只有三個人，其他入住的人必須跟房客認識，或者從事跟藝術相關的工作，不過看來大家並沒有嚴格遵守這些條件。這裡經常有熟人來隨意過夜，也有人沒經過管理員同意就擅自把房間讓給朋友續租。我從來沒看過成群年輕人共同生活的地方，在我眼裡這裡就好比不良分子聚集的巢穴。

第一次造訪「House」的那個晚上，仲野也在。他戴著黑框眼鏡、黑白直條紋襯衫的鈕釦一直規規矩矩扣到最上面那顆，整個人顯得很拘謹。

跟學長在場的朋友們打過招呼後，從大家對話的內容中知道仲野跟我一樣大。大概因為在這裡還不滿二十的只有我跟仲野兩個人，面對這群儼然藝術家的男人們，我有種不同於自卑的莫名緊張。

仲野坐在客廳沙發上沒有往後靠，一直維持著前傾姿勢笑看周圍。不知道為什麼，我想起那幅基督流出血淚的畫。那幅畫應該不是仲野畫的，不過仲野身上卻有著跟那幅畫一樣的做作。

那天他們似乎一樣很早就開喝，當某個人的音量失控之後，其他人也跟著漸漸放大了音量。把我帶來這裡的學長也無法順利加入大家的話題，只有一次誤判了情勢強行插了一句「流星」，偏偏時機不湊巧，聽起來像是個輕率的玩笑，瞬間全場氣氛一冷，學長臉色鐵青僵硬、自此沉默，我只好喝酒裝醉，盡量不去看他。就在牆上掛的那幅梵谷〈星夜〉（La Nuit étoilée）複製畫好像飄浮起來的時候，住在這裡的一個女人回來了。

「喔，圓香，妳回來啦！」

仲野興奮地拉高那刺耳的聲音，接過她手上便利商店袋子，裡面裝滿了酒，飯島把錢交給她後，她也直接坐上沙發開始喝酒。她看了我一眼，輕輕微笑點頭。我很不習慣這種場合，但更不想受人關注，所以故作平靜。我感覺有股視線在看著我，一抬頭只見一個剃了光頭、雙頰凹陷，看起來很不健康的男人眼睛一眨也不眨地盯著我看。我下意識地別過視線，但我知道那傢伙還是繼續盯著我。我往左、往右看，就是不想跟他對上眼，可是任何對話都進不到我耳中，只有時間緩慢流過。

那天晚上我跟仲野並沒有直接交談。大家理所當然地喝著酒。我沒有坐在沙發上，直接坐在地板上，呆呆聽著學長們聊著繪畫和女人。學長們杯子一空我就幫忙斟滿，架子上擺著大量威士忌和燒酒酒瓶，感覺酒永遠沒有喝完的一天。

一個看來不太像學生的鬍鬚男，每當唱片曲子結束就會再放上另一張唱片。法蘭克札帕（Frank Zappa）或是皇后樂團，連續幾張專輯都是鬍鬚印象很強烈的音樂家，也不知道他是不是刻意這麼挑選。放了幾張唱片後鬍鬚男回到沙發上時，唱機傳來咘、咘、咘的聲音，可能是唱盤受損了，沒聽到歌曲，時間彷彿停滯了下來。

鬍鬚男正要再次起身時，對話中心的飯島說了聲：「等等。」就好像時間真的暫停了一樣，沒有人動彈。大家都靜靜聽著那張唱片咘、咘、咘的聲音。接著飯島說：「感覺挺不賴的。」大家也表示贊同。特別是仲野，他好像因為當場參與真心覺得高興，一直笑著說：「真不賴吔～」那張唱片咘、咘、咘的聲響帶來的暢快感我不是完全不懂，可是在場所有人都有同樣感覺、往同樣方向陶醉，這實在讓我覺得很尷尬。就連剛剛在我眼中還是個成熟人物的飯島還有充滿魅力的女人，現在看來都像是輕輕觸碰就會瓦解的簡陋玩具。可是儘管如此，我自己卻在笑，之所以發現這一點，是因為那個雙頰凹陷的男人的銳利眼光沒有放過我。

拜訪 House 那個晚上之後，我跟學長再也沒有聯絡。他不再來學校，我問了學校裡幾個常跟他見面的人，沒有人知道他住在哪裡，甚至幾乎沒有人知道學長的名字。流星這兩個字瞬間掠過我腦中。學長或許暗示過，但我還是不願意承認他是流星。我不打算沉浸在感傷當中，但還是決定一個人再去看一次上野的企劃展。我確認過那幅基督流著血淚畫作的作者名，上面寫著一個女性的名字「圓香」。

距離在House喝酒那晚過了兩星期左右，手機裡收到一封陌生人寄來的郵件。「有事想跟你商量，希望你最近能來House一趟。」看到郵件內容，我這才想起當時在House仲野曾經問過我的郵件帳號。

我回了信：「半夜你方便嗎？」對方回我：「任何時間都方便。」於是那天夜裡我打工結束後去了House。

雖然是第二次來，但是跟上次來喝酒時對建築物的印象大不相同。這是一棟東西合璧的現代風建築物，不過房屋老舊到讓人連敲門都感到躊躇。玄關旁嵌著一塊銅板，刻有以「S」開頭的一串長長文字，可是根本看不清楚，之後緊接著「huis」這個字。大概是House的意思吧？

有人踩著地板發出嘎嘎聲走來，門打開，探出頭來的仲野沒有笑，我正覺得後悔，應該也別笑的，但馬上就發現其實自己臉上也一絲笑意都沒有。客廳裡除了飯島之外，還有前幾天來時一直忙著攝影的那個微胖男人田村。田村只對我輕輕點了頭，然後將攝影機放在自己大腿上，十分寶貝地摸著。

飯島問我要喝什麼，我要了啤酒。仲野雙手交握放在膝上，不知為什麼，一臉得意地看看我、再看看飯島。田村在一旁拍攝，我們其他三人碰杯之後飯島立刻切入主題。

「這裡空出了一間房間，既然要找新房客，當然想找有意思的人。永山，你覺得怎麼樣？」

「原來是這樣啊。」

「上次你來的時候不是有個女孩在嗎？我跟她分手了。」

「哦，你們在交往啊？」

聽到我這麼說，不知為什麼飯島笑了，仲野則是很刻意地放聲大笑。

只來過一次我就知道自己跟住在這裡的人合不來，但為什麼人家一招手我就乖乖來了？看到仲野誇張的笑容我終於知道答案。這很像明知道襪子很臭，還是忍不住要拿起來聞一聞的那股衝動。

決定搬進House的一大理由，當然是因為房租竟然只要三萬圓，不過說穿了，我可能也渴望著刺激。只要去了東京就能迎接嶄新愉快的日子這種想法，只不過是幻想，眼前真正的現實是自己確確實實被枯燥無趣的日常消磨著。總之，我想給這種日常帶來一些變化。

我把行李搬進House二樓的房間。打開西邊窗戶，櫻花樹嫩葉的香氣撲鼻而來。中庭晾著洗好的衣物，不知是誰的白T恤反射著炫目的光線。

跟貨運公司的人一起把一輛輕卡車上的行李搬進房間後，在客廳聽著管理員說明租屋注意事項。管理員是個三十多歲的年輕女性，她的音量不大，卻有種滲入人身體內部的強大。這棟建築物本來是管理員父親的工作室，但是現在夫婦兩人移居海外，於是將這獨棟房子改建為宿舍，由留在東京的姐妹負責管理。

移居海外的夫婦這幾個字聽起來很沒有現實感。

管理員泡給我的茶有股梅子香。「太鹹嗎？」她問。確實鹹，但我說了謊，告訴她很好喝。

「您父親從事哪一行？」

「他是畫家，我母親也是。」

管理員笑著理所當然地回答，我一方面覺得不可思議，原來畫家這種生物真的存在，也不知為什麼，心底感到一股沉悶的痛。

「啊、對了。我父母親買下這裡之前，本來是其他地主的別墅，主人的兒子也是畫家，後來好像發瘋了。那幅舊的梵谷複製畫好像就是他兒子留下來的。」

「這樣啊。」

聽來像是遙遠從前的事，不過這個地方或許真能吸引類似的人種吧。

管理員說她和妹妹住在House南邊的主屋。管理員逕自起身，語氣開朗地說：「請等我一下。」然後用托盤拿來某個東西，是張照片。她把照片放在桌上說：「這是我父母親。」照片上是一對平凡的初老男女。管理員窺探著我的表情笑了，照片中的人物實在很不符合剛剛聽說的「移居海外畫家夫婦」的形象，是對十足活在現實的男女。

「如何？」

「看起來很親切。」

聽到我的回答，管理員把照片拿到自己正前方看著，開心露出微笑。接著她把照片拿在自己胸前，對著我。

「房租請在月底拿到主屋來。我經常待在這裡，見面時交給我也可以。」

管理員輕輕晃了晃照片，大概想營造一種是照片裡的夫妻在說話的感覺。

「好。」

我不知該如何反應，總覺得如果輕率露出笑容可能會被罵。

「還有，其實我希望深夜時間不是房客的人可以離開。到深夜不就沒有電車搭了嗎？這麼一來一定會有人睡在客廳，我記得是去年吧，早上進客廳打掃時發現有隻熊睡在沙發上。當然後來發現那並不是真的熊，但是那一瞬間我真的以為是隻熊，所以跟真的有隻熊存在意思是一樣的。我心臟差點要停了。可能說得有點誇張了，不過我那時候真的這樣覺得。」

管理員一口氣沒停、連珠炮似的說完這段話，我甚至來不及回應。

「另外還有一件事，從建築物的結構來看我想可能不太容易，但請不要跟這裡其他房客走得太近，不然你會發瘋的。」

說著，管理員露出微笑。當時我還不了解這句話到底是不是管理員特有的玩笑。

「不過今天晚上飯島已經約了你吧？」

「對，他跟我說了。」

「他好像找了大家聚會，我不會喝酒所以推辭了。其實我能喝啦。這樣看來今天晚上應該也會來很多客人、喝到早上吧？」

「這我就不知道了，會這樣嗎？」

「就算剛開始打算早早結束，大家一開始喝酒就會失去判斷力，時間越拉越長。」

聽管理員講話的方式，我深信她確實是照片裡那對老夫妻的孩子。

「你還有什麼問題嗎？」

「沒有。」

其實我應該有很多想問的事，但剛剛滿腦子都在注意管理員說話的口氣，完全忘記本來想問些什麼。比方說這裡住著幾個人？「House」是什麼意思等等，當我想起這些問題時，管理員已經收好了她父母親的照片。

搬完家的第一個晚上，我在飯島和仲野召集的聚會上第一次見到小惠。她老家在名古屋，目標是當個繪本作家，在她身上幾乎感覺不到其他人那種因投身藝術而盲目驕傲的自我意識。我感覺自己差點就要被整個House席捲的些微躁動狀態給吞噬進去，多虧了小惠的存在，才終於找到一個容身之處。以參加我歡迎會的名目實則來喝酒的人們，無不渴切地聽著飯島說話。

飯島說：「我討厭隨便有人死的作品。」這不知道包不包括電影或文學？「我也不喜歡那種『只要殺人就行了吧』的態度。」仲野表示同感。仲野看來很崇拜飯島，也像是因為能待在一個受周圍注目的人身邊而自我陶醉。

飯島問了田村的意見，他說：「假如作者企圖藉由作品裡有人死來輕易贏得感動，那我不喜歡，但是在現實世界中，人確實會很隨隨便便就死了啊。」

「所以我才討厭。特地去看一個劣化版的現實有什麼意義？作品不是就應該展現出對抗的方法嗎？永山你覺得呢？」飯島問我。

我的意見大概跟田村一樣，再說這種彷彿被言論審查的場合讓我很不自在。

「就算把死從作品中排除，大家都知道人終歸一死，所以不管在作品中沒死、或者沒有處理死亡，最後都逃不開死的影響吧。」

「什麼意思？」

仲野馬上對我提出疑問。

「你是哪裡聽不懂呢？白痴。」

我聽到腦中的自己這麼說，但並沒有真的說出口。

「也就是說，不管在作品裡面的人死了或者沒有死，作品本身有趣就是有趣、無趣就是無趣。假如單純是個人偏好也就罷了，否則光憑類型、種類或者特徵來判斷好惡，這跟作品的本質並沒有關係。」

田村沒有直接回答仲野的問題，把話接了過去。

飯島輕聲說：「原來如此。」好像在思考著什麼。

直到飯島再次發聲之前，誰都沒打算說話。

「永山，你討厭的作品有沒有什麼特徵？」

飯島緩緩吐出這個奇怪的問題，就像要推翻田村的發言一樣。

「我也覺得創作是自由的，但比起輕率的死，我更討厭輕率描寫肉慾性愛。」

「哦？為什麼？」飯島問。

「我不是覺得不能寫，有些裸體畫也很精彩，但是如果太輕易地加入肉慾性愛，感覺就像在討好誰，我想不出什麼適當的比喻。不過以第一人稱寫的小說，敘事者應該是以在現實中覺醒的狀態，採取符合常理的行動，但是卻只在這種時候突然變蠢、設定鬆散，我不懂為什麼幾乎所有人都對這種不自然不帶疑問地全盤接受。假如敘事者情緒動搖或者處於心神喪失狀態，那或許有可能平靜地講述這件事，但如果是這樣，那一開始就該設定好這樣的敘事角色，否則很容易讓人混淆。我不喜歡在喝酒席間得意討論自己性經驗的人，也討厭把青澀回憶說得太過清晰鮮明的傢伙。如果只描述心象風景，或者從非當事者的他人觀點來描述或許可以理解。要不然我覺得這種寫法好像只把性行為本身當成一種道具，當成反襯來談論我也一樣不喜歡。我只是不喜歡輕易將性描寫視為一種套路，如果把個人的問題化為作品，或者是近乎自殘行為的表現，那麼鑑賞方的人也必須帶著覺悟來接受。」

我一邊後悔自己話說得太多，同時又想起那幅基督的畫。

「就算有人為了討好而打破規則，一旦成為習慣，感覺遲鈍的人就會簡單地接受，覺得本來就是這麼回事。」田村說。

「但如果是這樣，為什麼只有性是特別的？除此之外還有其他日常生活中不會常跟人提起的話題吧？」

聽飯島這麼說，我腦中瞬間一陣混亂。

「性比較容易刺激感動、引人動搖，所以經常拿出來用吧。」

田村回答了飯島的問題。

「永山，你可能下意識間對性有自卑情結吧？」

飯島接了這句話，仲野誇張地點著頭。

「這種事不用講出來吧。」好像有人這麼說。

時間慢慢流逝，每當有人上廁所或者去冰箱拿酒，座位就會稍有改變，只有我即使去上廁所回來，還是規規矩矩坐在跟之前一樣的位子上。小惠也跟我一樣，一直坐在同樣座位，不過她上廁所時，一直無聊坐在我身邊的某個人移動到小惠的座位，回來的她只好坐到我身邊來。

「會喝到幾點啊？」

小惠問，我回答道：「抱歉，我也才剛搬來。」

她笑著說：「你說得沒錯。」

熱鬧的房間裡只有小惠的聲音好像從立體音響裡傳出來一樣，輪廓特別清晰。

「我們一樣大，說話就別這麼客套了。」

「咦，你怎麼知道我年紀？」

小惠好奇地看著我。

「因為我一直在聽你們的對話。雖然是我的歡迎會，可是大家一直問妳問題，不是嗎？」

連我自己都覺得說這些話會讓人不太舒服，但這方面小惠似乎不太在意，只是驚訝於和我同齡這件事。

我找不到接下來的話題就安靜下來，是小惠先開了新的話題。

「你跟管理員綾子小姐聊過嗎？」

「嗯，妳看過屋主夫妻的照片嗎？」

「看過。只要有新房客來，綾子小姐好像一定會給人看那張照片。」

「故事聽起來別有風情，不過他們看起來就像在開店前的小鋼珠店門前排隊的夫婦呢。」

「沒錯。聽說綾子小姐也很喜歡看到別人看了照片後不知如何反應的樣子。」

再也沒有人播放中斷的唱片，好幾個人都醉倒睡著了，喝醉的仲野重複說了好幾次在他老家有人把輕型機車丟到海裡的那個無趣故事。只有飯島繼續靜靜喝酒，也不知道他眼神看向哪裡。眼前的狀態就算回房應該也沒有人會怪罪我，但我很開心可以跟小惠聊天。小惠開始收拾杯子時，我忽然驚覺這樣的時間並不會一直持續，同時這時間也並不屬於我，頓時覺得很沉重。

我的腦子知道要輸入「Nakano Taiichi」這個名字到電腦裡，但是卻誤打成「English」。可能對他模仿別人、隨便用英文來標記名字這種意圖有所抗拒，也可能是我在生理上抗拒仲野這個人的存在。明明有截稿日在即的雜誌稿在等著我，腦中卻有揮不掉的雜念。

就算仲野獲得外界好評，我一點都無所謂。同年代創作者受到支持，我確實會在意，對有天分的人當然也會嫉妒。可是唯獨對仲野，我一丁點都沒有這類情緒。

偶爾在雜誌一角看到仲野以英文標示的名字，會有種跟懷念無關的情緒，就像是看到臭的東西還是會想聞聞看的惱人習性一樣，依然會翻開讀讀看。

插畫很糟，文章讀了之後馬上覺得後悔。才能匱乏到幾乎讓人同情，思路要命地淺薄，欠缺邏輯，搞錯主題的比較對象，唯一擅長的只有比喻手法，但內容卻毫無效果，文章中忽然跑出陌生的外來語，卻跟主題一點關係都沒有。

應該是想用上剛學會的字吧。那不自然的謙虛讀了也令人難以下嚥。說到底，一個有才氣的人物所散發的謙遜會有緩解周圍緊張的效果，但是一個渾身上下只有驕傲、惡劣和愚蠢的人物，他的謙遜根本沒有意義。就好比嘴上說著「一點小意思不成敬意」卻遞給人一坨爛泥，然後還一臉得意地說「這可是挺罕見的泥巴呢」。

整體來說他只是披著反骨外衣，其實還是在替權威和主流抬轎。他並沒有發現任何新價值，只是模仿著常有的偏激人士，得意地指出如何悲觀看待這個世界。

我對仲野的印象跟以前沒什麼兩樣。這種男人竟然能以插畫家和專欄作家身分維生，讓我很失望。

仲野有什麼成就我一點也不關心，只不過每當看到他的名字，就得面對我至今還沒消化完全的記憶，讓我感到不安。

住在House的人和經常出入這裡的人幾乎都來自外地，大家的共通點是希望透過創作成名。待在一個充滿期待和活力的環境裡會讓人失去平衡感。身處於老家寢室睡前那種宇宙般的空間中，能夠隨意地自由馳騁想像，看到某些東西時也能夠判斷那對自己來說是不是特別的存在，但是當資訊急遽增加，又接觸到其他人的感覺和評價時，就會出現奇怪的混亂。就連以前深信只有自己的感覺才是正確的日子，都顯得可疑，開始擔心說不定自己什麼也不懂。如果有人稱讚路邊的石頭，就忍不住覺得那顆石頭好像真的不錯，在人前講話的聲音漸漸變小，連以前確實存在的唯一寄託，那種類似靈感的東西好像都要失去。

飯島給了我一張展覽的宣傳單，我決定自己去看。聽說飯島也有作品參展。會場距離根津要走好一陣子，聽說這棟建築物原本是間理髮店，現在招牌老舊、外牆顏色也斑駁剝落，現在主要當作藝廊使用。內部牆面塗成紅色，牆邊擺著好幾張老舊不成套的沙發。面對馬路的牆壁嵌著整片玻璃，從外面也可以清楚看到屋內。五、六個男女深躺在沙發裡，面露懶怠過頭的表情吞吐著水煙。不知道他們是觀眾還是表演者，但飯島也在其中，我想應該兩者都有吧。聽說這就叫行為藝術，還有年輕人從外面用相機拍下這幕光景。

兩個走過藝廊前身穿工作服曬得黝黑的配管工人從外面看著，低聲嘟囔道：「這些人在幹麼？」這句話莫名地刺進我心裡，讓我有種近似羞恥的感覺。那一瞬間我有點想掉頭回家，不過發現了我的飯島揚起一隻手，我不得不進去。不管是對飯島或者對那身穿工作服的二人組，心裡都有一點愧疚。

打開門，聞到一股水煙的甘甜香味。我坐在一處空位，身體沉入材質遠比想像更加柔軟的沙發裡。身邊的男人靜靜將水煙的吸嘴朝向我。我以自己沒抽過為由拒絕了，但這麼一來這個空間可能就失去了意義。設置在房中的擴音器釋放的聲音並不是旋律，而是斷斷續續獨立存在的爆裂聲。

起初我沒聽出那是什麼聲音，但隱約有種不好的預感。我覺得這應該是種嘲諷，沒想到那真的是放屁的聲音，幾乎未經編輯的各式各樣屁聲在空間中迴響。連續幾個輕快簡短的聲音，在一段空白之後是兩秒左右略帶混濁的渾厚聲，再來是典型的爆裂聲，還有撕裂紙張般的聲音。正當我以為終於結束了，結果在漫長沉默之後出現一種只有敏感的人才能感覺到、穿透空氣般的屁聲。我看看飯島，他正抽著水煙閉目傾聽。坐在他對面的女人彷彿為了尊重這些流瀉出的聲響，正附耳對身邊的男人低語。

「這些人在幹麼？」

穿著工作服的男人們那句話自然地在我腦中重播。現在我也成了那風景的一部分。不能抽水煙算是自己微弱的抵抗，我沒有往後靠，雙手交握在膝前。我覺得他們根本沒把創作當一回事，而最讓我生氣的就是沒有馬上站起來走人的自己。這不是我想做的事，我並不打算一味否定創新或激進，我甚至自覺到自己很容易被自由的發想和刺激性的行為所吸引，但是這很明顯並不是一回事。

一想到我大老遠跑到這裡來聽放屁的聲音，就覺得這已經不只是羞恥，甚至讓我作嘔。在我腦中想著這些事時，放屁聲依然不斷。音量提高，宛如終曲的一連串爆裂聲幾乎讓人無法正常對話。我試圖停止思考，但還是一直很在意外面的人究竟聽不聽得到這些聲音。

無意識間放的屁，跟有意識被採集放出的屁，哪一種罪孽比較深重呢？

我對這經過陳腐設計的異樣空間感到困惑。這時飯島大概是看不下去了，他插進來坐在我身邊。

「怎麼樣？」

我說不出話來。

「要不要抽抽看水煙？」

「沒關係。」

「我想要打造一個真空空間。」

「什麼意思？」

飯島吸了口水煙。

「要讓自己進入『無』的境界並不容易。就算是畫畫，即使有一瞬間能忘記一切，其實也不是真的遺忘，只是被朝向作品的其他能量所控制，並不是真正『無』的境界。我希望能讓自己真正進入『無』的境界，不管思考或者身體。」

「確實，這裡什麼都沒有，就算想尋找意義，好像也找不到什麼真理。」

「是吧？」

「但是卻留下很多羞恥跟厭惡。」

「為什麼？」

一個原本充滿理想或期待、但是卻消失的空間，並不是「無」，而是一種「失去」的狀態，所以不可能成為真空。就連到達失去的過程，都得在自己內部消滅。要在對話當中說明這些實在太難了。

「因為放屁聲吧。」

飯島聽了稍微笑了笑。

「其實只要去思考為什麼自己聽到放屁聲會覺得羞恥，為什麼會對屁感到生氣就行了。屁沒有實體，只是一種感覺。因為屁就像是鬼魂。」

說完後飯島站起來，敲敲雙手交叉在膝上僵硬的我背後，又回到原本的座位上。

在飯島說話的期間，一樣有各式各樣的屁聲繼續在空間中流動。

在打造真空狀態這個名目下，飯島有沒有認真地面對這些屁？

對我來說，感覺並非什麼也不是。無論是自己或者他人，都很難簡單掌握實體，但卻有可能從感覺中去想像。

穿著心愛的T恤來到這個地方的自己，讓我覺得十分難為情。

小惠想當繪本作家。她從小就會對著月亮報告每天發生的事。她說，想把這種意象畫成作品。

「發生在我們世界裡的事，或者日常生活中的事件，直接說出來別人也很難了解吧。」

小惠在客廳桌上攤開一張白紙，一邊拿鉛筆畫著東西一邊說。

「讓誰了解？」我問。

「月亮嗎？」她反問我。

「妳問我我也不知道。」

「我不是指月亮之神或者有人住在月亮那種少女的幻想。」

小惠的聲音裡沒有一絲猶豫。

躺在客廳地板上靜靜聽我們說話的仲野插入了對話。

「小惠應該是想說，妳並不是單純追求童話感，而是把月亮當成映照自己日常的鏡子，試圖以故事的形式來擷取日常中那些無自覺的感覺，而不光是表層說明式的現象，對吧？」

仲野依然跟平時一樣說話語速很快，但是不知從什麼時候開始，他丟掉那種吊兒郎當的味道，刻意用空虛陰沉的表情來說話。仲野變化的原因大都來自他正在閱讀的雜誌或小說。

有一次仲野一如往常在客廳熱切聊起政治。就在仲野起身上廁所時，我看了一眼他正在讀的書，果然，是本談政治的書，夾著書籤的那頁上寫的正是他剛剛才說過的話，我忍不住噗哧一笑。只擷取自己接觸事物的表面這種壞習慣，就像國中生戴上去畢業旅行時買的太陽眼鏡使壞一樣，令人不忍卒睹，但又無法像看待國中生一樣覺得他可愛。

「我覺得不能是鏡子。並不是因為看到鏡子而亢奮，一定得是月亮才行。把跟月亮的對話視為可笑的童話很簡單，可是藉由這種行為導出的故事，的確是小惠跟月亮攜手創造的產物。」

換成其他素材時，也一定會產生其他故事。

就算對小惠來說月亮只是故事的線索，根據月亮這個發射台的角度，彈射出的想像方向一定會有所不同。

「對對對，飯島哥曾經也說過類似的話，他說創作時要讓其他東西進入自己。」仲野說道。

你又不是飯島。我很想這樣反駁他，不過小惠卻很認同似的說：「原來是這樣啊。」

「妳最近在畫什麼？」

她聽了仲野的問題，翻開自己的創作筆記。

「嗯，我在畫一個女孩喜歡上在夢裡遇見的男孩，但女孩不知道怎麼樣才能見到男孩，想了很久，決定寫封信掛在紅氣球上放掉，信上寫著：『你身體還好嗎？我喜歡你，請跟我聯絡。』後來女孩死了。因為戰爭的關係，女孩的國家所有人都死了，一個不剩，連個活口都沒有。只有紅色氣球離開了那個國家飄到遙遠的另一個國家。氣球飄到遙遠國度時，是戰爭結束的早晨，紅色氣球和那封信被當作戰爭結束的象徵，被仔細地保管。三千年後，那個時代的王子體弱多病，不能外出遊玩，只能在宮殿內探險。他發現了紅色氣球，而那個三千年前出現在女孩夢裡的男孩，跟王子一模一樣。王子看了那封信，寫著『你身體還好嗎？我喜歡你，請跟我聯絡』那封信。幾年後王子成了國王，他往以前女孩國家所在地建立的新國家丟下炸彈，發動戰爭，最後世界毀滅。現在筆記寫到這裡。」

說完後，小惠看看我和仲野的表情。

「小惠，其實妳朋友出乎意料地少吧？」仲野說道。

小惠回答：「為什麼說出乎意料？」仲野沒發現她語氣裡包含的怒意。

「王子為什麼要在喜歡他的人曾經住過的地方丟炸彈呢？」聽到小惠這麼說，仲野回道：「原來妳自己也不知道啊。」自顧自笑了起來。

「因為見不到女孩，除了這麼做之外，他也不知道還能怎麼辦吧。」

我說完後，他們兩人都安靜了下來。

House的房客們除了窩在房裡創作的時間，幾乎都在客廳，討論創作和日常生活發生的種種。特別是飯島，他不只喜歡討論，還總是喜歡特意引導話題。

我跟仲野基本上合不來，經常有衝突，不過單純因為年紀相仿這種無謂的原因，看在旁人眼中我們似乎是朋友。我從來沒有被仲野的創作或思考所吸引，仲野好像也很喜歡看我被他辯倒的樣子。

飯島往往是眾人論辯的中心人物。我們好比扮演著幫助飯島，讓他的疑問、煩惱或者正在解決的問題更加成熟、進化的角色。

飯島看來不只是希望大家認同自己的發言，當他聽著費盡心思想跟他有共鳴的仲野說話時，甚至還顯得有點無聊。儘管如此，只要有人提出意見他就會仔細補充，替對方說出他們的想法，也不忘連接到下一個話題，滿足其他參與者。比起他本身的才能，或許是這種度量更能吸引人吧，但是採取利他行動時，飯島的表情似乎有些空洞。另一方面，當討論越來越熱烈時，他原本輪廓深刻的臉部陰影會更加明顯，他會睜亮那對大眼睛，就像把薪柴丟進火堆裡一樣再拋出新的問題。這種時候彷彿整個屋子都是飯島的大腦，而我們只是其中一部分。

「為什麼會有這種罪惡感呢？」

飯島這麼說時，沒人能馬上反應。

好不容易仲野才反問：「你是指我們對這種生活的感覺嗎？」

「嗯。明明沒有做什麼壞事……」

飯島的話好像飄浮在半空。

之後，「罪」這個字再也離不開腦海。我除了喜歡畫畫之外，並沒有什麼明確的目標。自己也不知道到底是想當漫畫家或者想畫插畫，只是隱約有股欲望，希望自己畫的東西能夠受到認同。

自己心裡確實有對尚未社會化的不安，如果說這是「罪惡感」，好像也不是不能接受。假如這種不安來自罪惡感，那罪狀是什麼呢？是脫離社會規範嗎？不符合別人所規劃的「社會人士人生」嗎？還是跟我們對同年代優秀的運動選手、音樂家的憧憬或者嫉妒有關？是單純因為自己沒能像他們一樣有優異成果的現狀感到不滿嗎？如果是這樣，我們的罪惡感似乎是源自於自己身為凡人，但我並不想將這幾個字說出口。

我記得提議辦一場以 House 房客為主的作品展的應該是飯島。仲野很快就在上野附近的藝廊找到一個能用低於行情的廉價租用的地點。關於這方面還有在便利商店裡會馬上拿起購物籃，算是仲野僅有的優點。整體展覽結構由飯島負責，其他人只需要負責製作自己的作品。聽說以前也曾經辦過 House 房客的作品展。

這件事定案後，我單獨待在房的時間變長，整個 House 也瀰漫起一股緊張氣氛。飯島畫了一幅題為〈原罪〉的油畫，是幅運用了古典手法的巨大畫作。田村把在 House 拍攝的影像投影在藝廊白牆上，畫面上以秒為單位迅速顯示拍攝影像當下的時刻。只是極其平凡的日常風景，不過題為〈蛇足〉的這段影像莫名地令人感受到一股危險氣息。小惠的作品是一本繪本，少女將當天發生的事情向沉默的月亮報告。故事後半少女的獨白暗示世界的終結，最後一頁少女對著沒有月亮的天空說：「你在聽嗎？」然後結束了故事。我用〈凡人A的罪狀在於相信自己的才能〉這個標題，把一系列畫作貼在有點重量的背板上，然後吊掛疊放，必須逐張翻開才能全部看到，目的是希望每一張畫都讓人感覺到有負擔。仲野依樣描繪多張知名角色然後裁切下來，像拼貼般在同一張紙上貼成陰莖的形狀，自己覺得很樂。

每個人的創作都是獨立作品，但很明顯地整體都受到飯島作品〈原罪〉這個標題，還有「罪」這個意識的影響。我自己想出的「凡人A」這幾個字，也是從跟飯島的對話中衍生、發想出來的，小惠對月亮的獨白是種直接的懺悔，田村結合了時間與影像的作品可能是種企圖從「現在」讓「原罪」浮現的嘗試。在這當中，只有仲野創作著癲狂的作品。這種行為就是一種罪孽，但我不認為這會對人深刻探索罪惡感帶來任何啟發。

作品展來了不少人。雖然多半都是各自的親友，還是很好奇觀眾對哪幅作品會有反應。藝廊營業時間內飯島和仲野一直待著，我也蹺了學校的課跑去。開幕第一天辦了歡迎酒會，其實也只是House的老面孔換個地方喝酒而已。

田村翻開了放在藝廊入口代替簽名簿的大學筆記本。

「好厲害喔，特地用毛筆寫吔，還寫得這麼好。」

「你唸出來看看。」飯島說。

「請多培養些靈活的感性。」

田村唸完後大家都笑了。

「這死老頭。」飯島說完後大家又笑了。

小惠從旁邊看了一眼田村唸完的筆記，驚訝地說：「可是這個人住在千代田區吔。」

「這沒什麼關係吧。」

仲野這麼說完後小惠說：「住在千代田區，表示是個滿了不起的人吧？」

田村依序唸著筆記。

「繪本很有趣，請繼續畫下去。」

仲野「哦～」了一聲，看向小惠。

「飯島好久不見了，你剪頭髮了嗎？」

「這種人還挺多的呢。」

說著，飯島自嘲地笑了。

田村又繼續唸了幾則筆記上的感想，但其中沒有寫給我的。

「哦，有一則寫給永山的感想呢。我看看，〈凡人Ａ〉從許多層面來看都很沉重。」

大家都笑了，笑得很開心。

我坐在上野公園池邊柵欄上，塞著隨身聽的耳機眺望水面。後方長凳傳來飯島和仲野的聲音，其中混著小惠的笑聲。

他們三人喝著啤酒，熱烈討論起何謂自由。曲子的空檔間傳來的對話讓我很好奇，我背向他們，盡可能將隨身聽的音量降低。仲野帶有鼻音的聲音讓我聽了覺得很煩，小惠的笑聲也有點討厭。

「永山，這裡還有啤酒喔。」飯島說。

也不知道為什麼，我假裝沒聽到。我不知道自己處於何種狀態。我聽到不規則的輕快腳步聲，連腳步聲都能聽見，卻裝作什麼都聽不到的自己也實在很蠢。

有人拍了拍我的肩，轉過頭去是小惠。大概是來替飯島傳話的吧。

「喂。」

她叫了我，我等了一會兒，順手拿下右邊耳機。小惠手裡竟拿著一個綠色的彩球。

「用這個丟螞蟻會怎麼樣？」

池面倒映著街燈的光。

「會死吧？」

「這裡有螞蟻嗎？」

她輕聲說著，將臉靠近在路燈照射下微微發亮的地面。我莫名地放下心。拿掉左邊耳機，聽到車輛駛過的聲音，還有樹葉搖動的聲音。飯島和仲野繼續在說話。

「找到了！」小惠說。她又說了聲：「你看好嘍。」

小惠先將身體往後仰，然後朝著地面垂直丟下球。球沒有打到螞蟻身上，輕輕彈開來。小惠撿起球，再次從與胸同高的位置丟下。「砰」的一聲，小惠抓住回彈的球。

我鬆了一口氣。

「哦，動作有點遲鈍，但還是會動呢。」

仔細看看地面，斷腳的螞蟻正慢慢試圖往前進。小惠蹲下來，專心觀察著螞蟻。

「很可憐吔。」

「嗯，好可憐喔。」說完這句話的小惠繼續盯著螞蟻。

我跟小惠還有仲野三個人去吃拉麵。小惠對我說：「叉燒給我？」我笑著回：「不要。」這是我人生中很重要的瞬間。

從小我就經常被拿來跟人比較，歷經無數次慘敗。我跟朋友兩個人在小學中庭的鞦韆上玩，那個朋友書念得好又擅長運動，是個很受女孩和老師喜歡的爽朗少年，大家都親暱地叫他名字「阿大」。至於我，大家都以姓來稱呼。每當別人叫我時，我就會意識到這個差別。我經常在中庭看著一個女孩，她有著貓一般的眼睛、長我一學年。為了看那女孩，我經常來盪鞦韆。

上小學前更小的時候，我曾在附近的兒童公園跟那女孩說過一次話。女孩對我說：「這裡是爺爺的公園，你不要進來。」我們距離很近。坐在長凳上的老人沒說話也沒笑，靜靜看著我們交談。女孩的眼睛讓我印象深刻。那天的事女孩已經不記得了，我之所以會記得，是因為頻繁地回想著那一天。我盪著鞦韆，可以聽見風的聲音。女孩走近鞦韆，我沒再用力盪，放慢了速度。女孩看著我們，我單腳抵著地，停下鞦韆。

「一起玩吧。」女孩說。當年那個女孩竟然來跟我說話，讓我興奮不已。

「玩什麼？」阿大問。

「公主扮家家酒。」女孩說。

「怎麼玩？」我問。

女孩說：「阿大是國王～永山是乞丐～阿大是國王～永山是乞丐～」她打節拍般唱了起來。

一陣涼風吹過空蕩蕩的內臟。我並不是想哭，而是覺得自己頓悟了某些事實。比方說，這個世界一點也不公平這個事實；比方說，自己不見得永遠都能得到想要的角色這個事實。當時的我，臉上是什麼表情呢？

我沒生氣也沒鬧彆扭，嘴上念叨著「麻煩死了」，賣力演著乞丐。身體裡還是一樣空蕩蕩的，但女孩笑了，這就是唯一的救贖。那女孩的名字也叫小惠。幾番攻防之後，小惠搶走了我的叉燒。對著她抱怨時，我想自己臉上應該是笑著的。

因為一份登錄制的打工工作，我來到橫濱的工作現場。工作內容是拆除組合屋，時間很短。休息時負責指揮現場的一名壯漢指向塞滿螺絲螺帽的一斗罐說：「誰能把這個拿起來我就給他一千圓。」明知道一定不可能，但為了避免麻煩，想想還是做做樣子、假裝挑戰好了。我彎下腰，雙手抓住一斗罐，男人說：「喂！不要一用力就放屁喔。」我放鬆了力氣。他可能是因為想說這句話，才要大家來拿一斗罐的吧，不過看他皺起眉、表情很認真，說不定真的在替我擔心、怕我丟臉。

工作結束後本來要搭其他工人的車到新宿，不過眼看天色還沒黑，我決定自己走到紅磚倉庫。某一個小區塊裡有間個人經營的雜貨店，貨架上擺著幾顆手工打造的雪景球。我想起小惠房間也放了很多顆雪景球，買回去她會開心嗎？

木製底座上刻著小小的一排字「Our Town」，上面半球形空間裡的街道雖然說不上精巧，卻也極其纖細。建築物的燈光裡帶著暖意。我用雙手捧起，堆積在路面上的雪晃動閃亮。除了讓人生怕弄壞的憐愛之外，也同時勾起一股不安。

我把雪景球送給小惠，她比我想像中還開心。小惠盯著透明半球看，開心地輕聲說：「好可愛喔。」每當她把雪景球往各種不同方向傾斜，那銀色雪花飛舞的小小世界就會產生變化。

「雪景球如果放在窗邊，不同時間光線照射角度也不一樣，很有意思呢。」

「照到太陽，液體不會變色嗎？」

她只「嗯」地敷衍應我一聲，又把視線拉回雪景球上。

年底時小惠約我吃飯，說是要答謝我送她雪景球。在那之前我們沒有兩個人一起吃過飯，走進相約的餐廳之前我一直靜不下心。店是小惠預約的，很熱鬧的酒館。坐在座位上的她發現了我，笑著揮揮手。

「很快嘛。」我告訴她其實來這裡之前我走錯地方進了隔壁餐廳，說了預約名字之後店員竟然也帶我入座，甚至還送來水。小惠笑著說：「永山你聲音太小，我猜對方八成沒聽到你在說什麼。」她脫掉深藍大衣掛在椅子上，裡面穿的是紫色天鵝絨連身裙，看起來比平時成熟許多。

點了酒乾杯之後，小惠開始點菜。

「我看你剛剛好像對焗飯滿有興趣的，要加點嗎？」

「沒關係。我喜歡焗飯，但不知道有多大份。」

「這樣說的話，每一道菜都不知道啊。」說著，小惠笑了。

「焗飯感覺分量很大啊。」

「不知道為什麼你偏偏這麼提防焗飯。」

因為覺得點了大分量，如果馬上就飽了很可惜。

「對了，不覺得焗飯很像雪景球嗎？」

「一點也不像吧。」

小惠喜歡上雪景球，是因為祖母曾經當伴手禮送給她。透過小惠，我也開始覺得雪景球是種特別的東西。

離開餐廳，我們一起走在上野街頭。

「為什麼想畫繪本？」

「現在是要採訪我嗎？」

「我的問法很奇怪嗎？」

「奇怪也無所謂啦。總覺得我可能不像你，有明確想做的事吧。小時候看繪本都不太能接受書裡的結局，為什麼不這樣呢？我媽和奶奶就笑著說，看樣子妳將來會當個繪本作家呢。我只是單純覺得，哦，如果有這種工作的話那試試看也不錯。」

能坦白這麼說，表示她很誠實。

我其實也跟小惠差不多，並不是因為收到什麼上天的明確啟示才決定當漫畫家。只是除了畫畫之外沒有能推動自己的力量，也不知從什麼時候開始，模模糊糊覺得想試著畫漫畫。唯一可以確定的是，比起想成為一號人物的期待，想表現出某種東西的欲望永遠跑得更前面。

「等一下。」小惠在自動販賣機買了茶，問我要不要喝什麼。

「咖啡。」我回了之後把零錢遞給她。

「你上次的作品很有趣呢。」

小惠兩手抱著茶這麼說著。

「喔。」

聽別人提起我的作品忽然有點尷尬。雙手插進軍裝外套的口袋，發現裡面都是線頭和灰塵。

「那個標題很有意思呢。」

「哦，凡人A的罪狀在於相信自己的才能……」我刻意笨拙地說著標題。

「這句話是對飯島說的嗎？」小惠笑了。

「啊？為什麼這麼問？」

「該不會是指我吧？」

說到「我」這個字時她已經沒有笑意。

「不是啊，是跟飯島說話時自己心裡出現的感覺，其實說的是我自己。」

「這樣啊。原來你也會懷疑自己的才能，那我就放心了。」

「什麼意思，我看起來像個奇怪的人嗎？」

「我覺得你是 House 裡唯一像藝術家的人。」

「別再說了，好丟臉！」

「呦！藝術家！」

「真正的藝術家身邊不會有人這樣起鬨吧。」

「除了你以外，其他人都只是空有形式！」

小惠遺憾地說。

「我也是啊。」

語氣雖然輕鬆，但她依然沒有笑意。不過我好像可以了解她的感覺。

「沒有這回事啦。」

我努力想接話，卻接不下去。我沒有看輕她的意思，但一直聊才能的話題我其實也受不了。

「月亮真好。」

總覺得該說些什麼，想了想，想出了這句話。

「天氣陰，看不見月亮啊。你這個人就是這樣，說話跟作品都一樣，沒那麼容易懂。」

雖然看不見月亮，但是被雲覆蓋的天空裡只有一處是亮的。

「我只是笨拙而已。」

「你那些畫的背板都很重，看完後肩膀跟手臂會很痛，從藝廊離開的人都在抱怨這件事。」

「所以說我不行啊。」

聽到其他人的評價會覺得很不安，但又馬上想要反駁。

覺得麻煩就犯不著來看。沒能力鑑賞的小孩大可等有能力之後再看，或者借助旁人的力量。所謂讓鑑賞者完全沒有壓力，作品公平對每個人開放的狀態，其實都是騙人的。乍看之下這或許平等，假如無法抗拒，得公平對待每個鑑賞者的意見，那麼就得將鑑賞者接觸作品過程中的肉體強度和思考可視化。因為人往往很快就會忘記，鑑賞作品這件事就等於自己與作品之間的關係。

「永山你覺得呢？作品展裡哪個最有趣？」

「田村的吧。」

回答之後我就後悔了，為什麼不先說小惠作品的感想。

「為什麼？」

「田村的影像雖然沒有給出明確的答案，但是時間以秒為單位流動，給人一股不安的感覺，似乎即將要發生什麼。就好像呈現所有人都死了之後的狀態。」

「啊，好像有點懂。他跟你最詭異了，不管是人或者作品都是。如果不是這種能跳脫常軌的人，要創作就很不容易。」

「妳是指我們沒有一般常識？」

「對。」

「這樣不好吧。」

「一個有常識又有趣的人，只是個普通的優秀菁英吧。永山你有一種潔癖，希望別人能這樣看待你，但你是辦不到的。」

「所以說我很糟啊。」

「但飯島就辦到了。」

「那不是很好嗎？」

「所以才不行啊。」

她有點惱火地這麼說，看起來甚至讓我覺得有點可靠。

「什麼意思？」

「我也不知道。」

「不都是妳自己說的嗎？」

我把積在口袋裡的髒棉絮用指尖揉成團丟在空中。棉絮沒有隨風飛走，就這樣落在地面。

「口袋都會有這個呢。」小惠說道，只喝了一口茶，又開始往前走。

「我覺得飯島是個聰明人，他完全了解我剛剛說的道理，企圖把自己放在那個框架中。你看他這個人無論說話和作品，都很容易理解。你應該是我認識的人裡最不聰明的一個。」

「那還真是糟糕。」我說。

「這樣好。」她回道。

我跟路邊一個完全靜止、穿著全身緊身衣的默劇演員四目相對。我們在通過他之前，兩人一句話也沒說。

「妳想喝一杯嗎？不行的話我就自己去。」

聽我這麼說，她故意誇張地說：「怎麼說這麼見外的話呢。」

我說了第二間店由我請客，來到距離上野車站前有些距離的複合式大樓二樓裡一間酒吧。店裡已經有幾組客人，不過吧檯區還有座位。唱片的樂聲傳來，我問小惠是保羅．麥卡尼嗎？她只簡單回答了聲：「對。」我腦中還在反芻著剛剛的對話。一落坐，之前的時間、之前的存在，一切彷彿都顯得恰到好處。

我點了啤酒，她說「我也一樣」。接著我們光顧著喝啤酒。店裡輪番播放著知名的聖誕歌。

時間的流逝越來越快。正在喝第三杯時，我心想，是不是要主動說該回去了，但又捨不得打斷這樣的時間，遲遲說不出口，這時小惠說：「如果放了約翰．藍儂那首曲子我們就回去吧。」我問，如果沒有放那首歌呢？小惠回答：「那就一直喝下去。」

說來也是理所當然，每當發現有人離我很近，自己和他人之間就一定會出現距離。與其說我想更接近她，我反而有個奇怪的念頭，希望自己能變成她。

我經常跟住在 House 二樓最後那間房間的瘦削男人聊天，就是我第一次到 House 時直盯著我看的那個男人。談話中我知道他跟我同齡，但並不知道對方真正的名字。他房門上貼著一張寫著「奧」的紙，大概就是他的名字吧。跟一個連名字都不知道的人說話，感覺很不可思議，不過其他房客和經常出入的人，我知道名字的也只有一半左右，事到如今也問不出口。每次在走廊見到奧，就會自然而然請他進房間。我跟小惠的事也習慣只跟奧說。

「如果把雪景球先翻過去再翻回來，看起來就像在下雪對吧？」奧說。

風從敞開的窗吹進來，吹動了長度有點不夠的窗簾。

「嗯。」

「不是啦，你有沒有把雪景球拿著轉動過？」

奧摸著他沒有修整的鬍鬚說著。

「沒有。」

「看起來不像下雪呢。」

「哦，那像什麼？」

「像漩渦。」

「但是裡面應該填滿了液體吧？」

「可能每顆不一樣吧。」

奧露出深思的表情，繼續往下說。

「如果我說像『世界末日』，聽起來可能很老套，總之就是看了會讓人心慌的樣子。」

「只要自己不要跟著轉不就好了？」

看我笑了，奧緊閉著唇看著我的臉。

「你一定會照著做，因為聽了我這麼說。」

我覺得他的臉有點鐵青。

「才不會。」

我這麼說完，他又笑了。

「你一定會。因為你不希望出現那種詭異的世界，所以你會想親自確認並不是這麼回事。」

「好像有點懂。」

「我想你會帶著後悔的心情看著那種帶有危險氣息的光景。即使發現自己正在這麼做，也逃不開。」

說完後，他用伸長的腳跟敲了一下地板，發出咚！的一聲。

「哪有這麼誇張。你現在是在模仿惡魔嗎？」

「你才是惡魔。」

「別一臉話裡有話的樣子。」

我說完後奧靜靜地笑了。

如同田村事前告訴我的，他跟出版社編輯並肩坐在居酒屋的包廂裡。田村放在桌上的攝影機亮著紅色指示燈，我想應該正在拍攝。不知從什麼時候開始，田村的拍攝也成為一種日常。

我們三個人都點了啤酒，編輯單刀直入地對我說：「我想替永山先生的作品出書。」這名編輯好像來看過 House 那場作品展。

「透過筆下人物悲慘的宿命，似乎隱約可以看見創作者自己的生活暗影，我覺得非常有趣。」編輯翻著筆記這麼說。

具體來說，他希望我替原本的單張畫作配上文字，然後整理出一個足以成書的系列。這跟我想畫的漫畫不同，但原先也沒指望對方會願意幫我出畫集，所以有點興趣想試試。

「我猜想你的個性可能不希望自己的作品被隨意改動，不過我這邊有幾個提案。」編輯這麼說。

田村玩著他的攝影機，沒有說話。

不知道是什麼原因，很多人都會覺得我難相處。小時候還好，大家會開我玩笑。漸漸地，周圍好像開始小心翼翼地對待我。

「好。」我慢了幾拍才回答，田村嘴角露出一點笑意。

編輯翻開自己的筆記本，低聲說：「凡人A的罪狀在於相信自己的才能。」

「這麼說或許有點冒犯，但這種青澀和彆扭一點都沒有現代感，但也不是傳統，簡單地說就是有點落伍，你別生氣啊。」

「好。」

「我覺得這應該很好笑。」編輯笑了，似乎也想引我發笑。

我還不懂他的意思，總之也跟著笑了。

「有沒有人說過，你很像昭和時代的窮苦學生？」

「喔，有一段時期吧，但後來大家也叫膩了。」

「你是不是經常在思考跟這個作品主角一樣的事？」

「應該吧。」

但我沒有刻意要想，只是會自然陷入那種思考當中。

編輯繼續說。

「當我看到你感受到的那種鬱悶時，我笑了。我一直在想，到底哪裡好笑，我猜可能是因為你沒有替這個具備內省精神的主角預備出口，所以這種悲劇性引人發笑吧。那幅畫刻意貼在很重的背板上、還裝了框對嗎？這種呈現方法並沒有加強作品的分量，反而讓人覺得這是一個屬於不同世界的故事，一個被封存在這沉重畫框世界裡的故事。這幅作品違背了你的意圖，與現實隔絕，那麼這些沉重到底由誰承擔？並不是鑑賞作品的人，而是特地選擇這種手法的作者自己身上。這時我才感覺到作品中的人物跟作者的關聯，所以我拜託田村，說想跟你見面聊一聊。」

編輯身子往前傾，一口氣說完了這些。或許比起我的作品，他笑的其實是包含作品在內我的所有狀況吧。

「簡單地說，我建議在畫作上添加類似『凡人A』這種吸睛但又叫人無可奈何的文字，讓作品整體看起來像諷刺畫，這樣應該可以表達出趣味性。怎麼樣？要是覺得不喜歡就直說。」

我知道他想說什麼。演就是了。只要讓大家覺得我所處的狀況好笑就成了。

「也可以寫成故事的形式嗎？」

我沒有什麼太深的想法，可能只是在抗拒自己一下子全盤接受提議。

「你是指不是單張獨立的系列畫作？」

「對。」

編輯沉默了一會兒，看起來好像已經決定好接下來要說什麼。

「我覺得這樣可能會一口氣拉高難度。」

「我知道。」

編輯皺起眉盯著玻璃杯，好像還有話想說。

「那就試試看吧。對我來說只要有趣就行了。只要你能客觀看待自己，諷刺畫可以成立就行。」

「我試試看。」

田村拿起攝影機，拍下我回答時的表情。

生日這天我沒有任何計畫，天還很早，我就在附近烤雞串店的吧檯喝起啤酒。雖然表現出沒家累的中年人本當如此的樣子，但每年還是會規規矩矩記得自己生日，說來也實在可笑。小時候家人曾經替我慶祝過生日。記得有一次（在慶生會上）玩接龍，我為了要贏，一定會努力找發音是「Ru」結尾的詞，讓坐在我旁邊的父親接下去，結果他破口大罵「我們可是為了你才玩的！」而現在的我，年紀已經超過了當時的父親。

打開智慧型手機，幾個朋友傳了LINE過來。

「大王，生日快樂！」

這是偶爾會單獨見面的朋友。我也想過要聯絡對方，但生日這天可能會讓對方刻意費心，我又不想讓人家誤會我有什麼特別企圖，想想覺得麻煩，也就沒有聯絡。啤酒灌入喉嚨深處，想起一、兩幕在House的舊時回憶，一個人沉浸在回憶裡其實也不錯。

整顆腦子暈乎乎轉個不停，我還在猶豫該不該喝酒。就算坐在桌前，也一點靈感都沒有。到附近散步、聽音樂，隨意翻看雜誌，為了不讓胸口萌生的那些渺小創作嫩芽般的感覺遠離、消失，我努力想灌溉栽培，可是這份意願卻持續不久。我始終拋不下「這種點子誰都想得出來」的懷疑，陷入不安。

跟編輯見面的那天晚上，我把編輯的話跟他的提議告訴小惠，她像是自己的事一樣開心。又過了幾天。該創作什麼？為什麼要創作？我開始連這些答案都不知道。

我畫了幾張圖，但是找不到適合放上去的文字，甚至只想得到一些類似台詞的輕佻字句。若要以搭配文字為前提來畫，又完全畫不出來。圖文無法互補，這樣怎麼可能寫出故事？我心裡沒有任何故事，有的只是不斷變形的情感，而這些情感始終無法凝結成具象，最後我只是被更大的不安吞噬得一點不剩。

認識小惠之後，我第一次跟她吵架。她只是問了我創作進度，我卻像發了瘋似的對她大吼。明明沒有天分，卻表現得像個憂鬱的藝術家，事後覺得自己這樣子真是不堪。隔天重看了自己畫在筆記本一角陰影極濃的描寫，幾乎想吐。要是這種圖，我立刻可以題上「無病呻吟」這幾個字。

小惠只是單純很期待，但她的期待讓我感到很沉重。想要推開這份沉重時所產生的感情，甚至很接近憎恨。假如她一開始就嘲笑我也就罷了，但事到如今我已經不能讓她笑了。

我試圖說服自己，「擅自決定開始的事就不能擅自決定結束」只是我先入為主的想法，但桌上空白的紙張強迫我認知到這才是現實。腦子暈乎乎的，我又開始猶豫，該不該繼續這樣喝酒。

我窩在房間棉被裡，看著電線在窗戶吹進來的風下搖擺晃動。奧坐在椅子上，翻看我房間裡的漫畫。

「說不定根本沒有人是天生就有才能吧。」

「什麼意思？」

奧的視線沒離開看到一半的漫畫。

「人類或許只會分成欺騙自己、覺得自己不同凡響的人，跟除此之外的人吧。老實說，只是在賭這一半的可能性吧。」

「發現這種道理好嗎？」

奧的腳跟敲響了地板。

「我有時候假裝自己很自律，整個晚上都在畫畫，其實畫到一半就開始重看《幽遊白書》全集，不知不覺就天亮了，或者覺得下面癢了就自己弄一下解決，然後就這樣睡著，只是因為熬夜到天亮而有種成就感。」

「很像國中準備考試時那種感覺吧。」

「對對對，其實跟那時候幾乎沒什麼不同，衝勁跟實際行動完全搭不上，這種運用時間的方法根本不可能讓考試成績突飛猛進，自己早就知道會有什麼後果。」
「大家不都是這樣嗎？」
「不，有才能的人不會睡覺，有才能的人會好好工作。」
「但是聽說愛因斯坦一天要睡十個小時。」
「如果是真的我覺得好心安喔。這表示我還有一點可能對吧？不過至少約翰·藍儂就不會煩惱這種事吧？」
「我覺得會吧。」
「他的煩惱不是個人等級，應該是關於這整個世界。」
「啊？但個人的事就是這個世界的事啊。」
「老天爺為什麼不先設定好讓每個人只能做適合自己才能的夢呢？要不然也給我們強韌一點的精神力，讓我們即使被當成垃圾看待也不會受傷。你不覺得嗎？」
「嗯。」奧的聲音有點嘶啞。
「快天亮了吔。」他輕聲說。
窗外還一片黑，不過跟剛剛比起來天空更接近藍色。
「天最好不要亮。真希望就這樣不要醒來。這種感覺是不是很老套？」

「什麼狀態叫不老套？」

「充分擁有自己的個性。」

「什麼意思？追求那種境界才叫做老套吧？」

「所謂老套，是那種總愛把『失敗是一種名為經驗的成功』這類句子掛在嘴上的人。但也有人真的失敗之後就一蹶不振不是嗎？」

「或許吧。」奧翻著書頁，偶爾發出小聲輕笑。

我在舊書店書架前，翻著成為漫畫家的入門書。我把建議去當專家助手的書放回架上，拿起下一本。我在翻開的書頁裡拚命尋找文字，想獲得一些啟示，不過看到一半才知道，這是本介紹如何成為會計師的漫畫，自己默默碎唸了一句「不是這個啦！」身上滿是酒臭。這時我才想起，現在身上沒什麼錢，因為今天早上剛吃了拉麵。走過我背後一個身穿西裝的上班族啐了一聲，我也試著發出點聲音回應對方，但聲音比我自己想像的還要大。店後方的老闆看著我，我又拿起另一本書。對了，重要的是故事啊，我出聲嘟囔著。這是為了讓店主放心而發出的聲音。離開書店，陽光很刺眼。從昨天開始我就沒睡，編輯指定的截稿日已經過了。

昨天晚上我跟小惠有過一番爭執。「你到底在逃避什麼？」，她這句直接的話讓我聽了很煩。創作行為本身就是一種謊言，我的方法是去證明這個已經存在的東西。我用這種漏洞百出的藝術論逃開小惠的問題。她問我：「為什麼又喝醉了？」我試圖笑著敷衍過去，但是這種問答重複了幾次之後我忍不住對她大吼。她離開房間時哭著說：「你現在難得有一個能因為創作而受苦的機會吔。」這句話最刺痛我的心。小惠為什麼要哭呢？總之我好睏。

睜開眼睛時覺得頭很沉。望著放在窗戶旁邊的雪景球，我試著回想自己是怎麼到小惠房間來睡的。我在棉被裡動了動，小惠撲向我，床鋪應聲嘎吱作響，她看著我的臉：「醒了？」

我點點頭，她從房間小冰箱裡拿出兩塊海綿蛋糕放在桌上，在我的玻璃杯裡倒了可樂、給自己的杯裡倒了茉莉花茶。我發現她心情出奇地好。

「這是幹麼？」我悶聲問。

「慶祝你完成分鏡稿啊。」小惠笑著說。我好像已經很久沒有看過小惠的笑臉。

「什麼意思？」

「你不記得了？」

她在說什麼我一點頭緒都沒有。小惠雀躍的聲音讓我有點煩躁，但我又希望她能夠繼續保持這個樣子，心裡很矛盾。

「昨天晚上你喝醉了，但突然說想到了故事，所以我急忙幫你寫了下來。」

到底發生了什麼事？

「我說了什麼？」聽我這麼問，小惠站起來，從工作桌的抽屜拿出筆記本翻開頁面遞到我面前。

整齊的字跡寫著故事梗概還有台詞，我卻一點印象都沒有。

但看了筆記之後，我很確定這確實是自己想出來的。上面整理了過去隱約存在我腦中、但卻從來沒有形成具體意象的幾個點，還連結得極漂亮。不過看起來還稱不上作品，因為人物台詞還有些漏洞。這些漏洞也都因為主角的個性得以順利回收。知道這確實出自自己之手後，我忍不住彎起了嘴角。

我急忙吃完蛋糕回房，花了兩天時間不眠不休地畫好剩下的圖，一點都不覺得疲憊。故事與圖畫交映，有時又能從中誕生新台詞。

我寄了封電子郵件給編輯，先為了作品樣本遲交致歉，同時向他報告已經完成，發完信後我還是亢奮得睡不著。小惠也還沒睡，我邀她一起去散步。
我還清楚記得小惠在走廊上壓低聲音說話時的聲音，還有沒開玄關燈直接穿鞋的感觸。我們兩人笑著跑在上野公園裡。

《凡人A》出版後經過雜誌等媒體的介紹，瞬間成為熱門話題，儘管數量不算多，好歹也再版了。過度的自我厭惡和露骨地從自我本位看待世界的風格，獲得一部分讀者的支持，不過聽到的反應多半是類似「青澀」的揶揄。或許正如編輯打的算盤，這種青澀正能引人發笑，但我自己並沒有因此滿足。
我本來以為，只要作品能問世，那股隱約的不安就會煙消雲散，其實不然。作品跟我自己一樣，在跟他人接觸後受到審查、確立價值。
我告訴奧決定要出版書了，他很罕見地表現出開心，不過他也針對之後可能發生的狀況給了我建議。
「可能會有人嫉妒你，但不用太在意。那些人只是不想面對自己以外的人受到好評的事實而已，你甚至不需要同情他們。我也會嫉妒你啊，也會忍不住去想，說不定我也能有一番成就。但實際上我什麼都沒做。結果就是這樣，所以事後再說什麼都沒有意義。」

「也有點運氣成分啦。」

我說完後奧嘆了一口氣。

「不需要這種謙虛。你知道過去有幾萬個自稱創作者的人，都拿著『運氣』當藉口就此沉淪嗎？因為要把責任推給自己以外的東西很簡單。我並不認為社會風評代表一切。如果有人出於自己的真實感受想稱讚某個人，那大可去稱讚，但難道有人會想付錢給一個無法為自己的人生或痛苦負責任的天真鬼嗎？」

奧沉著地說，語氣很平靜。

「嫉妒你的時候，我會回顧自己的時間。發現自己像個傻子一樣地吃飯、睡覺。然後覺得丟臉死了。你乾脆叫我豬吧。」

說著他自己也笑了。

「還有，你不覺得那些人的眼界很狹窄嗎？與其嫉妒你，還不如去殺掉那些不需要加入競爭遊戲的有錢人。為什麼只對跟自己起點相當、順利爬上去的人有這種過剩反應呢？真難看。」

我不敢相信有人會嫉妒這麼不中用的我，本來以為是玩笑話，不過實際上真的有一大堆這種人。他們的批判不會危害到我什麼，但是有這種人的存在，以及他們那無處宣洩的苦，確實讓我受到一些影響，這時我就會想起奧的這番話。

只有跟小惠一起共度的時間安穩地流逝。

感冒發燒時，小惠會炒蔬菜給我吃。我告訴她味噌的調味很好吃，小惠便打著拍子唱了起來：「沾點味～噌，加點味～噌。」我不知道是哪來的旋律。睡了一晚，燒沒退。我心想反正也好不了，不如出去散步，邀了小惠一起。

沿著隅田川邊的小路上，親人的貓靠近腳邊，小惠忘了我的存在，用跟貓一樣的速度在河邊走著。貓停下來嗅起草的味道，她會靜靜等待貓再次開始走。我站在稍遠處，偶爾拉開口罩狂咳一陣，但她都沒注意到，一直追著貓直到太陽下山。可能她自己也意識到了吧，小惠對生物特別感興趣，跟愛屬於不太一樣的興趣。

有一次我們在上野站前的定食店吃完飯，離開餐廳時正好下著大雨。我們決定先去喝個咖啡，我告訴她：「想去沒去過的店。」小惠回道：「我知道一個地方。」然後她逕自往前走。我們都撐著傘，但斜打過來的雨滴還是毫不留情地弄濕了身體。她雙手拿傘，握得很低，希望盡量減少弄濕的面積。我們好像是往根津方向走著，但走了很久都沒找到那間店。因為走得太久，鞋裡都濕了，走到一半我忍不住笑了。

「我們到底要去哪裡？」我說完後小惠從傘下抬起頭，小聲地說：「啊？」那表情和聲音出奇地稚氣，讓我倒吸了一口氣。

我心裡覺得，都走到這裡了，還不如回家吧，但我沒說出口。小惠在住宅區裡突然停下腳步，指著一台放在老房子前的洗衣機。

「那台洗衣機上本來有一隻貓在睡覺，皮膚都變成粉紅色，很可憐。今天好像不在呢？」

那是條狹窄的小路，背後有車來了，我讓小惠走到我身後。雨水跳躍的路面上，小惠左右張望像是在找貓。我催她往前走，小惠再次邁開步伐。看著她一下子高一下子低的鞋後跟，不知為什麼竟有點想哭。

「就是這裡。」她走進店裡。確實是間我沒來過的老咖啡館。

長褲褲腳都濕透了，腳很冷。

「不冷嗎？」

「不會，沒事。」

我點了咖啡，小惠點了紅茶。我從背包裡取出在美術館買的專輯拿到她面前，她翻看的同時嘴裡輕聲說。

「什麼？」

「啊？我沒說話啊。」

「有啦，你有說話。」

「我真的沒有說。」

「你說很充什麼的。」

「喔，很充實啊。」

「對對對。」

「我確實說了。」

「之後呢？」

「之後我就什麼也沒說了。」

小惠的視線再次回到專輯上。

有時候我會覺得小惠距離我很遙遠。我不知道這是因為她的變化，還是我自己的問題，總覺得她有時離我很近、有時很遠。

小惠抬起頭。好像注意到一隻在桌上移動的小蟲。她闔上翻開的專輯，臉幾乎沒有動，只有視線在移動。她單手慢慢抓住白色擦手巾，放在桌上的小蟲身上。攤開的擦手巾一落下她就用手指抓起，小聲地說：「啊，好像快死掉了。」

桌上的小蟲抖著腳。

「小時候我暑假都待在沖繩的奶奶家。」

「永山你的老家不是在大阪嗎？」

「我爸是沖繩人。」

「我第一次聽說。」

「我忘記是蚊子還是蒼蠅了，我有一次要殺掉蟲子時，奶奶要我不要殺。」

「為什麼？」

「她說那是爺爺變成蟲來見我的。」

「爺爺變成蟲？」

「爺爺在我一歲的時候過世了，奶奶說蟲子裡有他的靈魂。」

「哦～」

「隔天家裡出現兩隻蟲，我開始覺得奇怪，爺爺的靈魂是怎麼分配到這些蟲子身上的。」

「剛剛那隻蟲，不知道裡面有誰的靈魂。」小惠說。

奧是少數替我出書感到開心的人，但是他對於大家看待我作品的角度有些疑問。

「你的書經常被歸類成次文化或者地下文化這些屬性來介紹對吧？我不是說這樣不好，但那些人為什麼一副這就是真相的口吻呢？」

奧躺在我房間床上說道。

「不過其實我也一樣，應該沒有人希望自己的作品被叫做『次文化』吧？比方說『反文化』這個詞彙，可能會跟作品的意義自然而然有所重疊，不太需要自己去分類吧？創作者只是做喜歡的事，是別人擅自要去分類的，對吧？」

「那也不一定啊，也會有人故意把自己放進這些屬性裡。你不覺得所謂『次文化』就很像硬派或者自稱物以類聚的人聚集在一起自衛的不良集團？其實就是一種不會輸的戰爭吧？」

我反射性地笑了，但還是有點不以為然。

「應該也是有人輸啦，我覺得他們也很辛苦的。」

不知為什麼，奧對創作者的態度很敏感。

「那多半是不會打著次文化的旗幟在奮戰的人吧？」

「有些人明明沒有這樣自稱，卻被別人套上這些分類，往往是他們本人得承受關於這種稱呼的批判，而不是那些大放厥詞的人。想想真是蠢斃了。」

我的話自然而然變得尖銳。

「既然如此，還不如做些讓人更難理解、或者叫人害怕的作品。」

「像是嗑藥嗑到嗨之後感覺不到疼痛的無敵殭屍狀態吧？這不是也挺不堪的嗎？」

「也對，而且走到這一步就無路可退了。希望創作時能輕鬆愉快，這種想法本身就很奇怪。對於以文字為依歸的創作者來說，次文化這種領域就像是一個舒適的主場，所以離開主場闖進主流文化圈去挑戰，試圖改變其價值觀才是他們的正義，這可以說是個永遠的兩難悖論。我不覺得有人沒發現這一點，所以更看不下去那些視而不見的人。所謂次文化或主流文化，到頭來都只被當成藉口來用吧。」奧這麼說。

我自己又如何呢？或許我哪邊都不是，這些討論可能一點意義都沒有。至少面對作品時，可以有忘記這些道理的瞬間，去追求盡量在這種時間裡待得更久，或許更接近本質吧。就像奧所說的，立場這種東西，只有在自己狀況不好時才需要的救生圈吧。

「假如自己的作品展裡擠滿了只對主流文化感興趣的觀眾，當然或許可能成為一種次文化，但這時應該會一開始就大聲疾呼：『這不是各位討厭的東西喔！』企圖聚集認同者對吧？其實這應該是種最舒適太平的環境吧？觀眾的總數越大，批判聲浪當然就會越大，歷史也已經證明了人類不可能創作出讓所有人都支持的作品或系統不是嗎？用宗教來比喻或許太誇張了些。所有人一致叫好，那跟單純發生在家人或者夥伴間的討論沒什麼兩樣。身邊的人接受度極高的東西，換個方向想，就等於對這個世界沒有拋出任何疑問。假如以此滿足，我覺得是件很丟臉的事。」奧繼續說。

聽到這裡我才第一次覺得，奧說的或許是他自己。

「假如對某個人來說是最高傑作，也不需要覺得丟臉吧？」

「是嗎？」

「對啊。只因為無法得到萬人接受就因此絕望，這不是太蠢了嗎？」

「或許吧。」

奧終於表示同意。

就在書出版後很快過了半年，我接受雜誌採訪，也跟讀過這本書的藝人對談。這個人我本來就不討厭，不過他身邊有專人負責打理服裝和妝髮，準備時間很長，讓我等了很久。結束了比等待時間稍短的對談後，我帶著滿心困惑離開，但是看完最後整理出來的文章心想，嗯，大概也就這麼回事吧。

除了單件的插畫或漫畫委託之外，我也慢慢收到些散文類的邀稿。看在周圍的人眼中，或許覺得我過得很充實。

《凡人A》的責編約了我在澀谷喝酒，順便討論下次的作品。我們有一搭沒一搭地聊著，當我醉到無法準確測量桌上玻璃杯跟自己的距離時，編輯問我：「《凡人A》是你想的吧？」

「是啊。」我隨意一答，但總覺得編輯這句話好像單獨被擷取了下來，虛無地飄在半空中。

「為什麼這麼問？」

「沒有啦，就確認一下。」

說著，編輯往自己玻璃杯裡倒了啤酒。

隔天早上醒來之後，編輯那句微妙的問話依然留在我腦中。我記不清當時的詳細對話脈絡，但應該是編輯脫口而出的一句話。我們並沒有具體討論到下一本書，所以他可能是為了確認這一點才特地約了我出去？究竟是出於什麼意圖呢？

是不是看了我最近頻繁的作品跟言論，察覺到有些悖離《凡人A》的地方？既然如此，是不是表示作品的品質跟方向並不符合編輯的期待？但說到底，我又為什麼要在意編輯的想法呢？話說回來，只因為我個人想法就判斷一個無關利害在觀測我能力的人觀點有效或無效，這或許更奇怪吧。那可能只是隨口無心的一句話。最重要的是，自己的軟弱讓我無法勇於抵抗這句話。

仲野這個人的主張和存在定位在不同時期都不一樣，就像隻變色龍。並不是指他像個優秀音樂家一樣不畏變化、持續挑戰這種具建設性的意義，也不是說他身為一個創作者受到許多影響後能對其產生反應融入到創作中。這裡說的變色龍，類似只因為在選舉中比較有利就不斷轉換風向改變政策，還大方表現得一副自己本是如此，一點都不覺得羞恥的實利主義者。換個角度看，或許仲野骨子裡始終如一，並沒有改變。

也是在這個時期，仲野一改之前對我釋放的攻擊性緊張。我的作品問世後，他語氣裡明顯包含對我的敵意，似乎又回到我們剛認識時那種游刃有餘的輕蔑。

仲野那異樣的從容讓我覺得奇怪，同時我也開始懷疑理應跟他沒有交集的編輯那句話和仲野的態度之間，是不是有什麼關聯。可能是仲野灌輸了周圍什麼奇怪的論調。

連House客廳都能聽到拍棉被的聲音，管理員綾子小姐幾乎天天都會曬棉被。我不知道其他人怎麼樣，但自從我來到House之後還沒曬過自己的棉被，每次聽到這個聲音就感到不安。這種不安又再疊加上編輯的話和仲野的態度。當我試著逼自己忘掉這些時，又會想起快接近的截稿日。不知道該從哪件事開始想好。砰、砰、砰，聽著拍打棉被的聲音我就一陣困倦，什麼也無法思考。不如睡吧的念頭跟該回房間去這兩種意識互相衝突之間，我察覺有人接近，微微睜開眼，看到一個身穿制服的女高中生穿過客廳不知去了哪裡。那是誰？想著想著，聽見某間房門關上的聲音，我又睡著了。

「永山先生？」

睜開眼睛，眼前是管理員綾子小姐。

「在這裡睡覺會感冒的。」

「啊，不好意思。」

說著，我撐起上半身，但腦子裡還一片茫然。

「果然是永山先生。」

「什麼意思？」

「我妹妹說有隻髒猴子在客廳睡覺，我說怎麼可能呢，應該是永山先生吧。」

原來剛剛的女高中生是管理員的妹妹啊。我只在送房租時見過一次面，本來以為她年紀應該更大一點。

「我心想萬一真有猴子怎麼辦，拿了外國的殺蟲劑過來。最近的蟲子用國產殺蟲劑好像殺不死呢。」

「我想不至於這樣吧。」

「就是說啊。這殺蟲劑是哪一國的呢？應該是美國吧？」

綾子小姐把殺蟲劑標籤朝向我。標籤上都是英文。

「比起這個，問題在於我妹妹來這裡。我有告訴她不能過來啦。如果看到她請不用客氣，儘管提醒她。我也跟你說過吧？跟其他房客走得太近會發瘋的。」

綾子小姐說這些話時臉上並沒有笑意。

店外天色還很亮，只有廚房點著燈的店裡卻很陰暗，敞開的入口可以清楚看見來來往往的自行車和購物客。從外面看來可能連有沒有在營業都無法判斷。

門照進來的光線在地上切出一塊四方形。視線從那道光移回到店後方，視野頓時一黑，讓人一陣暈眩。眨了眨眼，眼睛習慣店裡的昏暗之前，視野中混著紅色。店外傳來拍棉被的聲音。天氣很好。腦子裡浮出這個平凡無奇的念頭，仲野的事好像也變得無關緊要了。

因為喝了酒才這麼想嗎？我氣自己直到現在還擺脫不開那種記憶。這種老掉牙的痛苦對這個世界來說根本不足為道。幾年前，我曾經很想對人傾訴那個時代的往事，用一種連自己都覺得難為情的凝重態度訴說著。原本認真聽著我說話的金髮女人聽到一半終於忍不住開始大笑。

我問她怎麼了，她說：「太好笑了！抱歉，戳中我的笑點。」金髮女人繼續笑。

她的反應讓我很意外，我嘶聲對她說：「妳這個人的感受性也太奇怪了吧。」等著那金髮女人冷靜下來，但她還是笑個不停，我忽然惱火了起來，憑什麼我要配合這種人的感受，我想把那金髮女人惹怒到跟我一樣的程度，問她：「我看妳的金色陰毛根部應該是黑的吧？」

結果她比我想像的更生氣：「嗄?!」她對我大吼：「你這傢伙，聽你說這些無聊得要命，我好心才笑兩聲給你聽懂不懂！反正時間到了我就可以走人！」

剛好，她設定的鬧鐘響了，金髮女人就這樣拿著東西出去。

一想到那可能是世間一般人會有的感覺，我就開始害怕在人前提起自己的過去。

我也覺得或許輕輕鬆鬆說些玩笑話、馬虎度日，比較適合我原本的性格。立志走上藝術之路後，是不是就會自然而然擺出儼然哲學家的憂鬱神情？會不會有一個瞬間我會躺在棉被裡放心說著「原來一切都是夢，太好了，真是太好了？」那個讓我安心的歸屬究竟在哪裡？腦子裡開始想這些年輕人才會煩惱的事，是不是因為今天過生日的關係？還是因為一直聽到外面拍打棉被的聲音？那個金髮女人聽了我這些自問，可能也會捧腹大笑吧。

我開始無心創作，心情越發沉重。我想跟小惠待在一起，但她常常不在房間。發簡訊給她也沒回，可是她的鞋子確實擺在House玄關。我滿心焦躁地敲了她房門也沒有回音。小惠那天晚上人到底在哪裡？

隔天早上我心裡對她的芥蒂還沒有消失，清楚留在意識中。

我跟田村在House裡聊著。客廳讓人冷到骨子裡，可以聽見走路時清晰的腳步聲和衣物摩擦聲。田村點起暖爐，燈油味擴散在整個房間，我開始擔心會不會爆炸。

「你有沒有聽說什麼關於我的風聲？」

無論是好事壞事，我只想快點弄個清楚。

「嗯，我也不知道是真的還是假的，確實有聽到一些風聲。」

看來田村大概知道我想問什麼。

「什麼風聲？」

「聽說你《凡人A》的核心部分，其實是飯島想出來的。」

田村雙手交握放在桌上。

「啊？什麼意思？」

田村放在桌上的手臂上沒有長毛，看起來不太像他本人的手。

「不是啦，我也沒聽飯島直接說過，不知道能講到什麼程度，聽過仲野到處去說這件事。」

仲野的目的是什麼？他是不是真心相信幸福的總數早已確定，自己想擠進去就得將別人踢出來？或者他的想法更單純，只是出於憎恨？

「如果你能主張是自己想的，那就不用特別在意這件事吧？」

「但還是很火大啊。」

「準備作品展的時候飯島在這裡說的話，不知不覺變成每個人的作品題材，我自己也一樣，但是大家都知道那是作品展整體的主題，而且也不一定得用飯島所想的主題當作題材。」

田村慢慢往下說。

「除此之外你還有想到什麼可能嗎？」

「沒有。」

假如只是仲野一個人失控，理應無須在意，但我心裡的不安遲遲揮散不去。

當我說要直接去找仲野問個清楚時，奧問我：「要不要跟你一起去？」我顫著聲告訴他來龍去脈，覺得自己實在很沒用。奧大概是想緩解這凝重的氣氛吧，他視線一直盯著正在實況轉播足球賽的小小電視畫面。

「演變成暴力式的爭辯也無濟於事。」

不知道是哪支隊伍得了分，觀眾的熱烈聲援從喇叭傳了出來。尖聲報導實況的轉播記者好像十分亢奮。

「我是打算好好講道理，應該說保持冷靜跟他談。」

「你現在壓力這麼大的狀況，可能正中對方下懷吧。」

「我本來就不喜歡發火。」

「就是啊，嗯？」

奧彎下腰，將臉靠近反覆播放得分畫面的螢幕。

「喂，你真的什麼都不知道嗎？」

奧沒有回答我這個問題，他專注盯著慢動作的射門鏡頭，小聲地說：「這應該沒進吧。」

「足球是誰想出來的運動呢？」

不知道奧這句話跟我剛剛的問題有沒有關係。

「小時候不管跟誰一起玩，如果不是自己想出來的遊戲就會覺得很沒興致。反正都不是自己的，就算玩得好，也要歸功於想出這個遊戲的人，所以輸贏都沒什麼意思。」

奧的臉還是朝向電視畫面。

「就這一點來說足球還真不錯。足球的起源有很多說法。例如從兩村相爭開始發展，或者以前踢的其實是骷髏頭等等。總之似乎不是某個天才一個人想出來的。規則大概是後人有需要時逐步加上去的，但那也稱不上發明。足球選手的表現屬於個人。馬拉度納（Diego Armando Maradona）幾乎是個奇蹟，克魯伊夫（Johan Cruijff）的個人技巧也非比尋常，有人說他是開創組織性足球潮流的人物。不過即使那確實是克魯伊夫奠定下來的戰術，也得先有想出這套戰術的教練，然後由克魯伊夫在球場上展現出來。想到這些就會覺得很空虛，自己想做的事真的屬於自己嗎？或許自己只是在別人想出來的架構中行動，其實根本甚至不被需要。說不定就連這股衝動都是受到別人的誘導。」

「那你想做的事情是什麼？」

「搞笑藝人。」

奧平靜地回答我。

我從來沒仔細問過奧想做什麼、之前過著什麼樣的生活，但聽他說想當搞笑藝人，我也並不覺得奇怪。這棟建築裡住著各式各樣超越我想像的人種。

「搞笑藝人也有很多種吧。你想當哪一種？」

「我想當相聲師，所以跟中學同學一起來東京。」

他之前從來沒提過這件事。

「這樣啊。你老家在哪裡？」

「大阪，我沒說過嗎？」

「沒有。」

「所以我每次聽你說話，都很容易被你的關西腔拉走。」

「但你是大阪人卻說一口標準日語，挺少見的呢。」

「我是刻意這樣做的。不想讓別人對來自關西立志當搞笑藝人的人有刻板印象。」

「這跟剛剛的話題有關係嗎？」

「嗯。因為那樣會讓我覺得好像在模仿別人，很丟臉。我從小想當搞笑藝人，是因為這可以打破包覆著我的那層膜，我只知道這種打破的方法。那層膜要是放著不管，會漸漸變厚、讓人難以呼吸不是嗎？我發現搞笑也可以由內而外、自己去打破。柳田國男在書裡寫過，『笑』（Warau）這個字的語源很可能來自『破』（Waru），我看了很開心，總覺得這種說法替我解釋了心裡的感覺。為了打破那層膜需要笑，要持續這麼做的話，打破方式的強度和精彩程度就會變得很重要。啊，你現在是不是覺得這傢伙腦子有問題？」

我忘不了奧說這句話那個瞬間的眼神。

「你腦子一直都有問題吧？」

奧聽我這麼說完，微笑地低下頭。

「我一直覺得必須自己去打破。如果安靜不動，那層膜就會自然重疊，讓人逐漸看不見周圍，身邊的聲音也會變小，讓人不安。可是靠自己力量去撕開那層膜的快樂，也是任何東西都無法取代的。所以我高中時就不再看電視上的搞笑表演。剝奪自己最喜歡的事真的很痛苦。但也多虧了這樣，那層膜形成的速度變得特別快。可見『搞笑藝人』這人種給了我多大的幫助。我決定從今以後要自己去打破那層膜。但如果連打破的方法都在不知不覺中模仿了別人，還有比這更殘酷的事嗎？」

我坐在上野公園的長凳上等著仲野。如同我跟奧說好的，我打算冷靜跟他談，可是當我看到他戴著運動外套的帽子走過來時那張蠢面孔的瞬間，完全忘了一開始想對他說的話，一回神，我用極不像自己的聲音對他說：「小心我宰了你。」

「啊？」

面對這種傢伙沒必要冷靜。

「一天到晚在外面說那些捕風捉影的事。」

「我現在是被小混混叫到體育館後面修理嗎？」

看著我的仲野那張臉，好像膨脹到幾秒鐘後就要破裂的青蛙一樣。

「你的比喻還是一樣無聊，狀況我都已經知道了，何必故意用那種自我滿足的方式來打比方？我不想浪費時間，你快回答我的問題。」

仲野在我眼裡就像是青蛙或者章魚，總之是種不可能跟自己溝通的生物。

「明明是你把我叫出來，現在這種單方面命令的口氣是什麼意思？」

「啊？」

「啊什麼啊。你怎麼突然變蠢了？」

「誰叫你隨便在外面造謠。」

我不自覺咬緊了牙關說話。

「什麼意思？你給我解釋清楚。」

「你要嫉妒我是你的事，但是不要到處說謊還把我牽扯進去。」

「看，又來了！」

說著，仲野指著我。

「不要用手指著人！」

「你到底想說什麼為何不一開始就講清楚？囉唆的傢伙。本大爺會好好解釋到連你都能聽懂的啦。」

「你是不是到處跟別人說我寫的東西是飯島的點子？這也太離譜了吧？」

「你是說《凡人A》嗎？那本來就完完全全是飯島哥的想法。」

「什麼？」

「你是真的不知道嗎？那我就告訴你吧。有一段時期你不是在煩惱能不能順利出版嗎？自以為進入好像藝術家的狀態，那陣子大家都受夠你了。我說你這個人啊，也不看清楚自己明明沒什麼天分還自顧自沉浸在感傷裡，覺得壓力大，整天煩躁不安，不知道給身邊的人添了多少麻煩。大家都覺得你真是煩透了。」

「那又怎麼樣。」我話一說完，仲野就在長凳上坐下，嘆了口氣。

我跟他相隔一段距離，也在長凳上坐下。

「那時候起一直到最後，你還是什麼都沒寫出來吧？」

仲野點起一根菸，悠悠說著，彷彿正在尋找最能踩痛對方的落點。

「然後你開始喝酒逃避、完全放棄，不是嗎？老是依賴小惠、一天到晚給她惹事。我說你這人也太沒用了。」

「什麼？」

仲野這傢伙，就憑他也敢隨隨便便這麼親暱地叫小惠。

「你從剛剛開始就只會說『啊？』、『什麼？』對於提供你資訊的人，憑什麼這種態度？算了，反正我本來就知道你是這種人。」

「你到底要不要回答問題。」

話題不能再繼續被仲野牽著走。

「同樣的話你要說幾次啊？我現在還沒講到你，所以還輪不到你出場啦。你聽好了，已經放棄逃走的你為什麼能完成作品？不覺得奇怪嗎？難道你自己什麼都沒發現？看你出書之後那整個人得意忘形的樣子，我都覺得丟臉。」

「你說什麼?!」

我的聲音忍不住變了調。仲野看到我的表情笑了出來。

「你可千萬不要哭出來啊，我今天沒帶手帕。你自己想想吧，簡直太悲哀了。你一直看不起我跟飯島哥對吧。總是自以為清高孤傲，覺得自己滿身傷痕，跟悠悠哉哉過日子的我們不一樣，對吧？看到你這種占盡好處的傢伙就想吐。有很多人處境比你還辛苦，但還是能不給別人添麻煩，過著有協調性的社會生活。你到底在耍什麼天真？要是說有什麼過人天分也就罷了，但你這個人就是空有性格。自己狀況不好的時候連不順利都能拿來當武器博取同情，我看你就跟藉口肚子痛逃學那種人一樣。而且你可是多虧自己看不起的人，天分才被外界認可。你不是最討厭這種事嗎？我看你其實很高興吧？」

我不知道該回他什麼。

仲野臉上露出假笑，望著我受傷的樣子。

「你倒是為過去對我們的態度道歉啊！」

不能再被這傢伙牽著鼻子走了。

「我憑什麼跟你道歉？我警告你，不確定的事不要隨便亂說。」

我說完後仲野誇張地笑了起來。

「你這個人怎麼回事？有沒有在聽人說話啊？我當然是有把握才會說。我是很想全部告訴你啦，但畢竟我不是當事人也沒有立場說。詳細情形我不清楚。不過《凡人A》的故事是飯島哥想出來的，這是客觀的事實，從探討創作者定位這層意義上來看，今後我也想更積極討論這件事。你不會有意見吧？反正終究會被你知道，說了也無所謂。總之，你最好好好跟小惠聊聊。」

我竟然連回話都辦不到，軟弱得太不堪。

「偶爾會有小惠這種下意識把自己逼入嚴酷處境的人。但就算這樣，一個男人寄生在她身上，我實在不以為然。」

仲野暢快淋漓說個不停。

「欸，不過你剛剛還真可怕。跟個小混混似的，應該是有備而來吧？一見面就說『小心我宰了你』也太嚇人了。那我先走嘍。」

說完仲野站起來，雙手插在口袋裡離開。

不忍池的池面水光瀲灩。好像之前也看過同樣的風景，是跟小惠一起來的那次。為了穩住自己的情緒，我試著想些其他的事，但最後都會繞回同樣的地方。我的生活圈子很小，一切都會繞回現在面臨的問題上。

一對男女談笑著走過我眼前。旁邊長凳上有個瞪著池水一邊喝罐裝水果酒的男人。該問誰好？說不定除了我以外所有人都已經知道了。我知道除了直接問小惠沒有其他選項，但這實在太痛苦，我想要盡量往後拖延。

廣播開始播放東京要下大雪的氣象預報。下午五點多時，從我房間窗戶看到開始飄雪，那時我終於聯絡上小惠。我不清楚她人在哪裡，但她說晚上會回 House，我們約好到時聊。只是郵件上幾則短短文字的往來，卻已經可以從冰冷字面上預見兩人的關係將就此瓦解，再也不可能修復。

大雪來臨之前幾乎所有人都回到 House。House 人少的時候建築物整體感覺很輕。通風雖好但感覺不太牢靠，危危險險彷彿平常的生活連同這棟舊建築都會兩三下被吹跑。人多的時候整棟建築物蘊藏著熱氣，也可以感覺到密度。那股重量又會讓我開始感到不安。

待在房間裡覺得有點喘不過氣，我毫無意義地去了好幾趟廁所和客廳。房客們好像都待在各自的房間裡。不管去哪裡我都沉不住氣，最後還是回房間倒在棉被上。經過飯島房門前時我好像聽到男女交媾的聲音，忍不住停下腳步，但馬上又告訴自己那只是一般的對話聲。不過似乎又聽到有女人的哭聲，聽得不是很清楚。可能是電視的聲音傳到外面來。飯島房間傳出女人聲音也不是第一次了，或許是我自己的心理作用。

仲野說的那些事，為什麼我不能直接問飯島呢？是因為害怕沒機會跟小惠說話嗎？都到了這個地步，如果我還因為能見到小惠而感到高興，那也實在太蠢了。其他房間馬上就傳出明顯的電視聲或者音樂。看樣子大家都回來了。不過話說回來，小惠人到底在哪裡呢？

小惠半夜傳了郵件過來。我從被窩裡撐起上半身，窗外正激烈下著雪，樹梢和屋頂都積上一層白。一離開棉被就覺得冷，我披上掛在椅子上的開襟衫，但想到這是跟小惠一起在二手衣店買的，又脫了下來。

我敲了敲小惠的房門，她應了聲「來了」，打開門。

「不好意思弄到這麼晚。」

小惠的聲音有點沙啞。

「雪好大，妳還好吧？」

「嗯。」

小惠看著窗外心不在焉地回話。平時都只開著間接照明的昏暗房間，吊掛在天花板中央的電燈現在投射下燦亮燈光，光是這樣就覺得這裡像個陌生房間。不知什麼時候掛在牆上的地下絲絨樂團香蕉T恤顯得特別醒目。我覺得渾身不自在，好像終演後坐在觀眾席燈亮起的劇場裡一樣，很想假裝沒事去關掉電燈。

我坐在跟平時不一樣的地方，她隔著一張小桌坐在我對面。這距離感跟以前很不同。小惠的臉比平時白，嘴唇看起來比平時紅。可能是剛剛急忙打理過。

「我有很多事想問妳。」

「我很抱歉。」

小惠低著頭這麼說。

「我希望妳告訴我發生了什麼事。」

整棟建築傳出被風吹動的聲音。

「對不起。」

「嗯，妳慢慢說。」
「對不起。」
「嗯，光對不起我是聽不懂的。」
「嗯。」
「好了，妳就快說吧。」
「你這樣很嚇人。」
「什麼叫我很嚇人。」
我知道她現在的狀態根本無法好好說話，但還是控制不住我的脾氣。
「妳知道《凡人A》那件事吧？大家都說想出那個故事的不是我，怎麼可能呢？那是我想出來的吧？」
她為什麼什麼也不說？
「妳如果不跟大家說清楚，他們會誤會的，我現在就叫大家去客廳，妳跟大家說清楚。」
小惠還是低著頭，開始抽泣。可能是假哭吧。
「我問妳，那個構想是我的吧？」

沒等她回答，我刻意大聲吐出一口氣。

這時最讓我痛苦。

「可能……不是。」

小惠開了口。

「什麼意思？為什麼不是？」

「對不起。」

「就跟妳說光是對不起我聽不懂啦！」

建築物被風吹動的聲音還有啜泣聲混在一起。我腦中突兀地聯想，如果是飯島，現在可能會說些「感覺真不錯」之類的輕佻話吧。

「那時候我不知道該怎麼辦好。」

「什麼時候？」

演變到這個局面之前我一直覺得心神不寧。

「那時候截稿期已經過了。」

是我心裡很慌的那段時期。

「然後你一直在喝酒。」

她做了什麼？

「我很高興看到你好不容易有機會出書，不希望你就這樣放棄。」

小惠哭得更大聲，我想其他房間應該也聽到了吧。窗外下著大雪，呈現跟平常完全不同的景色，彷彿只有這棟建築物遺世獨立。

「所以呢？妳做了什麼？」

「我不知道該怎麼辦好，等到你睡著開始打呼，我就到客廳去打算自己想想辦法，這時後飯島也在。」

「哦，然後呢？」

「然後……」

說到這裡，小惠哽住了。

「妳不會做了什麼無可挽回的事吧？」

這聲音連我自己都聽不下去。

「說啊！為什麼會變成這樣？說啊，妳倒是好好解釋解釋啊！」

小惠兩手交叉在桌上，將額頭放在手上放聲大哭。

我想對話再也無法進行下去。

「我直接去問飯島。」

我站起來，她卻說了一句我意料之外的話。

「等一下，這不是飯島的錯。」

「妳到底在袒護誰！」

我嘶聲大吼，同時覺得這句話實在太不堪。我用力關上門，聲音響遍整個House全體。房間裡傳出小惠的嗚咽。

來到客廳，飯島跟田村走了出來。從他們兩人的表情看來，應該已經了解一切來龍去脈。

「沒事吧？」

田村對我這麼說的同時，手裡還拿著攝影機，讓我覺得他根本在看笑話。

「拍什麼拍！」我大叫。

「我沒拍啊。」

臉上掛著淺笑的田村說。

「我看到紅燈是亮的！」

沒有意義的對話。憤怒控制了情緒，這時候我竟然還顧著什麼紅燈亮不亮。

飯島靜靜盯著我的臉，似乎在觀察我的情緒。

「能不能告訴我到底發生了什麼事？小惠好像沒辦法說話。」

「嗯。」

飯島坐在沙發上很平靜地回答我。我下意識地咂嘴一聲，嘆了口氣，也坐進沙發。田村沒管我們，逕自操作著他的攝影機。

「該從哪裡說起好呢？」

飯島那從容的態度更讓我惱火。

「把你知道的全都告訴我。」

聽到我這句話，飯島的表情出現了變化。與其說微笑，更像有了某種覺悟。

「嗯。有一段時間《凡人A》截稿日過了，但你還是什麼都寫不出來，那時候小惠在客廳抱著頭，我問她在煩惱什麼。她告訴我都這種狀況了永山卻喝酒睡著了，我聽了之後只是單純覺得她很可憐。老實說，更早之前我就覺得──我這樣說你可別介意啊──我就覺得她為什麼要跟你這種以自我為中心的麻煩傢伙在一起。我猜你應該不知道，我們身邊的朋友對小惠作品的評價都很高，只是怕你不開心，所以她從來沒跟你提過吧。我看她那樣犧牲自己支持你覺得很難受。但不管怎麼樣，你想保持什麼立場，周圍也沒資格多說什麼，也只好就這樣了。可是你把身邊親近的人牽扯進去後，再隨口說自己辦不到、想放棄。」

「我沒有放棄。」

「或許吧。你就當這些都是我自己的感覺。」

田村沒坐沙發，他直接坐在地板上，攝影機好像還繼續在轉動。

痛苦的時間即將開始，但我不能不聽。

「所以我就問了小惠你的作品進展，還有創作的狀況。關於你創作的傾向和想法，透過之前聊的內容我大概也了解一些。所以我用你之前準備的設定和筆記，想出之後的故事走向，讓小惠記下來。」

他兩三下就交代清楚。飯島看起來沒什麼糾結，彷彿在說明晚餐菜色一般的平靜語氣中，沒有讓我插入自己情感的餘地。

我竟然借助了這種傢伙的力量。腦中不斷反覆流過這句話。

「在作者無法抵抗的狀況下，未獲許可擅自加上自己的意見，難道不是對作品的褻瀆嗎？」

「那都無所謂。」

「怎麼會無所謂呢。」

「因為沒有我就不可能完成，這個作品也不會問世不是嗎？那不是等於作品一開始就不存在嗎？假設……我也只能假設啦，如果立場相反，我也不會改變想法。」

我好像聽見了拍打棉被的聲音，可能是因為外面下著大雪，白天聽到的聲音還留在耳裡的關係。

「什麼狗屁不通的道理。」

「那什麼是你的作品呢？我才不會那麼小家子氣地忽然主張自己的權利。反正就算不這麼做，只要我還活著隨時都能再創作。再說，那個作品之所以多多少少能被世間認同，都是因為有你的特色。假如我事後舉手宣稱『其實那是我做的』，才叫做偷走你的存在價值。我不做這種骯髒事。當然啦，自己的創作筆記被人隨意看過後發表作品，我可能會說有吧。嗯，不過想想我應該不會說。我不想被人家說是在收割。假如之後再也想不出來什麼好創意，那最好賭上所有人生去大聲主張，因為這裡就等於是終點了。但我覺得時間寶貴，反正今後我還可以做出更好的東西，所以我之後會注意要關好門窗，也記得確實署名讓人知道那是我的作品，然後把這種做法推廣宣揚出去。歸咎到別人身上、追究責任，只是在浪費時間而已。」

繼續說個不停的飯島，就像是個跟我完全無法互相了解的有機體。

外面還激烈地下著雪。我分不出自己漲紅的臉是因為暖爐，還是因為剛剛聽到的那番話。

「當時我才覺得第一次能跟小惠好好說話。之前她可能一直顧慮到你，總覺得她沒把我看在眼裡。身為一個創作者，你會對我有那種情緒我並不在意。老實說，看到你我也會有種『我比你行』的念頭。但她不一樣。那天晚上我拚命地講，感覺就像在接受甄選一樣。老實說，我很想讓她看看，永山花了好幾天都達不到的境界我只要一瞬間就能達到。她認真抄下我說的話，偶爾反問我，這還是她第一次表現得對我這麼沒有戒心，她這麼依賴讓我單純覺得很開心。每當她誇我厲害、說我是天才，心裡就會湧起一股喜悅，但同時也覺得很空虛。你懂嗎？因為這不是創作的喜悅，只不過是對你的殘忍。這比喻可能不太好，但就像一個小女孩表演了人人都會的魔術而受到稱讚後那種難為情。我心裡也覺得自己到底在幹什麼。」

我還是覺得聽到了拍打棉被的聲音。

「但那是我想出來的設定，筆記本上還有我寫的紀錄。」

「嗯，但光是筆記根本不知道那是什麼意思。你自己也只留下紀錄，但無法整理成形不是嗎？假如上面排列著跟你的感覺無關的其他文字，我想我一樣可以做出相等品質的東西。」

「我還是不能接受。」

畢竟木已成舟，他愛怎麼說就怎麼說。

「總之我們想好了故事，但如果告訴你是我想的，你一定會很激動，所以我要她告訴你，是你喝醉了之後說、由她抄寫下來的。我用筆記上的字句只是為了讓你相信，其實我並沒有從那些東西上獲得什麼靈感。不過我雖然無意追隨，但如果沒有你的習慣、想法，確實不會出現那樣的結果。所以我從來不打算主張《凡人A》是我自己想出來的。」

「那你為什麼……」

為什麼又跟周圍的人大肆宣傳這件事？

「你一定覺得奇怪，為什麼我到處去說這件事吧。我沒說。也不知道為什麼，仲野來問了我這件事，如同剛剛的說明，我否定了由我發想的說法。可能我應該完全否定、別告訴他那麼多細節吧，但我總覺得知道的不止仲野一個，與其沉默不說，還不如由我親自說明比較好收場。這並不是為了你，其實我是擔心小惠，不想讓她有多餘的負擔。

因為萬一這件事被公開，你一定會去找她興師問罪。」

這幾個人到底在互相袒護什麼意思？我覺得渾身疲軟，就好像大哭過一場之後般疲憊不堪。

「怎麼可能不追究？仲野為什麼會知道？是小惠告訴仲野的嗎？笨蛋也知道這種事情入了那傢伙的耳裡只會變成消遣的材料，腦子有問題嗎？」

「因為小惠已經被逼到極限，她也快受不了了！」

這傢伙在大聲什麼。

「但這種事怎麼能說？大家會怎麼看我？你們覺得這樣很好玩嗎？」

「這一點我確實覺得很抱歉。」

還乾脆承認了？

「你才不覺得抱歉！你有好好跟仲野說明嗎？他說起來可不是這麼回事！他很得意地說，全都是飯島哥想的。」

我為什麼還叫他哥？

「我覺得我已經很誠實地對他解釋了，但畢竟每個人接收的方式不一樣。」

說什麼一般大道理。這是在演戲給我看吧。

「你不覺得自己很狡猾嗎？不敢承擔風險，等到作品獲得好評再跑出來說『其實是我想的』，也太會看風向了吧？」

田村把攝影機對著我。

「拍拍拍，拍屁啊你，蠢豬！」

田村聽了放聲笑出來。

「笑什麼笑！給我滾！」

田村臉上的表情彷彿再也沒有其他比這更好笑的事，他繼續開著攝影機。

「喂！小惠!!妳給我下來！」

我大聲地叫她。即使我人在客廳她也理應能聽見。

有一瞬間我心想，奧可能也聽得到這些對話，雖然冷靜了片刻，但我還是按捺不住情緒。

「喂！小惠！妳下來!!事情嚴重了！」

「住口！」

飯島想阻止我。確實，我當時的行動只會讓她覺得害怕。

這時候我也覺得聽見了規律的拍打棉被聲，但也可能混雜了其他的記憶。不然難道是管理員在這大雪天裡真的到陽台上去拍棉被了？

「喂！」

「你冷靜一點！」

「你沒資格管我！都是因為你才會變成這樣！」

飯島站起來走近我，我也起身打算應戰，但是小腿撞到桌子，一分心就被飯島揪住衣領讓我往後倒。我的身體摔到桌子和沙發之間又彈起來。飯島馬上一腳踢了過來，我偏過頭想護住臉，不知為什麼，竟看到田村雙腿之間的鼓脹。飯島踢了一腳後好像就冷靜了。

「不要以為難受的只有你自己。」

又來這一套。飯島丟下這句話後就回了自己房間。我直起身來，盯著飯島消失的方向，心裡有股想殺了他的衝動。

「欸，給你看個好東西吧？」

田村突然這麼對我說。

「啊？」

「能讓你絕望的好東西。」

田村微笑地這麼說。

「胡說些什麼。」

「要是能乾脆瘋掉不是比較輕鬆嗎？」

「你別老是那麼誇張。」

如果我能冷靜下來，或許田村會停下攝影機。看他那樣子我就知道，他覺得我衝動的表情很有趣，但我就是控制不了自己。

「但這東西真的很讚。」

說著，田村打開客廳的電視，從自己房間拿出一片ＤＶＤ。被飯島推倒撞到的背有點發燙。

田村按下遙控器的播放鍵，黑畫面頓時明亮。這情景很眼熟，就在House裡。田村不斷拍攝的影像中，有飯島和仲野的臉。影像裡也有小惠和我。

感覺好像是很舊的影片，聲音跟影像沒有同步。我聽見男女低語般的聲音。出現熟悉的景象，是我房間。我一邊在想，原來從自己沒看過的角度拍攝竟然會認不出來，但為什麼會有這種影像？影片中的男女，是我跟小惠的聲音。我心裡出現不好的預感。不、這男人的聲音不是我，是飯島。不好的預感後方，有一股懾人寒意以驚人速度來襲。影像剎那切換，又是另一個房間。這次聲音跟影像正確地同步。一對男女交纏，是飯島和小惠。一瞬間，我的呼吸紊亂，幾乎忘了怎麼吐氣。

「這是什麼？」

我的指尖麻痺，試著搖了搖手掌。過度的搖晃讓手腕有點疼。

我看向田村的臉，他已經止住了笑意。他沒看影像，也沒操作攝影機，只是用那張漲紅的臉凝視著我。

我將端坐的身體往前彎，試著握拳想藏起麻痺的手指，手掌卻再也張不開。耳邊一直聽到小惠的喘息聲。畫面中的飯島說著單純猥褻一點也不有趣的話。我想這傢伙果然沒什麼天分。什麼天分？影像裡飯島細瘦大腿上長著微細的腿毛，這腿毛剛好配上飯島無趣的發言，無趣的大腿從背後與小惠白色雙腿重疊。小惠的呼吸聲一直持續。田村的手包住我張不開的手掌。這時我才發現自己的眼裡流出了淚水。真希望有人能阻止眼前這種狀態。也不知為什麼，我希望飯島能快點發現。我不想讓其他人看到小惠的身體。飯島房間炸出代表他憤怒的音樂，有低沉的鼓聲和貝斯。不知哪裡傳來了拍打棉被的聲音。對了，我發現這影像裡也有那種聲音，我總是後知後覺。男女的身體傳出比拍擊棉被更乾燥的輕盈聲音。在激烈拍打棉被的規律聲音中，夾雜著男女交媾的高音，其中疊合著小惠的呻吟。

我好像不自覺停止了呼吸、快要窒息，很想大叫，但喉嚨太渴，幾乎發不了聲。淚水滴落到地上，我想那應該是淚水。

田村包覆著我拳頭的手讓我覺得很煩，一點都沒有安慰的效果。但我的感覺麻痺，手完全張不開。我覺得這手很丟人，甚至想乾脆把整隻手切斷丟掉。

「欸。」

田村輕聲地說。

「啊？」

田村窺視著我掛滿淚水和鼻水的臉。

「我想你應該也發現了，我很久以前就開始喜歡你了。」

「啊？」

我聽不懂他的意思。

「你一直那麼努力在突破自己的現況，但是又有身為一個人適度的散漫，真實地展現自己的沒用，每次看到你在自我厭惡和惰性之間痛苦掙扎的表情，我就覺得放不下你。」

田村一臉認真。

「關我什麼事。」

好不容易擠出來的這句話空虛而嘶啞。

田村慢慢移動，將手臂伸向我的身體，有點遲疑地撫著我的背。我連揮開他的力氣都沒有。

影像裡的飯島和小惠即使姿勢不同，動作依然沒有停下。看來這並不是同一天拍的影像。

「你藏了幾個攝影機？」

我的聲音在顫抖。

「房間裡有兩個。」

田村老實地回答。在畫面裡不斷動著的飯島將食指伸向小惠嘴角，她毫不猶豫含住。都到了這個地步還因為這種事而受傷，我也對自己覺得不可思議。這段影像裡也有拍打棉被的聲音。可能是管理員刻意想掩飾掉性交的聲音，也可能是管理員的妹妹去了飯島房間。

有人下樓來。我猜是奧。奧用他冰冷的眼睛看著我。

「沒想到會鬧成這樣呢。」

說完後，奧代替我叫了出來。也可能是我自己叫的。

「你們在幹麼？這是什麼？」

奧不是奧，變成了小惠。

「你在幹什麼！啊！」

我竟然覺得她慌張要找遙控器的表情很可愛。

「我那麼相信妳。」

我差點為自己這句老套的話笑出來。信任？我真的相信她嗎？說到底，她背叛我了嗎？其實她根本沒有背叛任何人吧？她只是愚蠢。但是看到痛苦的她，為什麼我心裡會有這種奇妙的滿足呢？

為什麼會有這種殘酷的安心感？出於並不是我一個人在痛苦這種單純的理由嗎？還是因為，她的痛苦來自於對我不義的反方向所施加的力量，所以那痛越強大我越覺得痛快？

「喂，勒我脖子。」

畫面裡的她這麼要求飯島。

「太、可怕了，不要。」

飯島一邊喘著氣一邊回答。

竟然還被拒絕，真沒用。小惠可沒對我說過這種話。

「喂，勒我脖子嘛。」

竟然還繼續哀求。小惠人呢？她拿到了遙控器，但好像不聽使喚。

「喂，小惠。不如我來勒妳脖子吧？」

我故意輕佻地對她說。

「閉嘴！」

小惠紅了眼大叫。

這種痛，屬於什麼種類呢？可能只是一種個人的嗜好吧？還稱不上性的亢奮那種煞有介事的東西，或許只是故意讓一個笑話弄痛自己，一種參雜了自我演出的痛苦吧。這說不定算是我的專長。我俯視著眼前兩具演繹著瘋狂的肉體，然後盡情嘲笑沒被他們放在眼裡的自己，等過了一段時間後將記憶封印，一切將會就此結束。道理我是明白的。

小惠要賴般癱坐在地上。又聽見拍打棉被的聲音。奧不知在叫什麼。他一定是代替著連這種時候都還在乎面子叫不出聲的我在大叫。奧人呢？怎麼只聽得見他的叫聲。

沒必要去正面面對。流於感傷的東西似乎並非本質。帶著非本質觀點的人，我想永遠也掌握不住本質。只要跟動物性本能保持一定的距離，那些人就會永遠在距離本質還有兩步之遙的地方，說些諸如「幸好沒有被捲入爆炸」或者「那場爆炸真美」云云，無法成為當事人，無法從內側看到景色。不過難道因為如此、因為既然如此，就接受了這一切？

「這什麼東西！給我停下來！」

小惠跑向電視，敲打著電視側面。一邊哭，一邊敲了好幾次。畫面是消失了，只剩下聲音還不斷不斷地在迴響。

2

酒過三巡後回家。現在我清楚知道，幾年前還會覺得自己刻意回想起不願想起的事、沉浸在感傷中實在太愚蠢，因而陷入自我厭惡、怪罪自己，這代表當時其實還沒真正從感傷中走出來。當時小惠讓我身受重創的行為，現在的我甚至已經不覺得那是一種背叛。

這不是放棄，也不是退縮。為了尊重二十多歲的自己，我翻出收在記憶深處的過去痛處，試著縱身躍入那些微的感覺中，就像看著小型犬在裝了柵欄的院子裡繞著圈跑一樣，沒能成為超過自己容許範圍的恐怖或痛苦，實在很悲哀。把悲哀化為文字後，就連那一丁點小小的真實感覺都消失了。當時小惠只是做了適當的選擇，而逼她做出那個判斷的不是別的，正是我無數的愚蠢行為。那也是因為當時的自己才能跟經驗貧瘠所致，所以會有那樣的結局可以說是必然的。

沒發現自己是殭屍的殭屍，啃噬著一點罪過都沒有的她那雪白的頸項，殘忍地讓她也成了殭屍後，當殭屍化的她反頭啃咬自己，卻放聲哭喊，這才是荒謬至極吧。說是結局，但在那之後日子依然不斷連綿至今，回顧自己在那之後的人生，好像也偶爾會重複著類似的錯誤，這樣想來，光糾結在那一件事上也沒什麼意義。唯有曾經的愚蠢是不變的真實。

我很抱歉給她的人生帶來這種惱人的經驗，但很有可能這也是我一廂情願，對她來說根本不是什麼特別體驗，甚至沒有留在記憶中。要光靠戲劇性瞬間的餘韻活下去並不容易。當然，人生中比起名為青春的時代，之後持續的故事要來得更加漫長。

不顧那些迅速從故事中退場的人，獨自一人留在舞台上的演員絮絮叨叨沉浸在感傷中說著閉幕感言，也叫人不忍卒睹。假如不帶感傷平靜地說，也是一種自我意識過剩、令人不悅。就算試著去貼近那些受到象徵性事件影響的人可能會有的情感、嘗試表達，也總覺得聽來像陳腔濫調，讓人興致缺缺。反正日子總要過下去，自己也該快點揮別這些餘韻回到日常中，但無法選擇不說，也存在著矛盾。

雖然一點也提不起勁來，我還是打開了筆電的電源。因為是用了十年的舊機型，開機得花不少時間。筆電發出換氣扇般的聲音，從通氣口噴出熱風，讓人擔心是不是要爆炸了。畫面一片黑，還沒亮起來，我走到廚房打開冰箱，但沒什麼能喝的東西。很久以前買的雞蛋還剩下一顆，這讓我有點擔心，不過決定裝作沒看到。反正冷藏的狀態下，裡面到底腐爛到什麼程度也看不出來。敲開蛋殼會不會很臭？我不知道該怎麼丟，但也不能永遠放在冰箱裡，總有一天得丟，不過不是現在。

電腦自動連上了Wi-Fi。我忍不住要瀏覽網路新聞，但還是把游標移到搜尋欄，準備輸入文字。手指在空中猶疑。森本寄了電子郵件來，說仲野好像出了什麼醜，我打開電腦就是為了查這件事，但我並沒有積極享受別人失態的欲望，所以遲遲無法集中精神。House發生那些事後，森本接替小惠之後租下房間，除此之外我對這個人沒有其他印象。其實我也不知道他為什麼要特地聯絡我。

我在輸入欄裡打了「Nakano Taiichi」。

除了「插畫家」、「專欄作家」這些頭銜之外，還出現了「練馬區觀光大使」這幾個字。我忍不住點開來看，畫面出現仲野的臉。

「大家好，我是練馬區觀光大使Nakano Taiichi。我知道大家想說什麼。既然是Nakano，『那應該當中野（Nakano）區觀光大使才對！』但是很遺憾，我住在練馬區！請多多包涵。維基百科裡也搜索不到，因為我（還）沒有名氣！希望各位能記在自己的腦基百科裡。我畫插畫，也寫文章。正因為我很平凡，所以才能代替各位說出大家的心聲！」

那詭異的輕快感讓我覺得很不舒服，曾經令人絕望的無趣也依然健在。就像曾幾何時的自己，不把自己只具備平凡觀點視為創作者的弱點，還自豪地高舉這一點，簡直令人作嘔。

跟「Nakano Taiichi」相關的關鍵字，在畫面上還顯示了「狗糞」這兩個字。最近仲野身邊發生的事，應該就是指這件事了吧。

事件的概要相當單純。Nakano Taiichi的連載專欄裡，明顯地把一個出現在電視裡的搞笑藝人寫得很糟，被指名批判的藝人寫了封郵件指出仲野文章的錯誤，寄到仲野本人的網頁。仲野讀了郵件之後也坦承錯誤，直接把道歉郵件回給藝人本人。

但事情還沒有結束，那個搞笑藝人把仲野一開始寫的專欄，還有自己對專欄的反駁和糾錯、仲野寄來的第一封回信、仲野道歉的郵件，以及批判那篇道歉信的文章等一連串經過都放在自己的部落格上。「你的人生就像一堆沒人踩過的狗屎」這句話在這裡出現。藝人用這句話來形容想跟自己扯上關係的仲野。

「狗屎般的人生」指的不是自己，固然讓我安心，但讀著那些文字，我漸漸覺得有些心神不寧。

這個藝人叫影島道生，以「Pause」組合名稱行走演藝圈，跟我差不多年紀。報導中的照片只看到他留長的波浪鬈髮蓋到臉頰，臉部沒讓我留下什麼特別印象，但仔細觀察，可以發現他眼睛下方有濃重的黑眼圈，嘴唇乾燥，顯得很疲倦，不過最近就算這種人出現在電視上也沒什麼稀奇的。

就連沒有看電視習慣的我也知道這個人。幾年前開始在綜藝節目中看到他，但是在那之前我就在書店看過他寫的書。明星出書並不罕見，但是這種還沒紅的新人出書的例子，我之前從沒聽過。每當在書店的架上看到他的書，我就會莫名湧出一股類似嫉妒的感覺。照理來說我應該已經從羨慕別人成功的病中痊癒了才對。會有這種感覺，是不是因為覺得他跟自己很像呢？如果是更加劇烈的差距，或者環境的不同，那我或許不會在意。我之所以痛苦，應該是因為覺得這傢伙能，說不定我也能。

影島的搭檔任誰看了都知道是一個個性很外向、擅長社交的人，似乎也很受同業喜愛。影島跟搭檔恰成對照，不太說話，總是很沉默，如果有發言機會，他似乎打定主意一定要說些奇怪的話。

有一次在小餐館偶然播放的節目裡看到他。雖然不知道之前的對話，但聽到他東拉西扯說起自己心目中的世界結構時，那語氣連外行人聽來都覺得笨拙，我滿懷期待，心想說不定可以看到他嚴重失態。眼看他一直說不出個所以然，終於耐不住性子的女主持人打斷，強勢地質問他：「所以呢？」影島在沉默片刻後說：「我就是你。」說完的瞬間攝影棚湧起一片笑聲，我很好奇他這麼說是因為意識到自認正確的發言被這個場所和對方背叛了，或者只是因為在尋找有意外性的文字，單純說出浮現在腦中的字眼而已。

我會在意這個，是因為在他寫的散文裡有這樣一句話：「缺乏想像力和善良的人，無一例外，都只是豬。」我覺得那句話就像是說給我聽的，心頭一驚。說到這一點，影島除了在他的文章裡，從沒出現過這麼具有攻擊性的表情。

隨著影島漸漸有名，我也不再對他懷有嫉妒。比起看他文章時，影島本人給我的印象更加溫和，在電視上好像也一天到晚搞砸。那些失敗都不是會留在記憶裡的大事，淨是些不斷增加的平凡小傷。

就連在某個節目上被講話毒辣的年輕女藝人形容為「治不了病也要不了命」，他也是一臉傻笑、少根筋的表情，只含含糊糊回了句「至少可以當碗粥吧」。假如能回對方一句「缺乏想像力和善良的人，無一例外，都只是豬」，還多少能加深點印象。我也贊同外界對影島這種曖昧表現的風評，開始將他視為純粹運氣好的人，再也對我構不成威脅。於是，我終於可以平靜地觀察他，在心中暗自對他說，你就這樣安安分分待著吧。

而影島終於迎來轉機，是在他投稿文藝雜誌發表小說，後來獲得芥川賞的時候。在新聞上知道影島在文藝雜誌上發表中篇小說，大概是三年前新年剛過不久那陣子。我利用新年假期跟女友一起去大分的湯布院度假。刻意挑選湯布院是有原因的。

萬聖節晚上，為了避開人潮我走到鬧區邊緣，發現一間酒吧。從外面看去裡面沒什麼客人，我進了店裡。一個看起來像媽媽桑的人沉穩地對我說：「我不是今天晚上刻意扮女裝，平時就是這樣。」我不知道該有何反應，只能敷衍兩句，坐在吧檯座位上。

我點了威士忌蘇打，媽媽桑說：「我跟一個在威士忌工廠工作的人交往過。」我聽著媽媽桑的話，安靜喝酒，但在對方勸酒之下開始喝第三杯拉弗格威士忌時，馬路上傳來一群人聲，扮成哆啦A夢或忍者哈特利等舊時漫畫角色的醉客湧入店裡。他們逕自占了後方包廂座位，媽媽桑的眼神一變，氣氛開始有些浮動。

如果他們只是自己鬧自己的那倒還好，不過一個殭屍打扮的男人打量著擺在酒架上的酒，一臉「酒吧我很熟」的表情，坐上吧檯座位，他散發著頹廢氣息抽著菸，問媽媽桑：「那瓶雅柏是幾年的？」媽媽桑答道：「我這裡沒有什麼了不起的東西。」殭屍對媽媽桑說：「大哥，這裝扮很適合你呢。」那瞬間媽媽桑怒斥：「臭小鬼給我閉嘴！」殭屍也應戰回嘴，兩人開始對罵。

殭屍隔著吧檯想揪起媽媽桑胸口時，手肘剛好敲到我的頭，我反射性地站起來按住殭屍的肩膀，也不知為什麼他立刻誇張地應聲倒地，演變成「到外面解決」，來到店外，殭屍的夥伴們團團圍住我。媽媽桑大叫想護著我，但實在不用他多管閒事。我腦中閃過幾件事，例如酒錢還沒付，還有幾分鐘前我還像個模範酒客般在店裡喝著酒等等，一開始就被剝奪了逃跑的選項。

一回神，忍者哈特利把我雙手交叉固定在背後，殭屍痛揍著我，哆啦A夢幾腳踢過來。我想隱藏自己沾滿鮮血的襯衫，也不知道是要藏給誰看。我開始想些奇怪的事，比方說，這是我第幾次被漫畫打了。比起在救護車上被告知「你手斷了」，我更震驚的是覺得嘴裡有東西，吐出來一看原來是牙齒。

過了幾天，媽媽桑介紹我湯布院對療傷很有效。萬聖節隔天特地趕來我家的女友絲毫不顯驚慌，鎮定聽我說完始末。我這陣子一直在忙工作，已經很久沒跟她見面。我不好意思坦承自己是被一群喝酒喝到嗨的傢伙揍，所以含糊交代是被身分不明的暴徒襲擊，她也沒再多追究真相。

她是上班族，現實上不可能等我工作結束後的深夜時間見面。我想起還沒回覆她寄到我手機的郵件，打算回信道歉，但是連思考要寫些什麼的時間都覺得可惜，聯絡一拖再拖。拖得越晚道歉內容就得更有說服力，但我想不出合適的內容，最後一直沒跟她聯絡。等這段生活結束吧、等這一天結束吧，我像誦經一樣喃喃唸道，埋頭在工作上。終於完成一項工作時，我竟忘了聯絡方法。萬聖節晚上被一群漫畫角色痛毆雖然令我生氣，但這麼一來就有了聯絡她的藉口，多少讓我覺得安心。

年底之前花了不少時間完成的作品，是描述我單調平穩日常生活的散文，再配上揭露這些日常之虛偽的畫作。我害怕女友的存在可能會抑制自己吐露充滿咒怨的心情還有擠出青春時代殘渣的行為，所以刻意疏遠了她。

挑選湯布院是為了消除跟媽媽桑之間的疙瘩，但這趟旅行最大的目的是要跟女友求婚。過去的事都封印在作品中了，心情上覺得該往下一個階段前進。

我們在湯布院的溫泉旅館住了三天，因為沒什麼事可做，便開車兜風去了別府。小心駛在途中部分路面凍結的山路上，回想剛結束的工作，沉浸在解放感中，坐在前座的她玩著智慧型手機，隨口說起：「聽說 Pause 的影島在文藝雜誌上寫小說吔。」

我起了一陣明顯的慌張，剛剛愉悅的心情瞬間消散。影島對我來說明明是個無關緊要的人，但一說到他的創作就很有關係了。

「這很厲害嗎？」

「明星嘛，不過是炒話題吧。」

我也受不了自己的反應。

在那之後莫名的不安讓我沒了享受溫泉的興致。非但如此，我甚至覺得帶來讓我不安資訊的她很煩。我知道這種情感很不必要也很無謂，但就是無法控制自己。

最後我們沒有提結婚的事，回東京後我也沒再跟她聯絡。她寄了封郵件來說「有事想談」，我知道是要提分手，但一直沒好好想該怎麼回覆，之後又收到一封郵件寫著「我喜歡上別人了」，我回信給她：「我知道了。對不起啊，祝妳幸福。」

影島比以前更常出現在媒體上，偶爾也會跟朋友聊到這個人，但我一直表現得對他不了解也沒興趣，試圖連自己也欺騙。編輯曾經對我說過：「我覺得你跟影島某些感覺有點像呢。」這讓我很不舒服。我跟他並不像，但他確實跟某個人很像。當時，我還沒想起那個「某個人」是誰。

到了春天，影島發表在文藝雜誌上的小說要出版單行本的事成為喧騰一時的話題。我對稱讚他作品的人感到厭惡，看到貶低他作品的人便覺得喜獲知音，為其助陣加油。在書店看到堆了大量他的書，但實在提不起勁去讀。

這個時期我重新讀了一遍準備出版的散文集。對於過去出版的《凡人A》，以客觀角度看待年輕的自己，冷靜地寫下自虐的評述，同時我給這篇文章配的圖是從正在喝咖啡的自己背後頭上這個俯瞰角度，望見咖啡杯液體表面浮現出中年男子掙扎哭喊的苦悶表情。我刻意保持一定距離，不讓自己淹沒在寫文章、畫畫這些行為當中，小心翼翼地豢養，細膩堆疊自己的感覺和情感後，在作品中具體呈現。我更強烈的念頭是希望不嘲笑也不背叛那個年輕的自己，藉此對過往日子清算一番。

影島跟我的人生本來就沒有任何關係，我也沒有特別積極想收集他的相關資訊，但每當知道影島的活躍，就覺得自己對創作的熱情被澆熄。我害怕自己對抗世間的最後手段、這個聖域因為他的存在而崩潰，被大眾媒體破壞殆盡。最後這種不安始終沒有消失，三年過去了，作品到現在還沒能出版。

仲野批評影島的文章以〈Pause・影島道生放棄當個搞笑藝人了嗎？〉為題，還貼上一張彷彿直接依樣描摹影島臉部照片的畫。Nakano Taiichi 這個筆名旁附上了（插畫家、專欄作家）這些頭銜。

最近出現很多打著搞笑藝人名號卻絲毫沒有藝人該有的搞笑精神，只是板起面孔再三說些政治言論，為了博得好感拚命成為觀眾眼中的好人，或者想當個以搬弄大道理為最大長處的文化人。其中最具代表性的應該就數影島道生（作家？）了吧。

前幾天當我看到影島坐在政治特別節目的評論員位置上時，瞬間有股不好的預感，而我的預感果然成真。這可不是該為了預感成真而開心的時候。影島身為搞笑藝人，竟然在節目結束之前一次都不曾耍笨，這實在很悲哀。正如同桂枝雀所提倡，搞笑就是「緊張與緩和」，正因為來到一個不同於綜藝節目、瀰漫緊張氣氛的政治特別節目這種空間，藝人才能藉由裝傻耍笨來發揮本領，而自詡為作家的影島只是擺出一副文化人的樣子，藝人的武器「裝傻」這把刀自始至終都不曾出鞘。

具體來說，節目一開始主持人就給了他發言機會：「今天也想聽聽影島先生身為三十多歲這個年代，以及身為作家對這件事的觀點。」影島對此只簡單地說了一句：「還請多多指教。」便結束了。啊？不會吧？就連我這個外行人，如果有人丟給我一顆這麼好的球，一定會想盡辦法用裝傻來接招。比方說吧，假如時間有限我可能會說「今天很期待，不知道會是哪個女孩贏得后冠」，或者「非常期待外籍選手的表現」等等。

假如希望之後在節目裡能扮演個有機的角色，也可以從一開始就表明自己的定位：

「我媽交代我去超市買醬油，所以我可能得在超市關門之前回去。」這麼一來只要一有機會發言就能用上醬油和買東西的哏，也可以讓這個裝傻連接到之後受工作和家事壓迫的女性意見。既然要打著藝人名號以文化人身分示人，至少希望能做到這些。像他這種態度，我才不會承認他是搞笑藝人。

一口氣看到這裡我長吁一口氣，確實是洋溢著仲野味道的文章。

Nakano Taiichi 在專欄裡主張：「搞笑藝人是引人發笑的人。唯有無論何時何地都企圖挑戰引人發笑，才稱得上是搞笑藝人」，他還寫了某名搞笑藝人的段子為範本。好歹也是曾經搞過創作的人，如此得意洋洋舉出其他人的作品說「這才叫搞笑」，這種精神我也只能佩服了。

文章整體空有氣勢，冗長但內容單薄，這是不可能打擊到影島的。就像完全沒撈到沉澱在鍋底的料和鮮味，只舀起表面湯汁倒進碗中一樣淡薄。我差點就要被 Nakano Taiichi 無趣的比喻給牽著鼻子走。這個徵兆不太妙，我跳過一些地方繼續讀下去。專欄最後結束在這裡。

影島道生一邊表演著溫穩善良的氣息，同時放棄搞笑藝人身分，以被視為文化人而自滿。其他演員也並非以搞笑藝人身分在看待他，而是以一位容易親近的作家這種距離來尋求他的意見。假如真有相信他是搞笑藝人並且期待他可能會做出什麼有趣反應的粉絲存在，影島對於自己的背叛該承擔起什麼責任呢？至少希望他今後不要再詐欺式地利用搞笑藝人的頭銜。這種做法到底哪裡善良了？

我還是不懂，這種程度的文章為什麼影島還要特地反駁。Nakano Taiichi 的文章論點和根據都很薄弱，基本上一個只能將論述立足點放在別人身上而提不出自己主張的人，根本無法與影島對抗。

看到職業摔角選手跟口不擇言的支持者發生衝突時我也會出現一樣的疑問，不過他們的對立往往帶有幾分激勵的意味在。所以選手會萌生希望獲得理解的欲望、出現想反駁的結構，儘管仍然徒勞，至少還可以理解。可是 Nakano Taiichi 的話對影島並沒有任何激勵的意思。

他被盯上，可能單純因為是個容易成為箭靶的人物，就專欄的內容看來，仲野甚至沒有詳細了解過影島。影島發表小說到現在應該聽過不少類似的批判，但為什麼唯獨對Nakano Taiichi有這種過剩反應呢？他必須跟仲野正面交鋒的理由何在？而不管對影島或者對仲野都有種特別情感的我，又該以什麼樣的角度來觀看他們的交鋒？

影島寄給Nakano Taiichi的郵件主旨，有種刻意隨便的冰冷。

致Nakano Taiichi

讀了〈Pause．影島道生放棄當個搞笑藝人了嗎？〉這篇文章，很無聊。另外，這類毫無新意的報導也讓我不勝其擾。我開始寫小說後就經常看到一些寫手得意地高舉自己充滿成見與偏見的平凡觀點。過去我總是很小心，盡量不去看別人寫的文章，但我又認為，假如有人對我有意見，那我不應該透過其他人轉述，應該自己親自去了解，所以也看過幾篇文章，而結果都大失所望。那些並不是針對我的主張，只是以揭露社會結構現狀為名，企圖提出不成熟又扁平的論述，藉此煽動大眾、操弄思考。就連寫下那些東西的本人好像也只是勉強接受自己的論述。文章裡一定會準備好單純的答案，好讓讀者在小酒館聊起這些話題時能被周圍認為是個思慮深沉的人物。

他們的工作有很高的比重放在寫文章的行為上，就算沒有想寫的東西也不得不寫，假如接到委託，即使是不感興趣的對象也必須寫。所以我說無聊。只要有雜誌、網路這些媒體存在的一天，就會需要寫東西的人，這其實無所謂，但我基本上不太看寫手寫的東西。為了打發時間讀過的報導中確實有些挺有意思，我也知道偶爾會有優秀的寫手。但真的很無聊。可能只是我挑文章的品味太差吧。

我幾乎想相信可能有一群優秀寫手被隔離、剝奪了表現機會才會變成這樣。我深深期待，有一天他們能掙脫迫害，讓我們天天都能看到大量優秀的報導。我朋友中也有一名寫手，那傢伙寫的東西簡單地說就是無聊。他這個人本身很有趣，但專欄大概規定了只能寫這種程度的東西吧。假如只是刻意選擇某種形式，內容能依照本人意志自由調整那就沒什麼問題，但就是因為看來似乎不行所以才麻煩。

明明只要寫自己真正想寫的東西就沒有這些問題，但每個人都煞有介事地無奈嘆息說因為這種東西沒有市場，其實到頭來都是藉口罷了。而比起他們的文章，Nakano Taiichi 更糟糕，我真的以為自己做了一場惡夢。你欠那些認真的專欄作家一個道歉。

我就說說具體而言哪些地方讓我覺得無法接受吧。首先，整篇文章都透露出一種「所謂專欄作家就是如此」的感覺，實在讓人厭惡。丟掉專欄作家必須放低姿態的觀念吧。如果你過去讀的東西裡充斥很多這類文章，那麼該質疑的是為何這個類別能長久容忍如此僵化定型。你想過這個問題嗎？你該不會是那種學生時代身邊同學都在抽菸所以覺得我也得跟著抽的類型？你沒有自己的風格或欲望嗎？

假如你曾經將矛頭指向同類，經過徹底批判後發現維持這種類型的必然性而這麼做，那倒也罷了。如果根本疏於驗證，那問題就大了。所以Nakano Taiichi的文章有種畢業旅行時在風景區商店買了太陽眼鏡，然後一直戴著假裝使壞，類似小學生般的甘甜香氣，簡直好笑。我看你應該是個順服於職業這種框架的人吧？這可不是稱讚。跟「放棄當個搞笑藝人了嗎？」這個主題所呈現的人物形象完全一致。有這麼單純的人物嗎？單純到我都要懷疑其中是不是有什麼陷阱。

假如不具備跟這種表現相矛盾的複雜內在，我根本不會對這種人感興趣。如此人如其文，想必能活得很輕鬆吧？人生對你來說只是一碟小菜？既然如此，Nakano Taiichi的人生就是一場虛構。我不知道究竟是Nakano Taiichi的人生是虛構的，或者仲野太一的人生本身也是虛構的。文中主張，在新聞節目裡完全不裝傻耍笨的影島道生，是否放棄了當個搞笑藝人？那我倒要問問了。

「專欄完全無法切中核心的Nakano Taiichi，是否放棄了當個專欄作家？」

「插畫作品只會依樣描摹和塗色的 Nakano Taiichi，是否放棄了當個插畫家？」

如何？

在這裡我有一個疑問，Nakano Taiichi 有「專欄作家」和「插畫家」兩種頭銜，這是誤植嗎？這篇專欄推演論述的前提是一個具備特定職業的人如果從事其他工作，就表示這個人放棄了該職業，不是嗎？

另外還有一個疑問。你寫專欄的時候怎麼持續當個插畫家？畫插畫時又怎麼繼續維持專欄作家的身分？

無聊專欄常見的特徵就是立論薄弱，Nakano Taiichi 可說是其中的代表。他對「頭銜」的認知模糊而曖昧，在他自己心裡也完全沒有好好整理過這些定義。你倒是來教教我啊。

根據這種把行為跟頭銜進行直接連結的理論，假如一個人一邊教書一邊寫小說，他的頭銜該是什麼？這表示他寫小說時放棄當教師、教書時放棄當作家嗎？

我想一定有人因為光靠寫作無以為生所以繼續執教，另外也有人真的因為喜歡教學而當老師，但同時創作欲望源源不絕所以同時也寫小說。對學生來說他是老師，對讀者來說他是作家。一點問題都沒有。

嚴格來說，當這名老師切換為作家活動時，真能完全忽視在他以老師身分活動時所感受的一切，包括上學放學的時間、教室的吵鬧、學生的表情、辦公室的人際關係等來寫他的小說嗎？我不想說這種幼稚的話，但你覺得他在教書時間累積的疲勞，不會帶到身為作家的肉體中嗎？畢竟是一介凡人，我們每個人都只是個平凡人類。如果教育委員會讀了這位作家寫的小說，然後批評「一點都不會教書」，不覺得很荒謬嗎？一個偷偷去偵察這個老師教學觀摩的文藝評論家，洋洋得意寫下「他完全都不像個作家」，不覺得他腦袋有毛病嗎？

更基本的問題是，區分頭銜有必要嗎？只有執著於地位或名譽那些賣弄小聰明的人，才會在這種不確定的東西上追求嚴密性。比方說，像你這種人。

姑且不管國家執照這種例外，頭銜這種不完全的工具充其量只是為了方便知道這個人是做什麼的。在這個詐欺橫行的社會，很少有成年人會對陌生人遞出的名片頭銜照單全收，我們大可在電腦上搜尋對方名字比對身分，我想應該不會有人因為搜尋不到就完全相信名片上的一切吧？

然而為什麼你這麼順從地被頭銜所控制呢？我讀了 Nakano Taiichi 的文章，也覺得奇怪，這種人真的靠文筆維生嗎？透著薄紙在照片上塗色草草弄成作品，是不是很像回事？這種連在打什麼主意都看得一清二楚的敷衍畫作，根本只是個爛笑話。我實在不相信這個人是插畫家，所以也查了許多資料。

聽說他畢業於藝術大學。我看過幾篇專訪中他都很開心地提到自己藝大畢業這件事。藝大主要是研究藝術的地方吧？在藝大不研究藝術，而專注研究藝大本身的學生，大概也只有 Nakano Taiichi 了吧？看樣子真的很高興哪。我用了「開心」這兩個字或許有點壞心眼，但是要了解 Nakano Taiichi 這個人，我也稍微參考了一下 Nakano Taiichi 看事情的方法，自己寫下這些都覺得噁心。我想應該沒說錯吧？

我還有很多地方不懂，請你教教我。假如是很想上藝大卻上不了、或者相信自己可能有某種天分卻苦無機會挑戰的人，對藝大懷抱憧憬或者嫉妒，那我可以理解，可是實際上真的從藝大畢業的當事人開心說起對藝大的憧憬，這真的很少見。到底是什麼樣的精神回路呢？

當然啦，Nakano Taiichi 並沒有明確說出「我嚮往藝大」這幾個字，只是我看上去有這種感覺。他或許沒有自覺，但其實在很多地方都出現了這種傾向。

同學會上，一個不算太要好的傢伙跑來過分地損你，是不是會讓人有點不安？「咦，我跟他以前關係有好到這個程度嗎？」對方企圖向說話的對象還有周圍誇示

「我們的關係可是好到能講這些喔」，強行捏造出彼此是好友的既成事實，當Nakano Taiichi提起藝大或者藝術時，我也感到一種類似的空虛。明明實際去過卻給人這種感覺，這可能是因為Nakano Taiichi也隱約意識到，其實自己根本沒接觸到藝術的關係吧？他故作鎮定拚命想拉近自己跟藝術之間的距離，但他填補鴻溝的方法並不是靠創作，而是靠話語來占位，這也很令我好奇。

因為工作的關係我曾經有機會跟藝大學生聊過，不說客套話，他們真的很有趣，也單純到令人擔心。我可從沒見過他們當中有像Nakano Taiichi這種一心在意自己跌倒姿勢的人。

我也看了〈蔓延世間的冒牌獨學藝術家〉那篇報導。「明明沒有學習藝術的經驗，卻誤以為自己有天分、任性表現。自由跟胡來是兩回事」大膽做出這些毒辣評論，但為什麼會想說這些話呢？

報導一開頭就輕鬆認輸，「我在藝大認識很多厲害的人，認清自己沒有天分」，看看Nakano Taiichi的插畫，這句話我是認同的。因為實在太有道理，我差點都要自言自語地說出「嗯，看得出來」。但是千萬別忽略在那之後他以「正因為如此」起頭，話鋒一轉開始揶揄獨學藝術家的過程。這種連結實在太卑鄙。既然已經認輸，自己又不是藝大的代表，也沒有站在前線跟人爭辯，「但我們家可有更厲害的人呢！」其實他想說的就是這件事吧？

這不就跟在人前逞威風說「我家鄉有人很會打架，要是那個人在這裡，像你們這種貨色他兩三下就能解決」一模一樣嗎？這種怯懦確實很像 Nakano Taiichi，讓人讀著覺得很不舒服。

Nakano Taiichi 僅憑藉曾經上過藝大，企圖讓人誤以為藝術和他的距離比實際上更接近，他不選擇自己跟人吵，而是站在藝大生的立場去揶揄那些未曾專業學習美術知識的人。

另外在調查中我還知道，Nakano Taiichi 曾經公開宣稱他很崇拜一位知名專欄作家。那位作家確實是少數能寫出有趣文章的專欄作家，很能發現、提示新價值，相當有意思。但為什麼他會是 Nakano Taiichi 崇拜的人，這讓我感到強烈的突兀。

對了，那個人的頭銜好像也是「插畫家、專欄作家」。跟 Nakano Taiichi 喜愛的頭銜一樣，但我很好奇他自己知不知道，其實他們兩人面對世界的方法可以說是南轅北轍。Nakano Taiichi 崇拜的那個人能夠提出前人從沒發現過、或者無法訴諸言語的有趣現象，是位能讓世界更有意思的創作者，但 Nakano Taiichi 正好相反，他總是提出讓世界更無趣的角度。或許確實能讓人改變價值觀，但我並不這麼想。

Nakano Taiichi就是那種大家一起吃火鍋時把泥巴丟進去，然後說：「這樣一定很難吃吧？」的人。而另外這個人就是連已經被毀掉的火鍋都企圖從中尋找新觀點、讓它看來好吃的人。說到底，我們根本無法從頭銜上判斷出任何事。

我差不多想收尾了，但關於專欄內容還有幾點我得說清楚。專欄中寫道：「正如同桂枝雀所提倡，搞笑就是『緊張與緩和』」，這也讓我懷疑他並沒有正確理解桂枝雀老師的理論。

桂枝雀老師的著作《落語DE枝雀》中有一章題為「先從緩和緊張開始」，這是一篇與小佐田定雄的對談，我猜想專欄應該是引用了這章中所提到的理論，而枝雀老師是這麼說的。

「不過也可以說『落差小的比較高明』。比方說『轉得漂亮』、『真是不著痕跡』、『很自然呢～』……」

從這句話就可以知道，他並不認為要千篇一律地緩和緊張、靠巨大的落差來引人發笑。再說，上次的政治特別節目裡也並不是因為聚集了嚴肅的人、共同認真討論所以形成緊張狀態，而是因為選舉結果可能影響到國民關注的法案今後會不會通過，在這種狀況下才產生了緊張，關乎國家大事的緊張跟參加節目的某個人自發性耍笨這兩件事原本就不在同一條線上，不可能獲得本質上的緩和。

假如在節目一開頭就胡鬧，說不定還會被誤以為在冒瀆選舉，讓藝人態度成為眾矢之的，更加深視聽者的緊張。所以假如要端出「緊張的緩和」這種理論，要我在自我介紹時那樣裝傻這實在很沒道理。假如不是針對節目主線，而是針對來賓的立場或者生理上產生的緊張試圖緩和，那說不定還有效。Nakano Taiichi 把整個節目的緊張跟個人的緊張混為一談，這就表示你並不了解枝雀老師所主張的搞笑結構。

我看過枝雀老師在電視節目上解釋「緊張的緩和」。枝雀老師在節目上說：「緊張的大緩和，追根究柢就像是一種徹悟。」要了解這句話的真正涵義不容易。或許所謂緊張、緩和的起點究竟在哪裡會是很重要的一點。既然是跟徹悟相連結、追究到根柢的大緩和，可能一開始就已經有了世界處於緩和狀態的認知，但這究竟是個人的感覺還是社會一般的見地，卻很難捉摸。假如涅槃是緩和，那麼此岸是緊張嗎？人至死不笑，是因為無論彼岸或此岸都處於緩和狀態嗎？

各位或許覺得我有些嘮叨，但這封郵件還沒有結束。我也實在有點累了。

接下來談談專欄裡充滿惡意的主張。擷取某名搞笑藝人段子的一部分說「這才叫搞笑」，與沒有在政治節目上裝傻的藝人影像相對比，難道不覺得比較對象很奇怪嗎？

假如準備兩者不同瞬間的素材，也可能呈現出立場正好相反的狀態吧？只收集符合自己需求的素材，講得好像這種狀態不斷持續，這簡直是一種暴力。如果我在表演中持續講述著沒有任何耍笨意味的政治或文學，直到最後都完全沒有裝傻（但如果真有這種段子，這種行為本身就是一個足以成立的大哏），那或許 Nakano Taiichi 的論點也算勉強成立。難道你為了支持自己的主張，想盡辦法去限縮自己的視野和思考？

假如有人在報導節目中打斷流程還有預計播放的影像，高談闊論些毫無關係的話題，但因為「反正滿有趣的也無所謂啦」而被大家接受，這聽來或許挺有意思，但你覺得為什麼過去沒有藝人這麼做呢？另外，描述這類狀況的情境喜劇又為什麼多到數不清呢？好歹也自己稍微動動腦筋吧。為什麼有搞笑藝人上新聞性節目？因為希望別人覺得自己很聰明？真有搞笑藝人跟 Nakano Taiichi 是一樣的想法嗎？

Nakano Taiichi 專欄裡最惡劣的地方，就是刻意隱藏其實我確實裝傻的事實。這已經不能用「惡劣」兩個字來解釋。到了這個地步，只是單純的謊言。為什麼要寫這些謊話呢？

無聊透頂，這個搞笑藝人程度太差，假如是這類批評我欣然接受。但把本來存在的裝傻當作不存在，那就是詐欺了，而順著這個謊言粗暴地推論我放棄當搞笑藝人。你算什麼東西？

每當畫面從轉播切回攝影棚時，只有我每次都站著。這你沒看到嗎？我每次都一定會站著，等主播開始發言再坐下對吧？應該有四次吧。第一次假裝調整歪掉的麥克風，第二次假裝自己不小心站著，第三次正常地站著。我身邊的評論員不也很訝異地看著我嗎？到了第四次現場導播還一直高舉著「坐下！」的大字報。還有，你沒看到我親了主播嗎？

那你到底看到了什麼？

關上電腦，不知不覺中房間已經一片黑。好一陣子我都沒發現「該開燈了」這個理所當然的事實，只是呆呆望著被裁減成一塊深藍的窗戶。影島寄給 Nakano Taiichi 的郵件，有種豁出去的感覺，跟我所知的他印象很不一樣，但莫名有種熟悉感。手指按下桌上檯燈的開關，「叮」的一聲，手邊的光圓圓亮起。黑暗窗戶上浮現出我疲憊的膚色。

看了一下手機，收到幾封郵件。我打開其中一封。

「正在替奶奶做飯。大王回家了嗎？」

這是對我幾小時前寄去郵件的回信。我輸入「能過來嗎？」可能太遲了吧，正這麼想就收到了回信。「可以，我慢慢往你家方向走。」

認識香澄差不多一年了。有次採訪得大清早搭從羽田出發的飛機，前一天決定住在機場附近的商務旅館。但是因為時間還早睡不著，打發時間時看到客房服務的按摩介紹，明明平時沒有按摩習慣，還是裝出一副本就打算如此的樣子打了電話，當時被派來的就是香澄。

來到房間的香澄問完療程內容和我特別感覺疲勞的部位，什麼多餘的話也沒說，只是靜靜觸摸我的身體。她的手法熟練，每個地方施力的強弱都不一定。在她的觸摸之下我漸漸忘記時間，一回神，我擔心是不是已經過了該結束的時刻，抬起頭來，香澄的手沒停下，對我笑著。那表情之天真讓我很驚訝。我有點愧疚，好像不小心撞見她無意對人展現的表情。雖然我不認為那種時候會有什麼所謂的恰當表情，也並沒有預設她該是什麼表情。

我刻意出聲，再次睜開眼問香澄時間。香澄訝異地看著我的臉說：「還有五分鐘。」然後害羞地低下頭。我覺得很奇妙，她真這麼青澀嗎？之後我們開始交往，每次跟香澄見面，她身上的氣息就會有微妙的變化。

幾番郵件往來後，香澄很快就來了。大概是因為徒步走過來，她臉有點紅。香澄在背包裡放了地毯，先喝了一口帶來的寶特瓶裝茶後突然開口。

「我沒收到你回信，但是心想你說不定會找我就從家裡出發走過來了。如果用走的就算你沒找我也沒關係，就當作一邊散步一邊想曲子、換個目的地就行，結果我走了一個多小時。路上經過一個地方有好幾輛警車經過，還看到救護車，應該是出事了吧，來了這麼多車一定有事，我越想越害怕就加快腳步，眼看天色越來越黑我又更害怕，但附近沒有電車站，公車路線我也不熟，我心想，大概也只能繼續走下去，所有聲音聽起來都好可怕，所有擦身而過的人看起來都像殺人魔，我只敢看著前面一直走。」

香澄奮力想繼續往下說。

「妳也不用說得那麼仔細。只要說真正想說的，或者回答我的問題就行了。有時候妳這樣說個不停還挺嚇人的。」

聽到我這麼說，香澄說了聲「對不起」，低下頭來很難為情地將頭埋在彎起的膝頭上。嗯，原來她今天是這種反應啊。香澄每天的表情和個性都不一樣。我已經忘記為什麼要聯絡香澄，但是想起生日時收過她的郵件。

「謝謝妳上次的郵件。」

說完後香澄抬起頭，面露不解。

「生日時的郵件。」

「喔喔，那沒什麼啦。對了。」

香澄從背包裡取出一個袋子交給我。那袋子沒有特別大，但還挺重的。

「這是什麼？豬的頭嗎？」

「不是。」

她從袋子裡取出來的是一個小盆栽。裝在石製花器裡的土上青苔滿布，中間長出小小的楓葉。楓葉顏色現在還是綠色。

「如果把視線拉到跟這棵樹一樣高，看久了就會覺得這是棵大樹呢。」

聽了香澄這樣說明，我覺得盆栽跟雪景球很像。

我從冰箱拿出兩罐啤酒，遞了一罐給香澄。也沒刻意配合，但兩個人剛好同聲拉起拉環。香澄喝了一口啤酒後哼起令人懷念的讚美歌。

「不覺得盆栽跟雪景球有點像嗎？」

「嗯？」

「雪景球跟盆栽，都算是一種迷你造景吧。」

「也對，都很可愛。」

「不過想想植物的根最多只能延伸到容器的大小呢。」

「是啊，但也算是被容器保護著。」

或許大小並不是那麼重要，也可以說受到人類意志的管理。

「以前我有一任女友收集過雪景球。」

「可愛嗎？」

「嗯，滿可愛的啊，人也很溫柔。」

「那很好啊。」

「嗯。」

「為什麼會分手？」

「為什麼呢？當時好幾個人一起住在一棟有很多分租房間的地方，她搬走後就沒再繼續了。」

「永山。」

「嗯？」

香澄以前好像沒這樣叫過我，我不禁倒吸了一口氣。香澄瞪大了瞳孔像在打量我。

「我以前也有個對象，後來就不了了之沒再繼續。」

只喝一口啤酒，不可能這樣就醉了。

「是嗎？」

「因為浴室的關係。」

「什麼意思？」

「我家跟奶奶一起住，總共有六口人，所以浴室是可以獨處的重要空間。奶奶比較早睡，她最早洗，再來是爸媽，他們工作比較累。然後是哥哥，最後是我跟姐姐要爭誰先洗，如果是我先，姐姐就會在門外問『還沒好嗎？』這也就算了，假如姐姐先洗，好不容易覺得終於可以洗澡進了浴室，有時候會發現浴缸的水都被放掉了，她一定是故意的。但反正熱水也回不來，我就沒跟她說什麼。後來這種事又發生過幾次。國中的時候我心想，為什麼大家都要這樣欺負我？所以我自己決定最後一個洗。這樣比較好。因為這樣，跟所有人都無關的洗澡時間對我來說是最幸福的時間。」

香澄總有一開口就停不下來的毛病，但這個故事我卻很想聽到最後。

啤酒很快就喝完，我打開冰箱要拿出新的啤酒時，香澄也沒停下，繼續往下說。

「等等，這是妳幾歲的時候？」

「十八歲。那時候我跟一個大我兩歲的人交往，實際上他應該大我四歲，但當時我以為他大我兩歲。跟那個人見面的時候都是在他家，我還沒有那種經驗，我們每次都做到一半，但是我告訴他很痛、不喜歡，那個人很溫柔，不會硬來，但這麼一來永遠無法往前進，我希望他可以走在前面帶領我。我說過這件事嗎？說過嗎？」

「妳嗎？」

「嗯。可能沒說過吧，總之我當時心裡是這麼想的，結果他說，最近看到一則水中生產的新聞，很認真地說如果在水裡應該不會那麼痛。真的嗎？我問他，他說對啊，如果在水裡被打也不怎麼痛不是嗎？總之我也聽不太懂他的說明，我說這是我第一次，希望照正常方式來，但他覺得這是為我好，在浴缸裡放滿了熱水，趁水放滿之前還跑去便利商店買泡澡粉，上面寫著類似湯河原那種，浴缸裡的水變成淺綠色，沒辦法，我只好脫掉衣服洗乾淨身體泡進浴缸裡，他之後也進來，可是結果根本超痛的。」

香澄搭配著說話的內容和情感展現出絕妙的表情，繼續說著。

「真的很痛，我跟他說，這跟有沒有在水裡根本一點關係都沒有嘛！我也反省過啦，這種時候提這件事對他很抱歉，可是我覺得這麼重要的浴室怎麼被搞成這樣，等到他結束站起來後，裝著淺綠色熱水的浴缸裡漂著紅色的血，慢慢沉入水裡，有一瞬間看起來就好像拖著尾巴在游泳的金魚。我一個人盯著看了很久。咦？我本來要說什麼？」

「血變成金魚，看起來確實很像。」

「嗯，真的很像。然後沉在浴缸底部的金魚復活了。」

「怎麼可能啊。」

「真的啦。金魚又開始游泳。」

說著，香澄安靜了下來。將臉埋在彎起的膝頭之間。

跟香澄見面的時間總是在晚上。我們見面的頻率跟在TSUTAYA租電影ＤＶＤ的週期很像。見面的時期會好幾次頻繁地見，可能也沒什麼特別的事，但不見面時就真的完全沒接觸，像是忘掉彼此存在一樣。

跟香澄在一起的時間對我的工作幾乎沒有帶來任何影響。她看起來也完全沒有想提升自己、在社會上做出一番成就的欲望，而且彷彿以這種無慾的精神為傲。要自在度過一段無所事事的時間對我來說非常困難。即使假裝虛脫無力，我也會下意識持續活動，從某些東西上吸取養分，企圖給自己的人生帶來幫助。我永遠擺脫不掉這種膚淺，但只有看電影、沉浸在別的人生或故事中，還有聽香澄說話時，我可以暫時忘掉這些。正確來說，應該是事後回想起來，覺得自己似乎能夠忘掉。說來可能有點奇怪，電影跟香澄這兩者其實非常相似。

光是想像她話題中偶爾出現的壞心腸姐姐的內心狀態，就不難知道為什麼她會呈現出那種陰險。看上去清心寡慾、茫然漫步的妹妹，可能因為那份純粹而獲得父母親的疼愛。這麼一來企圖在公司闖出一番成績的自己日積月累的努力將會受到威脅。假如在家裡稍微吐露一些跟工作相關的壓力，就會被平凡的道德感處理掉，「妳這樣不好」，被迫成為一個討人厭的角色，而沒有人企圖去理解其中的原因。

可是每個月又得理所當然地給家裡一部分薪水。而薪水和壓力都是工作帶來的，她心裡當然無法接受。可能也無法放著妹妹不管吧，所以才擺著姐姐的架子來傷害妹妹。我想學生時代應該也是一樣的模式，只不過工作和薪水換成了其他的東西。雖然同情姐姐，但我一點也不認同她的行為。對於自己給別人帶來的痛苦，最好要更嚴肅地看待。我不知道姐姐在這個社會上有多大的貢獻。即使她有什麼了不起的見解、獲得周圍的尊敬，終究也是個人渣。

我只試圖去貼近香澄的痛。討厭、憎恨壞心腸的姐姐。我不想弄得太複雜。今晚再聽聽她說高中念女校時那個愛欺負人的同學故事吧。我掏出智慧型手機，開始尋找香澄的名字。

房間裡響起門鈴聲。我一心想快點讓聲音消失，按下解除入口自動門鎖的按鍵。螢幕上有一瞬映出香澄的身影，可能因為她正在動，影像模糊看不太清楚。

我走向玄關正要解開門鎖，剛好聽到慢慢敲門的聲音。平常她總是考慮到我對聲音的敏感，會一直靜靜等我開門，我正覺得奇怪，但已經讓她等在門外很久了，遂直接解鎖開了門。

「晚安，不好意思這個時間來打擾。」

一個滿頭白髮的陌生老婦人站在門外，手上拿著購物袋。我不知道該怎麼反應，手還握著門把，看著對方等她先開口。

「突然來打擾不好意思，我是香澄的祖母。」

說著，老婦人對我低下頭。

「啊，您好。」

「聽說香澄一直受您照顧了，我想應該過來跟您打聲招呼。」

我還沒搞清楚狀況，但看起來不像是來興師問罪的。

「這樣啊。請問……香澄人呢？」

意料之外的客人讓我慌了手腳，對於把這種情節帶到我日常生活中的香澄，也有點生氣。

「應該快到了吧。」

我還是沒搞清楚奶奶來訪的目的，不過既然沒有特別表明來意，應該是打算進房再談吧？總之也不能硬把她趕回去，儘管猶豫，還是請她進屋。

奶奶沒有坐沙發，而是靜靜地坐在地毯上，她沒有碰市售的冰茶，雖說來到陌生人的家中，倒是顯得格外鎮定。

「香澄好像總是在半夜來打擾，真是不好意思。」

「哪裡，都是我在麻煩她。」

「我想有沒有什麼能幫上永山先生忙的地方。」

「不不不，這怎麼好意思。」

「您工作一定很忙吧，請不要管我，繼續做您的事吧。」

說著，奶奶站起來走進廚房，哼起歌來開始清洗我傍晚用完還放在流理臺上的咖啡杯。我數度試圖阻止她，但她堅持：「不做點事我身體會生鏽的。」奶奶完全沒聽我說話，自顧自低喃，我也聽不太懂內容。我打了電話給香澄，沒接通。她在幹什麼呢？

奶奶整理好碗盤後也打掃了廚房，接著開始擦拭客廳一些小地方。陌生老婦人在打掃我房間，這種狀態下我實在無心工作。看著她俐落的動作，我躁動的心不知為什麼竟沉靜了下來。明明過去並沒有體驗過這樣的時間。

「我想拜託永山先生一件事。」

說著，老婦人停下手邊擦拭的動作，仰頭看著坐在沙發上的我。

忽然覺得可以從老婦人的視角看到雙臂交抱、盤腿坐在沙發上的我，自己這無所事事的樣子實在很難看。看我沒回話，她笑著說：「很為難是吧。」

我心想，應該是跟香澄有關的事吧。我很難說明跟香澄之間的關係，也從來沒想過兩個人的未來。我們只是會偶爾在一起，如此而已。沒有任何名稱能說明這種責任和功能，所以我們共度一段時間。我想對她來說應該也是一樣。因為我也沒有要求香澄盡任何責任。

或許說不上百分之百，但我自認為可以理解這想法確實跟社會一般常識有段距離。

我也很清楚，看在別人眼裡很可能覺得這種奇妙關係是我在榨取她的人生。像香澄這種人，對於自己被賦予某種角色、某種權利、某種責任會感到極度痛苦，而且這種苦會被譴責為沒用，連痛都要被蹂躪。其實這種個性的人基本上很不喜歡出現在人前，他們總是活在否定自己、說謊，隱藏自己之中。

再次開始擦拭東西的老婦人，有一瞬間看起來就像是老電影一樣，出現粒子粗糙重疊的殘影。

我很怕別人拿社會常識來壓我，一直逃避這類話題，但站在老婦人的立場，會擔心自己骨肉、自己孫女的生活也很正常，我更不能在這種天經地義的擔心當中夾雜自己的想法。就像我平時一樣。

「不方便的話也沒關係。」

我聽到奶奶天真的聲音。

「是什麼事呢？」

假如我的判斷可以成就些什麼，那又何妨答應呢？說不定可以前往不同於自己人生的另外一層。

「我想幫你洗頭。」

奶奶確實是這麼說的。

「我想幫你洗頭」這幾個字發出非現實的聲響。我當然可以拒絕，但長久以來我都活在不依自己判斷前進的時間中，身體比較習慣接受別人的意志、順著時勢走。這種經驗我很多。在這種狀況下或許不適合回憶起往事，不過有一次我要離開下北澤一間酒吧時，曾經突然被那裡的媽媽桑親了一下。當時我完全沒有抵抗，幾天後又若無其事地進了店裡。

「準備好了請叫我一聲。」

聽見老婦人在浴室外的聲音。我脫掉衣服，只拿了白毛巾走進浴室。扭開水龍頭，水流出來，加溫變熱還要等一會兒。

「可以了嗎？」

熱水在磁磚上反彈的聲音後，疊上奶奶怯生生像在試探的聲音。

「好了。」

我回答後，感覺奶奶走進跟浴室相隔一片毛玻璃的脫衣處。喉嚨深處湧起一股笑意，自己也不清楚那是什麼樣的情緒。門應聲打開。浴室的密度變濃，覺得有點難以呼吸，但我不確定那是因為兩人共享氧氣的關係，還是心理作用。為了避免熱水濺到奶奶，我把蓮蓬頭朝向浴室角落，但還是有些細碎的熱水水滴飛散、打濕了我小腿。我背向奶奶坐在椅子上，眼前開始起霧的鏡裡映出了她的身影。奶奶脫掉剛剛身上的開襟衫，挽起襯衫袖子。她從我手上接過蓮蓬頭，自己親手確認水溫後，把熱水淋在我低下的頭上，另一隻手搓著我的頭，把我所有頭髮都打濕。

她先把蓮蓬頭掛在牆上，伸手去取洗髮精，讓洗髮精跟熱水混合起泡，仔細搓揉讓洗髮精滲透到頭髮之間。我靠聲音跟肌膚感受這一連串動作。她的手指按著我頭皮，忍不住出了聲。不知道是不是察覺到我的反應，她擴大按壓的範圍，重複著相同的動作。

「你會跟香澄一起出門嗎？」

奶奶的話進到我快放鬆的身體裡。我無力地回答：「想是想啊。」奶奶笑了。

這時我倒吸了一口氣，「香澄？」老嫗的身影搖搖晃晃，漸漸融化變容。

我感覺著後腦勺那股搖晃，慢慢閉上眼。張開眼想穩住自己心情，起霧的鏡面上映著香澄。

「是啊。」

香澄沖掉洗髮精，喃喃回答。我想抬起頭看鏡子，熱水流進了嘴裡。眼前已經沒有什麼老婦人。香澄將護髮乳揉進我的髮間。

「竟然變成奶奶。」

「嗯。」

香澄若無其事地用熱水沖著頭髮。

「因為在替奶奶做飯。」

她天真地輕聲說著。

「這樣啊。」

「啊，你要帶我出去嗎？」

我一時沒聽懂，過了一會兒才想起她應該是指剛剛我跟奶奶的對話。

「妳還記得？」

我低著頭，說話聲音傳向下腹部。

「我聽到了啊。」

「這樣啊，那就出去走走吧。」

聽到我這麼說，鏡子裡的香澄開心地笑了。

跟香澄在一起偶爾會有這種狀況。我不知道是香澄自己的肉體產生變化，還是我自己的感覺產生變化，都無所謂。

「我想去看一個東西。」
香澄試探地問。
「什麼東西？」
「蝴蝶標本。」
香澄打開浴室門，熟練地拿出浴巾。
「一點興趣也沒有，這不是很容易想像到的東西嗎？」
香澄用浴巾擦著我的頭。
「聽說我爺爺收集的蝴蝶標本放在一個地方保管。」
「妳爺爺收集蝴蝶？」
「嗯。主要是蝴蝶，但好像所有昆蟲都會收集。」
「這樣啊。妳爺爺是誰？」
「誰也不是啦，就是個老頭子。聽說標本放在東大的某個地方。」
「哦，放在東大的話應該是本鄉那邊吧？但如果是捐贈當研究資料，可能沒有對外公開吧？」
「奶奶說她去看過。」

「那應該可以吧。」

本鄉離上野也不遠。很久沒到附近，我想去走走也不錯。

這是我第一次跟香澄外出。心裡有股必須遵守跟奶奶約定的使命感，但仔細想想，我並沒有跟奶奶訂下任何約定，那個老婦人藉著香澄的肉體而存在，所以我也可以把她視為香澄。之所以這麼規矩想守約，可能是因為不小心把常識帶進了我跟香澄這奇妙的關係裡吧。而我明知道，假如要嚴謹遵守社會規範，最後只會讓彼此精疲力盡，再也無法維繫關係。這套道理難道只是我的一廂情願？

我跟香澄約好，她先回家一趟，之後我們在本鄉三丁目車站會合。我不知道她家確切在哪裡。離開住處往池尻大橋站的方向走。離開 House 之後，我開始刻意避開上野。當然因為工作的關係去過根津和谷中幾次，也有機會去上野的美術館。說起來或許有點奇怪，我就像是換了個入口，假如是跟自己體驗無關的接觸方式，那我並不會特別覺得傷感。從池尻大橋搭上田園都市線，在大手町換乘丸之內線後到本鄉三丁目站，大約五分鐘左右。

香澄的身影出現在視線中時，她正看著智慧型手機裡的地圖確認目的地。她身上穿著白色連身裙，走近後發現上面還有紅色細格子圖案，外面又披了一件白色開襟衫，全身統一成白色調，但不同材質料子的搭配又顯得很協調。我從來沒像這樣注意過她的服裝。我自己是成套的黑襯衫和長褲，全身都是黑色。雖然是巧合，但好像事先約好般的黑白兩色，讓人有點難為情。

時節剛進入六月，出來吃午餐的上班族多半穿著短袖。

「所以應該是這邊。」

香澄看著地圖上確認方向，領我往前走，聽說目的地在東京大學裡，大概是剛剛一直出現在眼前那道牆圍起的校地內吧。果然，我跟著香澄沿著牆壁往前走，來到一處兩邊疊著舊磚頭的入口。我們從這裡進入東大校園後立刻在右後方看到一棟建築物。香澄笨拙地唸出搖曳紅旗上「東京大學綜合研究博物館」幾個字。

建築物裡涼爽又很安靜。陳列各處的透明盒子裡展示著隕石和土偶等等。我很想一個一個仔細看，不過香澄一開始就想找蝴蝶標本，不斷往前走。在一個稍大的空間中還展示著大型動物骨頭和繩文時代的人骨等等。香澄停下腳步，認真地注視著某樣東西，那是個混合了紅色跟橘色的蝴蝶標本。乍看之下還以為是把轉紅的葉片排好裝裱。途中有幾個小型的蝴蝶標本，但我們並沒有看到香澄祖父長年收集的大規模藏品。

「真奇怪，問問館方的人吧。」

說著，香澄走向館員，說了幾句話後空間裡響起她「什麼？」的訝異聲，大概是出了什麼錯吧？

原來七月中開始預計有一檔昆蟲標本展，但現在還在布展準備。

香澄很過意不去，覺得把我帶到這裡來卻白跑一趟，不過既然還沒開始展示那也沒辦法。看她那麼抱歉，我覺得該說些什麼，就告訴她：「反正也不是我想看」，但說完又覺得後悔不該這樣講。儘管如此，她本人看起來還沒有要放棄的打算，明明什麼都沒有，她還是在樓層中走來走去，我不知如何是好，只能跟在她身後走著。

我們兩個正盯著藍色蝴蝶標本時，一位戴著眼鏡大約五十多歲的男士微笑著走近。

「您好，我是博物館的職員。兩位很喜歡昆蟲嗎？」

「本來聽說這裡可以看到蝴蝶標本。」

香澄回答道，一邊觀察著對方的反應。

「啊，還有一陣子才開始呢。您是在雜誌報導上知道展覽消息的嗎？」

「不是，是我奶奶告訴我的。她說我爺爺收集的藏品要在這裡展出。」

「哦，這樣嗎？恕我冒昧，請問您貴姓？」

「我姓根本。」

男人露出有些驚訝的表情。

「難道您是根本興善先生的孫女？根本先生可是東京數一數二的昆蟲收藏家呢。」

說著，男人開心地笑了起來。

看來香澄的祖父真的是昆蟲收藏家。

「請您稍等一下。」

男人走向其他館員交代了幾句話後又帶著笑臉回到我們等待的地方，「兩位這邊請。」他引導我們走往另一個方向。我靜靜地跟著，男人打開一扇寫著「STAFF ONLY」的門。我們三人沉默地在短短的走道上前進，前方是一個色調沉穩的開闊空間，牆壁上掛著無數標本。大部分都是蝴蝶標本。

「這話由我來說也有點奇怪，但真的很壯觀對吧？」

男人望著牆面說道。

「太驚人了。」

標本旁邊貼著說明牌，上面寫著收藏家的名字。香澄走近牆壁，仔細地看著蝴蝶。

「就是這個。」

香澄輕聲說道。我也跟著走近確認說明牌上的文字，上面確實寫著「根本興善」這個名字。

「妳以前看過嗎？」

「嗯。爺爺好像很擅長抓昆蟲，特別是蝴蝶。聽說他小時候蝴蝶還會自己飛到爺爺手上呢。」

香澄眼睛望著標本，很懷念地說著。

「畢竟根本先生有『神之手』之稱，說不定真是如此呢。」

館員對我們說。

「小時候我經常看這些標本，但是像這樣排列起來，看得眼淚都要掉下來了。」

說明牌有好幾個，根本興善的收藏擺滿了牆面的很大部分。一想到這些都靠他一個人收集，實在很不簡單。

「我以前很喜歡那個。」

香澄指向的標本，排列著幾隻發出不可思議亮光的蝴蝶。

「從不同角度看，發光的狀態也不一樣呢。」

「沒錯。好像有一種尺用的就是這種素材。」

「有，上面的圖案會變的那種。」
「我以前有，後來被同學偷了。」
「是嗎？」
「比起被偷，我更難過的是那把尺被人家用麥克筆寫上名字。」
「那傢伙是笨蛋嗎？」
香澄沒回答我，直盯著蝴蝶。
「根本先生的收藏堪稱民間最大規模呢。」
博物館館員感慨萬千地說。
「但我祖父說，他小時候幾乎每個孩子都會收集這麼多。」
「沒有的事！他的收藏有一萬多件呢。一開始當根本先生表示要捐贈昆蟲標本時，東大的學者也都覺得很可疑，認為那麼大的數量實在太誇張了。但實際上真的有這麼多。不僅如此，所有標本都依照採集年代分別整理，保存狀態好得出奇。」
館員帶著多少有些難以置信的表情說起這些事。
「我們以前一起去過有很多樹的公園，祖父聽到我學蝴蝶的叫聲，說我學得很像。」

香澄懷念地說起往事。

「確實有會發出聲音的蝴蝶，您會模仿蝴蝶的聲音？」

館員聲音裡帶著驚訝。

「對，其他人都不會誇我，只有祖父會。我還會模仿蝗蟲、螳螂，還有螞蟻。」

說到一半香澄好像發現自己話太多了，難為情地低下頭。

「螞蟻嗎？」

館員的表情頓時柔和了起來，大概以為她說的模仿是一般小孩子那種外在表現的模仿吧。

我對她說「妳試試看蝴蝶怎麼叫的」，香澄不太高興地回我「進了這個房間之後我一直都在叫啊」。

館員臉上帶著微笑，將視線轉移到標本上。大概覺得我們兩人的感受很特別吧。但他明明是個能接受不同角度會呈現不同顏色蝴蝶的人哪。

其中有個蝴蝶標本特別氣派。跟其他標本不同，只有這蝴蝶是單獨一隻裝裱。

「這是不丹尾鳳蝶。大家都說已經絕種，但是不丹跟日本的共同調查隊相隔七十八年又發現了。這可是不丹國王陛下贈送的呢。」

「相隔七十八年？」

香澄訝異地出聲。

「但當地人說，附近一直都有那種蝴蝶。看來只有在沒親赴現場的學者世界裡絕種而已。」

好像常有這種事。學者只會靠自己能取得的資料來判斷，往往會建構出一個脫離現實的世界。

「怎麼會這樣？那些學者是笨蛋嗎！」

說著，香澄放聲大笑。

坐在上野公園的長凳上，已經好久沒有這樣望著不忍池了。腳部肌肉緊繃僵硬。以前曾經好幾次漫無目的從本鄉走到上野，一直覺得這段距離沒什麼大不了，但走著走著背後開始發汗，覺得好像走了比記憶中更長的距離。途中我看了一下香澄，她拖著一隻腳走著，「腳痛嗎？」她說：「快痛死了。」本來打算找間老咖啡館進去休息，但沿路沒看到合適的店，只好繼續並肩往前走。看到香澄拖著腳走路，頓時也覺得自己的腳步沉重。就在我覺得脖子也有點累的時候，才想到應該是在博物館看太久蝴蝶標本的緣故，我問香澄「還好吧？」但自己也馬上忘記到底是針對什麼而問。

來到上野公園後香澄好像安心多了，表情很平靜。我讓她在長凳上休息，去便利商店買茶。回到長凳時，她正望著池水一個人笑著。看到這幅光景，我忽然有種後悔不慎接近了別人人生的疲勞感，很想回家。接過我遞出的茶時，她不知為什麼，用低沉的聲音不遜地回了聲「喔」。這一聲出現在眼前的狀況中很突兀、不自然，卻緩解了幾分我沉重的心情。

到日落還有一點時間。

「我剛剛說學者是笨蛋，不過那個博物館員應該也是學者吧。」

想起博物館發生的事，不由得笑了出來。

「對不起。」

香澄說完這句話的瞬間。

「不會不會，常有的事啦。」

剛剛那個館員就在我身邊清楚這麼說完後又消失，變回香澄。

香澄還是靜靜盯著池水看。

「腳痛為什麼不說呢？」

「覺得你會生氣。因為我很容易惹人家生氣。」

香澄說得像個小孩子一樣。

「我剛剛問完『還好吧？』之後忘記自己要問妳什麼，現在我想起來了。應該是想問妳的疲勞，爺爺的影響或者說存在應該還留在妳身體裡，妳還好吧？」

「爺爺留在我身體裡？」

說著，香澄僵住了表情。

「我不是在說什麼鬼故事啦。」

「感覺好可怕，別說了。」

「自己重要的親人怎麼能覺得可怕呢。」

表情僵硬的香澄，聽了我的話勉強擠出笑臉。

打開電腦電源。我得把影島和 Nakano Taiichi 的交戰讀完才行。我不自覺地嘆了口氣，但我自己也懷疑，這真的是自然的嘆息嗎？有種無路可去的困頓感。小時候上游泳課讓我覺得痛苦極了。因為覺得討厭，實際上也好幾次真的肚子痛，我心想，這麼一來就不用跟老師說謊，只需要在池邊觀課。我告訴老師自己肚子痛，老師眼底露出懷疑的神色。但明明是真的。那真的是真的嗎？只要誠心相信，甚至會真的肚子痛，那詛咒殺人，也並非不可能吧？要用什麼才能抵擋這種詛咒呢。

這幾天我都沒有讀影島跟 Nakano Taiichi 往來信件的後續，因為覺得自己無法維持旁觀者的立場。就算想，也辦不到。老實說，影島對 Nakano Taiichi 說的那些話，好像都是針對我而來。

打開影島的部落格，滑鼠滾到上次影島的那篇文章。中途有幾個字眼掠過眼前，每次都讓我感到心虛和痛苦。我又嘆了口氣，我覺得這個嘆息不一樣，但也不知道哪裡不一樣。影島接下來的文章是這樣開始的。

我把這篇文章直接傳到 Nakano Taiichi 的網頁，幾天後收到了回信。我先確認了 Nakano Taiichi 第一次寄來的郵件，上面寫著：「我剛從比利時回國，還沒看完全文，等我全部讀完後再回信。」看完之後我的感想是，有必要特別說明去了比利時嗎？

你這傢伙去哪裡關我什麼事？難不成還指望我會回答：「哦？您去了比利時啊？那裡的鬆餅好吃嗎？」或者希望聽到我一句：「您真是個大忙人。等您安頓下來再慢慢回不要緊喔。」是嗎？這些話一度浮現在我腦中，但那只不過是一時性的情感起伏。我又讀了一遍郵件中的文字，企圖讓自己冷靜下來，稍微放了一段時間。

雙方對峙各自表明立場、認真交戰的情況下，竟出乎意料地露出陷阱般的破綻，這確實很像 Nakano Taiichi 的作風。喂，這位自稱專欄作家的先生，我說這種細節根本無所謂。莫非你是打算「在我撰寫長篇文章的同時還請先享用這篇文章」？我說這前菜的味道也太濃了點。

比利時前菜之後又過了幾天，Nakano Taiichi 寄來了長篇文章。以下我只隱藏掉 Nakano Taiichi 的個資部分，完整刊載全文。

「Nakano Taiichi 的回信」

Pause 影島道生先生

我讀了您的郵件，也重讀了一遍自己的文章，確實如您所說，有些地方的寫法被評為推論太過粗糙我也無話可說，非常抱歉。我承認自己書寫方式的確有思慮不周之處。

首先我要聲明，我並不認為自己的專欄有獨特觀點，或者嶄新的切入點。所以我也無意去驕傲地主張。但我也深信，有些東西正因為我具備平凡的感受所以才能寫。我總希望自己也能以相同的感受來挖掘讀者平時覺得好奇、不解的事。

我寫那篇文章的目的並不在於扯影島先生的後腿，只是單純覺得一個搞笑藝人出現在電視上，觀眾當然會在這個人身上追求搞笑，所以寫下那些文字。

謝謝您的諸多批評指教。我不知道從何寫起才能好好梳理自己的想法，先說說頭銜吧。我認為藝人要進軍其他領域並無所謂，甚至是很理所當然的事，所以我也並不否定影島先生的作家身分。

關於〈Pause・影島道生放棄當個搞笑藝人了嗎？〉這個標題，請容我申辯。我原本寫的語氣比較溫和，但後來經過編輯修訂，希望我能改個更有震撼力的標題，結果就變成現在這個樣子。或許我應該想個不同的寫法。真是對不起。

我的頭銜是「插畫家、專欄作家」，正如影島先生的指教，我完全忽略了這兩個身分各有獨立活動的時候。但這次的報導我也同時刊載了插畫，這一點還請包涵。最重要的是，我是因為喜歡搞笑藝人這份職業，才會深信藝人的本分就是引人發笑。我想這也是搞笑藝人與其他職業最大的不同點。

聽說這幾年來，每年有好幾千名年輕人因為想當搞笑藝人而進入培訓所。這也難怪，畢竟在電視這種最具影響力的媒體中，搞笑藝人已經在第一線活躍了幾十年。我在電視上看過一段故事，聽說以前父母親看到孩子書念不好，就會叫他「給我進吉本！」但現在搞笑藝人已經不是專屬不良少年或不會念書的人的出路了。如今藝人的世界裡聚集了擁有優異才能的創作者，規模自然也不可同日而語。既然出身這種集團，那麼能在其他領域獲得成功也不稀奇。所以我無意要批判這一點，要是讓您有這種感覺，那麼我很抱歉。

只不過，對於您斷定寫手或專欄作家的存在本身很無趣這件事，請容我提出異議。您批評我這篇文章的不足之處，我無話可說。但實際上優秀的寫手非常多。難道只因為影島先生有名氣，您就有決定優劣的權利？一個人的能力高低並不是靠有沒有名氣來決定的。

而且回應企劃或編輯的要求而寫，也未必會阻礙自由的表現。我們也經常看到素材和寫手之間起了化學反應後出現的有趣成果，所以寫手沒有寫真正想寫的東西，我想這是您的誤解。您的批評當中也提到我的文章透露出「所謂專欄作家就是如此」的味道，因為我認為基於評論性文章的特性，立場不能曖昧。即使冒險，也應該清楚表態，我想這才是身為專欄作家該有的正確態度。

另外，您還提到「插畫作品只會依樣描摹和塗色的Nakano Taiichi，是否放棄了當個插畫家？」您說得沒錯，那張圖畫確實是依樣描摹。那麼為什麼我要這麼做呢？

因為那是雜誌的報導。雜誌並不是發表我獨創畫作的地方，最重要的是必須盡量跟報導中提到的對象相似，所以我才選擇了這種方法。閱讀雜誌的人並不是只有對藝術感興趣的人，那裡不是藝廊也不是畫室。因應場合畫出合適的風格，回應要求而畫，我覺得這也是插畫家必備的心態。

我的文章也寫了很長，但您的文中提到「專欄完全無法切中核心的Nakano Taiichi，是否放棄了當個專欄作家？」所以這封回覆影島先生郵件的信，希望可以稍微接近我所認為的核心。

我仔細讀完您關於我對藝大是否懷抱某種扭曲情感的觀察，但是我並沒有像影島先生所懷疑般謊稱自己的經歷。我確實畢業於藝大，也從事插畫工作，所以並沒有因為藝大畢業這件事覺得特別自豪。我想每個人多多少少對自己的經歷都會兼有自虐和自負的心情，我的程度也跟一般人差不了多少。

無論是上藝大時或者現在，藝大都不曾是我的研究對象。我自認面對的向來是藝術本身，當然那也只是以我自己的方式。我也確實認識過擁有出色才能、無可質疑的人，我的高傲早已經被摧毀殆盡。關於藝術跟自己的距離，從事表現或者藝術工作的人，不一定都是對自己的創作感到滿意、能抱持自信對外發表的人吧？

我成為創作者並不是因為有強烈的表現欲望，我是因為想當創作者才開始畫畫。有些人因為想說段子而當搞笑藝人，也有些人因為想當藝人而說段子。一樣的道理，我想也有很多創作者像我一樣，一邊懷疑自己的才能、一邊苦撐努力工作。寫專欄也是，正因為是這樣的我，或許才能夠跟那些覺得「藝術很難懂」、瞧不起藝術家的人站在相同的觀點來看藝術，找出不同的切入點。

至於我自以為是地解釋「搞笑就是緊張與緩和」這一點，我也要坦白地道歉。可能是我的研究還不夠，但是我也正向地認為那是自己的特徵之一。即使像影島先生一樣仔細調查、思考，我想這個世間多半的人也只會偏頭不解覺得艱澀，就此不了了之吧？那並不是我想前往的目的地。比起藝術或者創作的本質，我更希望能提供讓人開心的東西。另外，如果對搞笑做出評論，一定會引來「不然你自己來啊」的反駁，我也帶著丟人的心理準備，不躲不藏試著具體提議該如何裝傻。

我自己重讀了擷取其他藝人部分段子、跟影島先生參加政治特別節目演出時的言行舉止相比較的部分，我深自反省，自己確實做了輕率的推論。大概是太得意忘形了，真的非常抱歉。

但是關於每次鏡頭轉回攝影棚時影島先生都站著這件事，很抱歉我完全沒注意到那是裝傻。大概也是因為我欠缺感受性的關係吧。我一直心想「這個人在幹麼？」還以為出了什麼差錯。這不只是我一個人的意見，我身邊一名女性朋友也這麼說，既然已經成為話題，我想應該算是客觀的事實。

所以我並不是為了硬套上自己的道理，故意把實際存在的裝傻當成不存在。我也絲毫沒有瞧不起的意思。影島先生拿過芥川賞，我認為您是個相當了不起的人物。但我沒有笑過，就算看到您裝傻的企圖，也沒有出聲笑過。對我來說藝人的價值就是引人發笑的能力，笑的總量就等於藝人的價值。

最後，我一直看到節目結束，都沒看到影島先生親吻主播的畫面。可能剛好去上廁所錯過了。在節目中有過這樣的表演是嗎？假如我看到那個畫面，或許就不會寫下上次那篇文章。這次給您帶來困擾，實在非常抱歉。

（以上是 Nakano Taiichi 的回信）

一個寫下對我充滿惡意文章的所謂專欄作家，對我的回應就是這副德性。我馬上就回信給他。以下全文照登。

致 Nakano Taiichi

我讀了你的回信。老實說我第一個感想是，你也太愛道歉了。好歹也是吃這行飯的人吧？怎麼能先武斷地把別人說成「想當文化人的搞笑藝人」，然後這麼輕易就撤回前言？這就好比在別人看不見的地方舔著沾上口香糖的鞋底一樣。本來覺得很沒勁，幸好中間稍微挽回頹勢，我才安心了一點。你對於自己所寫下的文字帶有多少覺悟？你到底知不知道這件事最大的前提是你發表在雜誌這種媒體上，而不是 Nakano Taiichi 收在抽屜裡的日記本中。

你這封信應該不是喝醉了之後寫的吧？有人會買雜誌，一定是因為相信上面的內容不是嗎？在過去帶著真摯態度面對文字的寫手或專欄作家努力之下，好不容易建立起雜誌和讀者之間的互信關係。而 Nakano Taiichi 供稿的雜誌，我們是不是應該帶著上面所寫全是虛構、是本前衛小說的前提來讀呢？

回信裡寫道「對於您斷定寫手或專欄作家的存在本身很無趣這件事，請容我提出異議」，突然寫這種彷彿自己肩負整個文壇的句子，到底誰說過這種話？我特地在文章裡暗示其中也有優秀的人，就是為了避免你被逼到絕境時把問題轉移到這個方向。

如同 Nakano Taiichi 承認自己做出了輕率推論，你對自己的工作毫無責任心，這本來只是你自己一個人的問題，應該由 Nakano Taiichi 自己來承受，才算得上誠心道歉。我的文章看來像在揶揄所有專欄作家、寫手，一來是對於讓 Nakano Taiichi 這種寫手存在的業界體質感到疑問，一來則是為了修正 Nakano Taiichi 以為只要頂著專欄作家的頭銜就取得了正當性、愛寫什麼都行這種錯覺。

你是不是只要跟編輯去喝個酒就能拿到工作？我們可是至少得接受海選，幾百組中只有幾十組能脫穎而出站上劇場。在現場演出展現自己的段子，反應好能多出場幾次，反應不好場次就會減少，一直都表現不俗可以爬升到上一個層級，但是在那裡又要面對幾十組對手，這種過程不斷重複，也有人在中途就被淘汰。這就是我們必須經歷的過程，而 Nakano Taiichi 是在什麼機緣下開始自稱專欄作家的呢？每次跟編輯去喝酒，集點卡上就能多累積一點，集滿整張就可以換來這個身分是嗎？那麼這樣的 Nakano Taiichi 為什麼會對頭銜如此敏感，我真是越來越搞不懂。

希望您不要再擅自代表文壇發言。不要忘記，是你在扯大家後腿。

我想對 Nakano Taiichi 說的話源源不斷，這種狀態自己都覺得厭煩。這就好像明明是因為肚子餓了才吃飯，卻又覺得吃東西好麻煩。純粹是種生理上的需求，其實一點興趣都沒有。真想趕快結束這一切。

Nakano Taiichi 的回信裡說「我並不認為自己的專欄有獨特觀點，或者嶄新的切入點」、「但我也深信，有些東西正因為我具備平凡的感受所以才能寫」，拜託你別胡鬧了。明明胸無點墨，偏偏只有自尊高人一等，這些句子就是這些人最常拿來迴避風險的常套句，我個人認為，今後應該要讓創作者禁止使用這類句子。

比方說一個足球選手如果說：「我深信表現出平凡感受就是我的踢球風格，所以後半場如果累了我就用走的。」聽了作何感想？難道不覺得奇怪，教練為什麼不讓這沒把比賽放在眼裡的選手坐冷板凳？讀了 Nakano Taiichi 的文章我就是這種感覺。對 Nakano Taiichi 來說，相當於教練的人物應該是編輯，我認為這個人的問題也很大。

「關於〈Pause．影島道生放棄當個搞笑藝人了嗎？〉這個標題原本語氣比較溫和，但編輯希望能改得更有震撼力所以才這樣寫。」關我屁事。Nakano Taiichi 連身為一個成人的責任也放棄了嗎？文章既然署了自己的名，當然就是你的責任。不過說來也真討厭，以前我也有過類似經驗。得了芥川賞之後，我跟一個本來交情就不錯的寫手一起喝酒，當時我說：「正因為是這種時候，更希望能在搞笑上加把勁。」假如寫成文章，好像特地在大聲宣告一件理所當然的事，感覺很滑稽，總之我確實說了這句話。

那天晚上我們跟年輕時一樣，互相勉勵了幾句，說要好好加油之後互相道別。都這把年紀了，講起來也真是難為情，應該是當時太得意忘形了吧。幾星期後我看到一篇報導，上面說影島的熟人表示「要退出搞笑世界」。那是我的寫手朋友供稿的雜誌，我打電話問他：「那是誰寫的？」他哭著對我說，對不起，但什麼都不肯透露。很可怕吧？我也不敢相信會有這種事。

我問對方「該不會是你寫的吧？」他什麼都沒有回答。沉默的電話那頭一直傳來想吞回去卻又沒能吞完全而外洩出來的嘆息聲。年紀比我稍長的這個寫手，我們從年輕時交情就不錯，聽著他那不乾不脆的吐氣聲好一會兒，我整個人就好像故障了一樣，情感暫時停止，不知道自己現在在幹什麼。

電話那頭傳來吸鼻涕的聲音，將我拉回現實。我覺得很麻煩，又問：「到底怎麼樣？」他回答：「對不起，我會寫都是有苦衷的。」我心想都到了這個地步，為什麼還只想著顧及體面？但憤怒的情感並沒有我預期中的強烈，大概是因為我本來就暗暗在心裡瞧不起對方的關係吧。比起憤怒，我想凝視一個醜態百出的不中用傢伙丟臉的欲望很明顯更加強烈。小時候看到用手遮著臉哭的朋友，你會不會想扳開他的手看看他哭的樣子？就很類似這種感覺。我小心不讓對方察覺到這樣的心情，冷靜地問：「到底怎麼回事？」聽到的答案非常叫人錯愕。主編對他說：「你不是認識影島嗎？寫點東西吧。」

一開始他以實際見面時我說過的「正因為是這種時候，更希望能在搞笑上加把勁」這句話為根據，寫了一篇。其實光是這樣也足夠影響到我工作了，但他把稿子給主編看了之後，被說文章不夠有力，稿子來回修改了幾次，就成了影島說「要退出搞笑世界」這種南轅北轍的內容。再怎麼樣也不能完全顛倒吧？

「主編年輕時候提攜過我，我一直受他照顧，所以想報恩。」當他用這種敘述溫馨美談的語氣開始說話時我覺得很可怕。為什麼我要犧牲自己，向一個素昧平生滿口謊言的主編報恩？我腦子裡一片亂，不知道該對這個不斷向我道歉的人說什麼好，總之我試著對他說：「你這樣實在很遜。」他回答：「我知道。」我又說：「靠著討好上面的人來保住工作，也太悲哀了吧。」他一樣回了聲：「我知道。」Nakano Taiichi 也一樣。你把自己寫的東西輕輕鬆鬆歸咎到別人身上，若無其事地道歉。

我想過為什麼那個主編要這麼做。其實別人在想什麼根本無所謂，比方說為什麼討厭一個得意忘形的人、為什麼想看到別人跌倒鮮血四濺的瞬間。Nakano Taiichi 也是一樣的吧？

Nakano Taiichi 還寫到有些東西正因為具備平凡感受所以才能寫，平凡的感受就是指這個吧？把各種事情簡化，分別放進自己知道的盒子裡。不屬於「可燃垃圾」或是

「不可燃垃圾」、內容不明的東西就先丟進「異端性廢棄物」，然後大聲呼籲「來吧！大家一起對這傢伙丟石頭！」靠這賺錢。

放心，假如我要倒下，一定會先往你頭上吐。當你跟某個人相擁的瞬間、看著電影感動落淚的瞬間、擁有新家人的瞬間、跟朋友一起談論心愛音樂的瞬間、家人過世的瞬間、看到人生中最美麗景色的瞬間，你的鼻腔深處將會回憶起這些嘔吐物的腥臭。你無暇去想像自己無法理解的東西，對吧？我看你現在一定滿心不解，為什麼這一點小事會被我說成這樣。在你自己居住的美好社會裡，如果出現障礙或者令人不安的東西，你就會當成無法理解的東西給予處罰對吧？那我當然要反抗啊。

第一次聽到獵殺女巫的故事時，我心想那應該只是傳說，不可能出現在現實當中，但實際上，好像真的有很多人遭到烈火焚身呢。刺激雜誌讀者購買慾的主題，就是尋找女巫吧？而找到這些女巫的就是 Nakano Taiichi 所具備的平凡。我不太想用平凡這兩個字。因為那根本不是平凡，只是占大多數的異常者。

報導的可信性根本無所謂，總之，先塑造出一個討人厭的角色，然後大家一起給那傢伙一點顏色瞧瞧。塑造出這個女巫的，就是像 Nakano Taiichi 還有那主編那種人，而讓女巫五馬分屍的則是直接被報導洗腦、高舉正義大旗的人們吧。你是不是看準了那些瘋狂獵殺女巫的人心中的弱點，正在訕笑？即使經過這麼漫長的時代，生活變得如此方便，人類的本質還是一點都沒變。

你是不是誤把批判當成了評論呢？評論絕對是必要的。沒有評論，創作會更加混沌，成為具備獨立感性、極其有限的人才能享受的東西。發揮導引的功能讓每名鑑賞者得以自立，或者負起介紹責任避免有趣表現被埋沒，以提升整體業界為前提的評論絕對是必要的。然而，並非出於這些目的的評論，只是某些人發洩的道具。這單純是種評論騷擾。我一點也不怕你，但你利用平凡這兩個字來煽動世間和輿論，這種殘酷著實讓我覺得害怕。

Nakano Taiichi主張自己很平凡，假如大眾接受了這種說法，那麼我對於繼續活在這個世界上可說一點興趣也沒有。

對了，Nakano Taiichi對搞笑藝人這份職業倒是有諸多讚美，但這種事不用你說，我早在國中二年級就懂了。我看你只是想強調自己批評的並非所有搞笑藝人，只是針對我，對吧？

你還提到「聽說這幾年來，每年有好幾千名年輕人因為想當搞笑藝人而進入培訓所」，資訊實在太過時了，現在根本就招不滿學員，因為搞笑藝人漸漸不再是年輕人嚮往的對象。原因並不是因為他們不夠努力。用正常的邏輯推想，競爭激烈的狀況下人們根本不可能偷懶。

所以正好相反，大家都努力過頭了。藝人數量出現驚人成長，從某些角度來看水準也有所提升，大家能發揮的場域也漸漸擴大。打個簡單的比方，就好像原本只賣酒和一點日用品的社區賣酒小店不知不覺中變成了便利商店。

有人開始想，如果賣酒小店能再多賣一點東西一定很方便。這麼一來不但可以保住這間店，還能提高業績。當然，一定也有很多人偏好專門賣酒的酒店。但是酒類專賣店要在現代存活得要有致勝的賣點，即使能成功，現實上一條街也不可能開太多間。以前絕對數量極端稀少，所以只賣酒也能經營得下去，但現在不同了。

這個時代裡，大家對於林立的商店要求的是綜合商店式的買賣。當個人經營的小店聽到顧客「你要賣這個才行、你得提供那個才對」時，知道這是時代的需求，當然會努力擴展自己的服務。而這種事漸漸變成常識，大家也都習以為常地這麼做。這都是為了生存，為了不讓賣酒的商店關門。現在我們已經進入這樣的時代了。當然，賣日用品和食品不是為了體面。其中也有些強者既能像專賣店一樣提供完整酒類品項，又可以同時銷售其他豐富商品。另外也有一心專注於酒類，除了酒什麼也不賣的店家。還是會有人堅持只賣酒。我想應該會有人刻意選擇這種生意形式。

在這種有眾多類似商店存在、什麼貨都不能缺的環境下，出現了一間搞不清楚狀況有點缺德的店家。附近酒店如果犯了什麼錯，老客人多半會笑著出手幫忙，甚至會因此加深情感，不至於影響彼此的關係。但一間陌生的店如果犯了錯，笑得出來嗎？一定會很生氣，覺得這間店很糟糕吧？年輕人會嚮往這種傳出不好風聲的店嗎？

我無意替自己辯護，但我不能對 Nakano Taiichi 的天真認知視而不見。「但現在搞笑藝人已經不是專屬不良少年或不會念書的人的出路了」，他不知道從哪裡聽來這些話，一樣大錯特錯。不管是線上藝人或者立志當搞笑藝人的年輕人，本質上都是不良分子。乍看下是普通人，其實都懷抱著某種破壞衝動，或者擁有異常的自我意識。這些人往往在人際關係上不如意，或者完全沒有生活自理能力等等，說得明白一點，可以說是一群邊緣人的集團。

在這些集團的入口附近經常可以看見像 Nakano Taiichi 這種類型的人，不過一日通過入口就一個也看不見。應該是過不了那個門檻吧。我雖然不喜歡崇尚不良或者低學力者的文化，但對於 Nakano Taiichi 沒將這些所謂「不良分子」視為戰力的嗅覺，我更是不敢恭維。這些人所經之處很有可能成為吹起下次瞬間最大風速的地方，他們擁有過人天分，只要筆直往前，就有可能跨出既有道路，踏出一條嶄新路徑，所以只要有這種人在，便會自然而然不斷產生變革。更重要的是，他們並不是在破壞一切、推動足以產生世代隔閡的意識改革，而是在看清自己所承接的時勢後，還依然企圖筆直往前走。正因為如此，他們才能在時而搖晃、時而彎曲之中，不斷增強力度。

即使是看似否定某個時代的革命者，也都會舉出某些給他們重要影響的先人名字。這意味著當我們俯瞰全局，會發現其實時代並未斷絕，始終一脈相連。只執著依賴帶來變異的存在固然危險，但搞笑的世界無疑是長久以來受惠於異端的領域。將他們排除在外等同於自己所屬的世界要面臨衰退，因此必須將他們全部包含進來，成為活動的泉源才行。

我並不是在輕易煽動革新。我們或許需要向新價值觀拋出反證，促使其更加堅定，但這種重責大任不能交給 Nakano Taiichi。因為你只有短淺至極的眼界。

現代搞笑藝人確立起風格，也不過百年不到的歷史，可以說還在反覆實驗和驗證的途中，就別裝得彷彿自己了然一切，甚至搬出「藝人本當如此」等根據薄弱的論點來強迫別人接受了吧。這就是保護傳統的念頭反而毀了傳統的典型例子。

郵件裡還寫道，「雜誌並不是發表我獨創畫作的地方，最重要的是必須盡量跟報導中提到的對象相似，所以我才選擇了這種方法。」這幾句話真的出自一個要求搞笑藝人在政治特別節目裡裝傻的人口中嗎？在我看來邏輯根本互相矛盾，你自己覺得呢？雜誌不是發表作品的工作室或藝廊，但在你眼中政治特別節目的攝影棚卻可以是相聲劇場？你媽有沒有說過你「這孩子總是嚴以律人寬以待己，以後要多注意！」？

「如果對搞笑做出評論，一定會引來『不然你自己來啊』的反駁，我也帶著丟人的心理準備，不躲不藏試著具體提議該如何裝傻。」郵件裡也寫了這些，但是請放心，至少我絕對不會對 Nakano Taiichi 說「你自己來」。對自己的創作沒有自信、一開始就認輸的人，為什麼要特地去看他的東西？只是浪費時間而已。世界有那麼多有趣的搞笑藝人，還有很多出色的電影、小說、漫畫、音樂、戲劇、繪畫。這些我只能鑑賞到其中一小部分，那為什麼非得花時間在你為了自己的藉口創作出的劣質品上？一開始就認輸的傢伙，就算看到這種人輸掉的表情，除了「呦～你手真巧啊」之外我還能回答什麼？既然有了「丟人的心理準備」就不可能真正丟人。再說，我可沒興趣嘲笑你出醜的樣子。請不要把輕蔑別人、嘲笑別人寫成一件很理所當然的事。

還有，裝傻這件事既不丟人也不需要勇氣。你是不是把這當成某種測試忠誠的儀式了？對我們來說，那就像換氣一樣，藉此把氧氣送進體內，跟日常生活無法切分，少了這件事就活不下去。而另一方面，根據 Nakano Taiichi 的論點，我感覺你似乎以為「搞笑」和「裝傻」是種輕佻不莊重的東西。

這讓我想起有些沉浸於自我滿足中的任性傢伙，這種人受到「朋友婚宴上一定得胡鬧」的刻板觀念驅使，表演了不合時宜的黃色笑話，卻還自以為「雖然親友們眼神冰冷，但無所謂，我已經貫徹了自己的意志」。專欄上也寫了影島道生「放棄搞笑藝人身分，以被視為文化人而自滿」，當藝人被稱呼為文化人時其中一定包含著輕蔑的意味，所以我看了相當火大。文化人這個頭銜我實在承受不起。

很多人對採訪對象態度怠慢，卻又表現出「反正我知名度低，不管說什麼都不會對社會帶來影響，要怎麼想那是接收者的問題」這種態度，所謂煽動，往往道理膚淺，又能極其簡單地滲透到世間，所以我們不能隨便用自己沒有名氣這種說詞來逃避，用這種歪理來放棄責任。這狡猾的態度會產生諸如「說畢卡索很厲害的那些傢伙只是假裝自己很有品味罷了」的謬論，剝奪掉對這些言論鼓掌叫好的人對藝術潛藏的畏懼和謙虛，反而在他們心中種下傲慢，去輕蔑、排除自己不理解的事物，甚至使其滋長為一種信仰。

Nakano Taiichi 為什麼對頭銜這麼敏感？我認為那是因為他心裡有種想排除未知事物的恐懼。所以他強制主張「藝人本當如此」，企圖把所有人放進同一個模子、變得均等。當均一化繼續進展，每個個體將會失去個性，甚至連對微細變化做出反應的嗅覺都退化了。一個毫不考慮個人問題的世界，一個塞入箱中絲毫不具個性的集團。因為無從知道這是什麼樣的箱子，只好拚命貼標籤。當日常中漸漸出現這種事，就會衍生出排他行為，去攻擊難以被分成特定類別的人，所以不得不慎。

Nakano Taiichi只是一隻欠缺想像力和善良的豬。只是一隻依賴著怠慢的豬。

另外還有一點我不能不提。郵件上說道：「都沒看到影島先生親吻主播的畫面。」你是在認真什麼啊？你不是最期待裝傻的嗎？你不是主張身為一個搞笑藝人無論在任何情況下都應該要裝傻嗎？我只是試著實踐了一下你的論點而已。你也緩和一下啊，怎麼不說：「哎呀，如果真的親了，那光是這樣我就能寫三篇專欄了呢！」或者乾脆順著我的設定：「如此清新的親吻讓我想起了自己的初戀！」然後再補一句：「好啦，我就當你真的親了吧，請繼續。」來藉此引出我的話，怎麼反而是你在拉高緊張氣氛呢？幹麼這麼認真呢？這樣一來不是顯得我很瘋狂嗎？「落差小的比較高明」，果然一點也沒錯。你不惜用上這樣的專欄標題也希望我裝傻，但自己卻又緊張到無法反應。要是我也像你一樣蠢，在政治特別節目上這麼搞，那才真的叫慘不忍睹。

最後我要問Nakano Taiichi，描寫一個人，真那麼簡單嗎？

被寫進 Nakano Taiichi 專欄裡的影島道生，跟我對自己的感覺存在相當大的差距。專欄中講述的影島這個人物看起來只是個因循苟且的笨蛋，外界看來我就是這種人嗎？我甚至有些憂鬱，自己是不是在不知不覺中懷抱一種病態的自我陶醉。但 Nakano Taiichi 的論點中實在有太多粗糙輕率的部分。

我個人覺得言論當中出現矛盾其實無所謂，一個沒有矛盾的端正言論反而更危險。只要誠實面對討論對象，產生矛盾是很自然的。正因為無法確切掌握所以才需要討論。任何人都能簡單掌握的感覺也就沒必要特地訴諸言語。矛盾產生搖擺，超越言語的某些東西衍生於此，我們這才終於能找到掌握對象的線索，但 Nakano Taiichi 的言論儘管出現多處錯誤，卻完全沒有看到迫近對象時產生的扭曲或矛盾。這或許是因為意識到載體為雜誌而企圖單純化，但也不見他對簡化一事展現任何恐懼。

這跟 Nakano Taiichi 的繪畫方式極其類似。要把一個原本存在的東西當作不存在，再產出新的東西，這應該有些最低限度的規範吧？線條內消失的內容，不是應該要寄託在尚存的線條上嗎？否則必然會脫離實體。所以他的寫法跟畫法都是虛假。我不想跟你犯一樣的錯誤，因此試著去探究你的內在，但卻只得到一種只能單純傳聲的廉價擴音器般的印象。

我聽見的不是你的聲音。這是誰的聲音？難道只要多擺幾台這種擴音器，聲音就會更為立體、彷彿真實存在嗎？我無法接觸到聲音，也無從對抗。那乾脆消失到一個聽不見聲音的世界吧？在這裡會自然浮現這句自問，是不是因為 Nakano Taiichi 這個人根本不存在？你是虛構的嗎？

看馬拉松轉播時，有時會看到在人行道上奮力奔跑的笨蛋。你就是那種人。求你了，至少不要干擾跑者可以嗎？你以後可能會得意地告訴別人：「我以前跟影島吵過架。」記得也要告訴別人你正式道過歉。你的人生就像一堆沒人踩過的狗屎，乾巴巴的。為什麼要特意去踩呢？對了，遙遠的從前大概曾經踩過一遍吧？

關掉電腦電源。我讀了影島道生寄給 Nakano Taiichi 的郵件全文，驚訝於那股帶有異樣陰沉的氣勢，嘆了許多次氣。影島很明顯已經失去了冷靜。偶爾可以看見他可能因為情緒太過亢奮導致思考跳躍、意義難解的段落。我跟著影島的情緒反覆讀了幾遍，也漸漸大概能理解，可是認真讀起來，讀到一半又會覺得自己這樣有點蠢。

到頭來其實只有一句話，那就是 Nakano Taiichi 這個人非常膚淺，但我越看越覺得Nakano Taiichi的糟糕藏在文字背後，更加顯眼的則是影島的執念之深沉、咒罵之殘忍。這已經不屬於正當防衛了。好比被人拍了一下額頭就因此激憤難當，跨坐在對方身上不斷往死裡打的那種可怕。

集中精神越讀覺得頭越沉，先仰望天花板休息一下，滾動了一下滾輪想看看後面還有多少，知道分量還有不少時我忍不住笑了。有些地方像漫談還算好讀，但我可以確定影島不是在胡鬧。像這樣表露情感，實際上會受害的是自己，影島明知這個道理卻還是選擇了這個方法。

打開窗戶，涼風吹進屋來。堆積在昏暗房間裡的時間彷彿一點一點在流動。我在智慧型手機的搜尋欄位中輸入了「影島道生」，結果後面緊接著出現的關鍵字是「發狂」，立刻關掉畫面。我忍不住出聲輕嘆：「一定會這樣的啊……」

這種行為很難連結到在媒體上看到的影島，但我覺得很像他會做的事。一開始就有這種預感，因為我在企圖抗拒的影島言行風貌中，不知為何感到一種莫名的懷念。以前我也曾經有過這種感覺，為了活下去，怕麻煩而丟棄的感覺。每當看到影島，腦中就會想起這句類似藉口的話：「我明明也能像他一樣。」因為不想聽見這個聲音，所以一直迴避不去看他。為什麼我自己沒發現呢？

他用「你的人生就像一堆沒人踩過的狗屎」這句話來否定Nakano Taiichi的存在，看到他最後那句「對了，遙遠的從前大概曾經踩過一遍吧？」讓我從猜測轉為確信。影島道生就是奧。住在House二樓最後一間房間，剃了光頭雙頰凹陷看起來很不健康的那個男人。笑起來像個惡魔的男人，也是我唯一能敞開心交談的老友。奧真的當上了搞笑藝人。

知道影島道生就是奧之後，我情緒很複雜，自己也不知道是開心或是不甘。就好像手裡一堆複雜糾纏的線，不知該從何開始理清。看來一時也找不到線索，我坐立不安地離開房間。滑膩的空氣進入肺中擾動我類似焦躁的感覺。為了消除這種感覺，我走上日暮的住宅區街道。

踩著自行車踏板的母親慢慢地說著「蛤蜊湯」給坐在後座的孩子聽，沒有門牙的孩子也學著說「舍利塔」。我腦中立刻出現「舍利塔」這幾個字。母親反覆地發出「蛤蜊湯」的音，孩子繼續說「舍利塔」。跟他們擦身而過後，身後繼續傳來那母親清澈通透的「蛤蜊湯」。孩子的聲音已經聽不到了，但是沒有門牙的「舍利塔」還留在我的耳裡迴盪。

廚房傳來的哼唱聲疊著瓦斯爐上水壺沸騰的聲音。香澄以上半身固定不動的姿勢慢慢將咖啡端到我正坐著的沙發。看到她不知為何臉上帶著笑，我問：「妳下毒了嗎？」她手上的咖啡杯小幅抖動：「別鬧我，會潑出來啦。」

已經很久沒這樣毫無抗拒地喝別人替我泡的咖啡了。比起自己泡的咖啡溫度更低，但喝起來很順口。

香澄到我家後，我花了很長時間跟她說了奧的事。要提起奧就不得不說起以前的自己，但我覺得刻意隱藏悲慘經驗也很遜。我小心不讓自己太情緒化，不過一提到Nakano Taiichi，就好像影島附身一樣，各種咒罵的話語源源不絕。我也說了跟小惠的事，一邊說一邊覺得以前好像曾經提過這些事，不過香澄好像忘了，或者是雖然聽過也安靜不插嘴地靜聽。

「所以當年的奧就是影島。」

「哦，原來是這樣啊。」

「我一直覺得他很像某個人。」

「真想不到吔。那你覺得呢？」

香澄靠在沙發上，雙腳伸向地毯。

「覺得什麼？」

「那個 Nakano 什麼的跟影島的筆戰，你有什麼感覺？」

「什麼感覺呢……」

我也不知道自己到底有什麼感覺。無法看清自己的情緒並不是什麼稀奇的事，但不免有些歉疚，因為這可能跟我無法向香澄坦承一切有關。我覺得丟臉，並不只是因為情人被別人睡了，而是在不自覺的情況下借助自己看不起的人的力量發表了作品，而且至今那仍是我人生中獲得最高評價的作品。只要這個事實存在，身為創作者的我就只是一個虛像。

直到現在，向初次見面的人自我介紹後，還是有人會問：「您就是《凡人A》的作者永山先生嗎？」這時候我並沒有表露出不悅，總是擺出無比謙遜的表情，實在太不要臉。有時候我還會表現得好像自己已經忘了那一切。但那也只是暫時的，每當我自問：「其實那根本就不是靠自己的能力吧？」就會耗損掉身上某些東西。有這種經驗的人必須得更鈍感、更厚臉皮一些。而我只能假裝自己可以一笑置之。

幾年前，當我自虐式地提起這件事時，被一個金髮女人嘲笑，讓我心裡很慌。為了掩飾自己的心慌，我故意對她說些輕佻的話，結果被痛罵了一頓：「你這傢伙，聽你說這些無聊得要命，我好心才笑兩聲給你聽懂不懂！」有時躺在棉被裡想起這件事，我還會難為情到臉紅。我不認為香澄會這麼殘酷，但她的天真也可能會觸碰到核心。

「你支持哪一邊？」香澄問。

「不可能支持 Nakano Taiichi 啊。」

我說得很理所當然，而香澄並不知道我曾被仲野愚弄過的往事。

「這樣啊。那影島呢？」

當我還不知道影島就是奧的時候，我對影島有相當強烈的嫉妒。

「影島嗎……」

我不知道自己為什麼要強裝平靜。

「影島狠狠批評了那個叫 Nakano Taiichi 的人對吧？你看了之後有什麼感覺？」

「覺得很爽。」

聽我這麼回答香澄笑了。

眼睛看著影島對 Nakano Taiichi 步步進逼的文字，就彷彿有人在代替我宣洩情感般覺得痛快。但與此同時，我覺得那些文字也像朝著自己而來。

香澄的臉浮現在昏暗房間中，雪白而模糊。

「因為過去的事才讓你有這種感覺吧。」香澄輕聲說道。

「自己的記憶，到底屬於誰呢？」

香澄沒有對我的問題有所反應，這句話就這樣漂浮在房間裡。大樓某處的配管傳來水流過的聲音。香澄將身體轉向我這邊，就像是延遲了幾秒後傳來的聲音。

「什麼？不是自己的嗎？」

這聲音是如此自然，彷彿我的話語和香澄的話語之間那段時間原本就不存在。

「雖然是自己的，但也只屬於自己。我現在所說的話，其實只是我希望這樣想而已吧。」

以前奧好像也對我說過類似的話，但這也可能只是我希望這樣想。

「我覺得應該是這樣沒錯。」

香澄說話的聲響不會撞上我的聲音。她唱歌時的聲響也是一樣，從不會產生任何撞擊。這也是我跟她在一起的重要理由之一。

「應該是吧。」

「因為跟大王說話時有時我會很驚訝，明明是我們一起經歷過的記憶，你的卻跟我的完全不同，有時我會驚訝沒想到你竟然連這種事也會記得，或者覺得原來這件事在你記憶中是那個樣子啊。」

「什麼意思？」

我覺得香澄的身體變得有些僵硬。

「比方說我們第一次見面的記憶，你的也跟我的很不一樣。一開始我以為你在開玩笑，但是後來想想好像也不是。」

「在羽田機場附近？」

「蒲田的飯店裡。」

「對，我叫了按摩。」

「你一直這麼說，是認真的嗎？」

「難道不是嗎？」

「你叫的是到府應召。」

說著，香澄稍微笑了笑。

看我沒說話，香澄又說了一次：「是到府應召。」

「什麼？」

「你真的不記得嗎？」

「不，我記得啊。」

明明記得的啊。

「因為內容實在差太多，還以為你記錯人了，可是細節又都很吻合，所以讓我覺得有點擔心。」

「我的記憶真是靠不住。真的是只為自己而存在的記憶呢。」

我半開玩笑地這麼說，內心其實很不安。香澄沒說錯什麼，但我擔心彼此之間原本已有的默契會因此瓦解。

「所以有這樣的人嗎？」

香澄口氣很輕鬆，但也像是有點在意，想繼續深究。

「沒有啊。羽田機場附近，在蒲田的飯店對吧？」

「對。走進房間後一片黑。我還心想很少有人會關著燈。直到眼睛習慣黑暗之前，都一片漆黑看不清彼此長相。我聽見低沉的聲響覺得很害怕，所以記得特別清楚。因為登記的名字一看就是假名，我就問你，該怎麼稱呼才好？你說隨便，在那個氣氛之下我就開始叫你大王。」

說到這裡香澄笑了。確實是這樣沒錯。

「然後我們就交換了聯絡方式對吧？」

「不對。」

「不對嗎？」

「你不記得了吧？」

「我記得啊。」

「大王你當時一臉認真，說了些很奇怪的話。」

「我說了什麼？」

「你跟我說，『我不希望讓妳誤會我有任何冒犯的意圖，但是希望妳可以收下這個』，然後遞給我一張一萬圓鈔票。」

「然後呢？」

「然後我很驚訝，說我不能收所以拒絕了，接著你很嚴肅地說：『不不不，如果不這樣，就無法保持世界的平衡。因為妳沒有錯，但是其他人卻犯了錯。』我聽得一頭霧水。」

「真可怕。」

「這可是你自己說的話。你也覺得可怕吧？我當時真的不知道你想幹麼，拒絕又怕你突然生氣，我就先收了下來，後來偷偷放回你鞋子裡。」
我現在還記得隔天穿鞋的那個瞬間指尖感受到的硬脆，我也清楚記得脫下鞋子後，看到裡面有張一萬圓鈔票。
「一萬圓鈔票摺得很整齊呢。」
「對。這種地方你倒記得很清楚呢。大概兩天後，你又指名我。」
我並不是想靠花錢來吸引香澄注意，但是冷靜地回想，這種行為實在很低級。第一次看到香澄不假虛飾的聲音和表情時，緊張和身體的僵硬都隨之舒緩，為什麼會有這種感覺？這令人懷念的感觸是怎麼回事？想著想著，我發現那一定是因為這個人很溫柔。
這麼理所當然、平常的感覺，我竟然還得特地去發現，這也讓我覺得很不可思議。而這個人卻被什麼也不懂的人所制定的賣春費用標準束縛，讓我覺得非常不合理。我想打破那個規矩，心裡出現一個奇怪的念頭，想報一箭之仇。我同時又想，不希望被別人任意決定價值。
「那是第一次見面的兩天後，我心想，原來是前兩天那個大王啊。」
香澄平靜地說。
「很猶豫要不要來嗎？」

「嗯。但是第一次見到你那個晚上，回程時我跟來接我的司機說了。」

「說我的事？」

香澄只喝了一口自己買來的寶特瓶裝茶。

「對。第一次接的客人，他們會問問有沒有危險行為，或者客人是什麼樣的個性。」

「妳怎麼說？」

「我說，是目前為止最奇怪的客人。」

說完後香澄笑了，我也被傳染，跟著笑了。

「但是所謂的奇怪或正常，只是一種狀態啊。」

「沒錯！我告訴司機說，你一直自顧自說些莫名其妙的話，房間也是目前為止看過最黑的，就算把燈都關了也絕對不會那麼黑。」

「妳在說謊呢。」

「才沒有。剛開始你幾乎沒說話，但是中途忽然開始一直講個不停，不過我有告訴他你不是壞人。我還說，你忽然哭了起來，換成其他女孩可能會覺得害怕吧。」

老實說，當時自己的情感我記得非常鮮明，但是狀態我就沒什麼把握了。

「嗯。後來司機說了些『這傢伙感覺不太妙』之類的話，其實我也覺得不太妙，但又不希望聽到別人口中這樣說，我覺得要正確形容你這個人很不容易。」

咖啡冷了之後苦味更明顯。香澄伸長脖子探看放在桌上的杯子。

「還有嗎？」

「沒了。」

香澄拿著杯子進廚房。我聽到水倒進茶壺裡的聲音，聽到瓦斯爐點火的聲音。

「有遇過可怕的人嗎？」

「有啊。有一次接到飯店的單進了房間，那個人一直說肚子餓了想吃東西。我問他想吃什麼？他說，要不要一起吃涮涮鍋？我想他肚子餓了嘛也沒辦法，只好答應。可是在這種地方要怎麼吃涮涮鍋呢？結果那個人拿了針筒過來❷。」

「果然。」

香澄不知何時已經回到原本的位置，打量著我的表情。

「我第一次跟人下跪。我對他說，對不起，我還以為涮涮鍋是真的要吃肉。」

「結果呢？」

「他說我蠢得可以。」

香澄瞪大了眼睛看著我。

「他放過妳了嗎？」

「放過我了。幸好是個好人。我看他赤裸著身子把針筒放回包包裡的背影，還覺得有點抱歉。」

香澄又睜大了眼看著我。

「看什麼？」

「對不起。」

香澄慌張地移開視線，盯著地毯微笑。

「剛剛本來在說什麼？」

「啊，說到你指名了我，我很緊張不知道該怎麼辦，可是覺得你不是壞人，所以還是去了。」

香澄張嘴看著我，看我沒說話，她又走向廚房。

❷涮涮鍋（しゃぶしゃぶ）音同毒品的俗稱（しゃぶ）。

「所以我們是第二次見面時交換聯絡方式的！」

她這麼一說，好像真是這樣沒錯。

「我說這些你可能會生氣，但是大概半年前左右你也提過那個影島還有奧的事喔。」

香澄的聲音悶沉沉地在我後腦勺附近搖晃。

「那件事就不用再提了。」我說完後香澄低頭道了歉，「對不起」。

「可是，啊……」

「嗯？怎麼了？」

「還是算了。」

「妳就說吧，話說到一半讓人怪好奇的。」

「見到那個拿針筒的人或者其他人的時候，我腦子裡不會浮現旋律，不過一跟你見面馬上就會有旋律或文字。」

聽到她這麼說，我腦中瞬間掠過香澄立在玄關的吉他。

「是嗎？」

「很少有這樣的人。」

香澄垂下眼，吞吞吐吐地說。

我開始有點難跟香澄聯絡。她沒有不理我，但是跟過去比起來回應變得很慢。事後傳來的郵件會有明確的理由，例如剛好跟朋友在喝酒，或者正在替家人做飯等等，但我總覺得那是因為怕傷害我而費的心思，讓我覺得自己很不堪。我們認識之後一直沒有過這種情形，我猜想，應該是出現其他優先順序更高的事了吧。可能是音樂，也可能是其他事。

自從沒跟香澄見面後，我開始更留意奧、應該說影島的動向。外界對影島的自暴自棄都以負面眼光看待，而影島接收到這些反應後，似乎失控得更徹底了。

我想起奧曾經對我說過的話。包覆自己的膜要是放著不管，那層膜會漸漸變厚，讓人難以呼吸。而搞笑也可以由內而外打破那層膜，所以他才想當搞笑藝人。或許想打破那層膜的衝動正以不同的形式啟動。

打開網路新聞常常可以見到影島的名字，但每一篇的內容都在批評影島驟變的態度。「影島道生涉入傷害事件？」這標題著實讓我驚訝。雖然看到標題加上問號就知道這內容一定很可疑，但對方是現在當紅的高中女作家。這位名叫「叶」的高中作家受編輯青睞才剛出道不久，不分對象跟誰都能戰，前所未有的風格現在正受到注目。對她來說影島就像是個絕佳的飼料。真材實料的天才作家用實力來制伏半吊子的明星作家，用常識來看這個結構未免有點誇張，但她的粉絲應該會很開心吧。

不過公司的人為什麼要讓現在的影島捲入這種鬧劇中呢？對談可能是很久以前就安排好的。報導上說，對談中年輕作家完全把影島當空氣，自顧自地說著自己想說的，而影島對此打定主意完全不反應，中途大概是覺得膩了，開始準備離開，這個叶也不知為何忽然飛來一句：「想逃嗎？」雖然跟前後脈絡一點關係都沒有，影島聽了還是回答：「反正沒事可做，那我就回去了。請當作我一開始就沒來過吧。」這時叶突然將摺疊椅子丟向影島，打到影島的後腦勺，他笑著喃喃道：「我幹麼要配合這種膚淺的設定？拜託不要擅自拖我下水，麻煩死了。」一面紅耳赤的叶又繼續往影島身上丟了好幾張椅子。最後影島也終於回擊，丟過去的椅子直接砸在叶臉上，叶哭著向他道歉，內容悲慘得簡直像虛構故事。

早上起來開了瓦斯爐煮熱水，趁水開之前用電動磨豆機磨碎咖啡豆。水開還要等一段時間，我拉開窗簾打開電腦電源，畫面慢慢亮了起來。星期二了，所以呢？我一時不知道該幹麼，這一點也是每天的例行公事。先確認郵件，打開編輯寄來的資料。昨天寄去的散文好像沒有特別需要修正的地方。我知道水快開了，沒繼續看郵件內容，只先確認有誰寄來郵件後便回到廚房。關掉爐火，將熱水倒進咖啡中，香氣瞬間擴散。郵件寄件人中有一個好久不見的編輯名字，這讓我有點好奇，但我也不著急。畢竟我告訴自己，好事壞事都已經習慣了。

拿著咖啡杯回到電腦前。打開久沒見的編輯來信。

「好久不見，自從在飯島的喪禮上碰面後，應該有十年沒見了吧？身邊也有人在工作上跟你聯絡，所以經常會聽到你的名字，在雜誌上看到你的名字也覺得很開心。你文章寫得很好，但我還是比較欣賞你的畫，如果有機會希望還能一起做一本書。我猜想你應該很忙，要是有空最近一起喝一杯吧。」

這名編輯在《凡人A》之後也會定期詢問我要不要出書。雖然知道《凡人A》創作背後的內情還是想跟我一起工作，這份心意讓我很高興，但面對知道當年往事的人，我還是有點自卑。

不過我又想，不如鼓起勇氣把稿子寄過去看看吧。大概三年前我就以出版為目的陸續寫了些文章，現在已經累積了一定分量。是些對過去的自虐和描述現在單調生活的散文，還有揭露那些日子之虛偽的插畫。

我寫這些是為了跟自己的青春做個了斷，但是看到跟自己同年代影島的活躍，我又有種恐懼。會因為其他人的行為而搖擺不定，都是因為對自己有所期待。如果極盡自虐到遍體鱗傷的狀態，就不用擔心還會有哪裡受傷了，可是我卻扎扎實實受到嫉妒的折磨。同時我也脆弱到連香澄都能輕易剝除。說到底我只是裝出自虐的樣子，卻還是在自己身邊築起了防衛牆吧。我張起了一片看似已經被打破、其實卻沒有人能打破的膜。

影島久違地出現在晨間節目中。大概是睡眠不足，眼裡布滿血絲，跟攝影棚的清新背景還有聲音很不搭調。我不知道他跟其他來賓具體上有什麼差別，但表情和臉色就是顯得跟這個場合格格不入。就好像在一場大家都穿著人偶裝的秀裡，只有一個人沒著裝、用真實面孔上陣表演。但過去我從來沒有過這種感覺。影島開始將自己內在袒露在外，這並不是一種自我表現，而是他的內在本身起了變化，所以在自己也無法控制的狀態下，對他的言行出現了影響。

節目以回顧影島過去活動的方式推展。他的老家和兒時故事，跟過去奧告訴我的有共通之處。在那之後的事則是在搜尋影島資訊時聽過看過。男主持人在每個項目會向影島提問，影島則用他布滿血絲的眼睛帶著淺笑回答。

畫面上播放了一段據說跟影島很熟的後輩藝人說話的影片。最近這段日子在影島身邊近距離觀察他行動的後輩特別強調，其實影島是個很情緒化的人。大概是想拉近外界印象跟他真實樣貌之間的差距吧。子畫面裡的影島一臉精神渙散地看著影片。後輩說完後鏡頭切回攝影棚，影島認真地問其他來賓：「剛剛那是誰？」主持人敷衍地回答：「是跟影島先生感情很好的後輩啊。」然後繼續提問。

「如同您的後輩所說，很多人對影島先生的印象都是您很安靜，但沒想到您也會有生氣、大笑等等豐富的情感表現呢。」

「我向來都懷抱著憎恨和憤怒而生。」

「哦，憎恨？」

「社會上往往會偏向去肯定有毅力的人，但是一開始就有毅力的人只是運氣好，其實根本沒有付出任何努力。」

「原來如此。」

「平常態度蠻橫但其實個性很好的人也很受歡迎，但這些人也沒有什麼特別的努力，單純是性格陰晴不定罷了。」

「好的！」

主持人拉高聲音附和，試圖要在這裡結束這個話題，但影島還是繼續往下說。

「有些人內在情感很醜惡，但並沒有表露出來，其實骨子裡是相當討人厭的傢伙。我認為這種人才應該獲得肯定，一個人如果表裡如一，那只是偷懶怠慢。但是先別說這些，剛剛那個人到底是誰？」

主持人曖昧地說了句「好深奧啊」，硬是繼續推進節目。

又何必特地參加晨間節目來說這些話呢？其他來賓一臉若無其事，微笑地聽著。

「啊，對了，最近影島先生笑得最厲害的一件事是什麼？」

主持人跳過板子上事先列出的幾條項目，直接問最後一個問題。

影島想了想：「笑得最厲害的應該是在我小說出版後說過『這傢伙只是在假裝了解文學，三年後就會消失』的大學教授，剛好在這番發言的三年後因為性騷擾被大學開除這件事吧。看到新聞之後我一個人捧腹大笑大叫，搞了半天消失的是你啊！」

「原來是這樣啊，性騷擾真是不可原諒呢。」

主持人露出苦笑，顯得很尷尬。

「就是啊，這就是問題所在。自以為了不起的自戀老頭因為自己的愚蠢而搞砸，這種老套的結構實在可笑。『老不修』這幾個字聽起來很過時，我一直沒機會用，聽到這個消息時我心想，就是現在！今後這個詞大概只會用在這老頭身上吧。但是他傷害了人這件事可一點都不好笑。你說得一點也沒錯，這件事不可原諒。你還是第一次說對話呢。」

「喔，謝謝謝謝。」

影島亢奮地稱讚主持人，主持人也惶恐地道謝。

「一開始我也忍不住笑了，但這種行為本身一點也不有趣。而且聽說他還對學生說『當我的女人吧』，這個世界上不存在這種句子。把文字排列出來確實可以得到這樣的句子，但那是硬造出來的。不過那老頭卻真的用了這個句子。為什麼會變成這樣呢？一個老頭能說出『當我的女人』，是因為之前他『照我的想法來』那種傲慢態度一直受到允許而累積下來的。因為他的歪理一路以來都被接受，所以我想他自己也不了解問題出在哪裡。應該也有人想拿『不良』這種字眼來原諒他這種態度吧？沒打過架的集團裝模作樣逞凶，就很容易引發這種狀況。要是我在附近，一定會踹翻這個裝模作樣的老頭。真想踹他一腳。我之前沒說過這件事吧……」

「我們謝謝今天的特別來賓，Pause 的影島道生先生！」

影島還想繼續說，卻被主持人強行打斷，他對著攝影機比了個V字。

傍晚時分，夕陽照進房間。束起吸飽了陽光的窗簾，聞到夏天的味道。蓄滿熱度的房間變得沉悶窒息。打開窗，一陣涼風穿過。

我想起住在House時房裡沒裝冷氣，夏天期間會一直開著窗戶。那台電風扇我記得沒丟，放哪兒去了呢？

我發了封郵件把目前累積的稿子寄給編輯，馬上就收到回信。

「散文裡寫的日常生活感覺很不錯（不過也足夠自虐的了），但是被實際的畫作揭露真實的構造更讓我覺得痛快。因為是系列作品，中間讀到氣氛不錯的場面就會開始想像之後的畫，非常有意思。要照現在這個狀況來進行也行，不過就像你在郵件裡寫的，距離你寫這些東西已經過了三年，假如有『已經剝開的東西還能再繼續往下剝』的感覺，那麼我也非常想看看。並不是疊上、或者移除現有的層次，有點像是發現新的內在後蛻變的感覺。總之我很期待。」

明明是自己起的頭，但是看了編輯的感想我又開始擔心，不確定自己是不是真能辦得到。窗戶吹進來的風很涼爽，我一直望著窗外，忽然又覺得自己這樣很蠢，有股想到外面走的衝動。翻開記事本，確認了今晚之前沒有需要截稿的東西。

穿過三宿後巷，右手邊後方是淡島通，我走過住宅區。一邊用手指摳著連帽外套口袋裡的破洞，對自己這飄飄然的心境感到驚訝。明明沒什麼值得開心的事，但是我發現自己因為馬上就能開始作畫這件事感到很開心。可見畫畫離我的日常有多遠。

我靠插畫維生，不過已經很久沒有任性畫屬於自己的作品了。什麼才是能打破自己內部某種隔層的畫？連自己也不認識的自己。描寫這種矛盾會是什麼樣的感覺呢？總覺得好像有人曾經把這種感覺簡單地化為言語，但我想不起來。對了，下北澤好像有間酒吧，牆上裝飾著梵谷的〈星空下的咖啡館〉（Terrasse du café le soir），我記得那裡座位區後牆面擺著大量唱片。走去那間店吧。為什麼腦中會掠過梵谷的畫呢？梵谷說過這種話嗎？對了，記得 House 裡也裝飾著梵谷的畫。

我憑著記憶走，看到一個似曾相識的招牌。一邊觀察一邊爬上樓梯，樓上只有一間店洩出些微的光線。打開門，身形纖瘦的店主從唱片機上抬起頭招呼我，「你好」。店主戴著耳機，像在準備下一張要播的唱片。L形吧檯大約有十個座位，座位後方的整面牆上仔細地擺滿大量唱片。〈星空下的咖啡館〉就掛在後方酒架的左邊。我側著身走過吧檯跟架子中間狹窄的通道，小心不碰到唱片，坐在後面數來第二的座位上。聽了一會兒唱片轉動的聲音後，樂聲開始。

「歡迎光臨。」

「嗯……」

「你都喝 Harper 的威士忌蘇打吧？」

「對。」

店主好像還記得我。擴音器裡流瀉出來的聲音很像加川良，確認了一下封面，果然是加川良。

「那是梵谷的畫吧。」

「對，叫做〈星空下的咖啡館〉，我在一間專買奇怪東西的高圓寺舊道具店買的。當然是複製品啦，不過已經裝裱好，而且聽說這幅畫過去的主人全都是開咖啡廳的。」

玻璃杯靜靜地放上了吧檯。

「謝謝。」

「我其實本來也想開個咖啡廳的，聽了感覺兆頭不錯，就一時衝動買下了，結果開了間酒吧。」

人間

我拿起玻璃杯就口，微弱的碳酸擴散在喉嚨。

「以前住的公寓也掛了一幅梵谷的〈星夜〉，所以我才會注意到。」

「哦？我好像聽別人說過類似的事。聽說是那幅他在精神醫院療養時畫的畫。是誰告訴我的呢？」

我腦中浮現了影島的樣子。

「這裡都來些什麼樣的客人？」

「只有老客人會來。而且進來的人都會一開始就擺出一副『我是常客』的臉。」

說著店主笑了。

「不介意的話您也來一杯吧。」

聽我這麼說，店主輕聲道謝後在自己杯裡倒了啤酒。

我們互碰了一下玻璃杯喝下酒。梵谷畫裡的夜空沒有使用黑色。而我眼中的夜晚，又是什麼樣子呢？

之後我都跟店主聊了些什麼呢？玻璃杯的聲音很鮮明，我的聲音卻彷彿越來越遠。

換作平常，我總是很難為情不敢說出自己想聽的曲子，所以當我央求他播放范．莫里森（Van Morrison）的曲子時應該已經醉得很厲害了吧。拿出手機，覺得該跟人聯絡才行，又不知道該跟誰聯絡，只是用手指滑動著通訊錄。

不知道喝乾第幾杯威士忌蘇打，我告訴店主：「請給我最後一杯吧。」他維持著跟幾小時前一樣的聲音，靜靜對我說：「請用。」曲子已經換了。腦中響著不知名的音樂。我忽然覺得那聲音的聲響很接近梵谷眼睛看到的風景，但下一個瞬間卻又掌握不到自己到底覺得哪裡接近。牆上那幅〈星空下的咖啡館〉的夜空在搖動。

「你知道 Pause 的影島嗎？」

「嗯，知道。」

擦拭玻璃杯的店主抬起頭來。

「我跟影島年輕時住在同一間公寓。」

「哦，這樣啊。影島先生也會來我們店裡呢。」

「是嗎？」

我也這麼覺得。總覺得這間酒吧跟 House 氣氛有點像。不只是因為有酒、有唱片，還有梵谷的畫，主要是人跟建築物的關係很像。

「他都在很晚的時間來。」

現在幾點了呢？摸了一下手機，畫面亮起。我瞇著眼對焦。快十二點了。

「難怪。剛剛我在想，那幅畫的事是誰告訴我的，應該是影島先生吧。你們一起住過？」

「喔。」

「有點類似合租、宿舍那種地方。我不知道影島記不記得我，但我們經常聊天。」

店主拿起一個小水壺，不知道在喝什麼。

「影島最近好像新聞有點多，應該還好吧？」

「嗯，他也提過這件事。但是他來這邊時倒沒有什麼不一樣。如果他現在剛好過來就太有趣了。」

「會這麼剛好嗎？」

「現在時間還早吧。」

店主看著時鐘這麼說。

又喝光了幾杯，眼皮漸漸沉重，漸漸感覺不到時間的流動。擴音器播著令人懷念的唱片，我正在想那是誰的曲子，下一瞬間又換了一張完全不同種類的唱片，我才覺得「哦，換一張了呢」，接著立刻又換成另一首曲子。本來想說「剛剛那首……」但自己也不清楚到底是幾首之前的曲子了。我想起以前跟奧的對話，奧的身影變成影島、又變成我。

「喂、喂！」

聽見好幾次叫聲，我睜開眼睛，不久之前我腦中就不斷聽到音樂，所以並沒有失去意識。我雙肘抵在吧檯上，抬起向前垂下的頭，但眼皮還是很沉重。

「終於醒了。早啊。」

有人在身邊這麼對我說，吧檯裡傳來店主的笑聲。微微睜開眼，伸手要去拿還剩下約半杯酒的玻璃杯，不過視野不斷晃動，一直拿不到。

「很累了吧。」

店主平靜地說。

「不好意思啊。」

明明表現得自己並沒有睡著，還是自然地表示了歉意。身邊也傳來了笑聲。

「我去一下廁所。」

說著，坐在我旁邊的女客人站了起來，一股存在我遙遠記憶中的肥皂香味掠過鼻尖。剛剛那是誰？剛好也來喝酒的某個人嗎？那口氣聽起來很隨意。對了，我剛剛跟誰聯絡了嗎？

廁所的門打開，個子嬌小的女人走回來。剪齊的瀏海下是一張雪白的臉。寬鬆的咖啡色毛衣袖子長到遮住手。她跟剛剛一樣坐在我旁邊座位，視線望向半空中。是小惠。

「你睡死了。」

是很熟悉的聲音。

「我醒著。」

「沒有，你睡著了。」

我可能還沒醒吧，意識很朦朧。小惠拿著裝冰塊的威士忌酒杯，看著我的手像在催促。我急忙拿起玻璃杯，小惠小聲地說「乾杯」。我的玻璃杯比較大，杯緣高度不合，玻璃杯底在吧檯上拖拉出一道水痕。

小惠挺直了背脊優雅地喝光了威士忌，看了看我的杯子確認還有沒有酒，然後露出沉思的表情，又叫了一杯威士忌。

「妳平時都喝這麼多嗎？」

「也不是一直都這樣。」

「喔。」

她的話裡有股讓我不安的開朗。
「我還以為我們不會再見面了。」
「不會再見了啊。」
「現在不是見到了嗎？」
店主把新的一杯威士忌放上吧檯，小惠低頭向他道了謝。
「現在在做什麼？」
「嗯，就正常上班。」
我並沒有特別想問這些，但也有點猶豫該不該問得更深。
「你呢？」
「嗯。」
我又在做什麼呢？
「啊，我看過你畫的東西喔。」
「喔，應該是在雜誌上吧，很普通吧？」
「你覺得那很普通嗎？一點也不普通啊。」
我不太想跟小惠聊畫，但是為了蓋掉這種感覺，我又繼續對她說。

「最近又開始畫了。」

「是嗎？」

「下次要畫……」

我在尋找自己沒說出口的那半截話。

「畫什麼？」

「還是算了。」

小惠聽我這麼說，毫不顧忌地笑了我的曖昧態度。我覺得以前好像也有過一模一樣的瞬間。

「以前是不是也發生過一樣的事？」

「好像有。」

店主一直在角落玩唱片，大概是刻意迴避，給我們空間。

就在我想再點一杯時，擴音器傳出約翰・藍儂的〈Happy Xmas〉。

那瞬間我跟小惠四目相對。

「以前我們問過店裡有沒有這首曲子對吧？問的時候覺得一定不可能，竟然還真的有。那時都已經是夏天了。」

店主沒出聲，靜靜地笑著。

「我們還說，如果放了這首曲子就回去，對嗎？」

小惠這麼說，我知道至少那一天的記憶確實無誤，心裡平靜了下來。

記憶就像踩著飛石跳躍般，時有時無。好像失落的時間從後面慢慢追趕上來。下了下北澤酒吧樓梯，跟小惠並肩走著。以前小田急線經過的軌道現在圍起柵欄，裡面安靜停著幾輛大型重機。

「這裡要蓋什麼吧？」

小惠的聲音似遠又近。

「那個永遠打不開的平交道也不見了呢。」

「這應該是好事吧？」

「有平交道的時候我很喜歡看黃昏時人群在這裡等電車的氣氛。電車有時從右邊來、有時從左邊來，以為柵欄終於要打開了，結果右邊又來一輛電車，有人會左看看右看看情緒跟著起伏。電車經過要一點時間，也有人看到柵欄一直不升起來很生氣，氣憤得想衝過去，還有些情侶等待時間繼續安穩地聊天，有人看起來住慣了下北澤這區域，有人可能什麼都沒在想，還有人會用敬語跟經過的電車打招呼。」

「那你都怎麼做？」

「我會從自己隨身聽裡的曲子，找出適合當時風景的來聽。電車的聲音會混進這聲音裡。偶爾有點這種無謂的時間也不錯，一直不斷往前走其實也挺累的。」

「也對。」

「不過我的話應該是休息過頭了吧。」

「但是我好像有點懂。」

我們不知道下一步要做什麼，就這樣站在有平交道的下北澤一番街入口。每當有車經過，頭燈就會照在我們身上。派出所的警察看著我們。我們看上去或許很像在等待已經消失的柵欄升上去吧。

「我叫計程車送妳。」

「不要緊。」

「反正是一樣方向。」

「你怎麼知道？」

看我沒說話，她又說：「幹麼不說話？」然後笑了，我繼續沉默。

「那去兜兜風？」

「好。」

對面駛來一輛黑色計程車。我正希望那輛車能停下來，小惠已經一個箭步探出身去對計程車舉起手。計程車在我們面前停下。我想起她以前就是這樣招車的。

我先坐進去，小惠進來坐在旁邊。

「去上野，麻煩你了。」

小惠說完後計程車開始前進。

風景從行駛中的計程車旁流過，就像用手指滑開手機裡映出的畫面一樣。或許這樣走下去，就能來到沉在底處的古老記憶。

「要把窗戶看到的所有景色都畫下來是不可能的啊。」

「你說每一秒嗎？」

「對。」

「那不可能啊。這樣想來，動畫是不是很厲害？畫會動吔。」

小惠看著窗外這麼說。然後我們很懷念地聊起一起看過的動畫。對了，我想起這個人曾經想當個繪本作家。

「嗯，真厲害。其實畫會動這件事值得大家更加驚訝的啊。大家都忘了要驚訝。不過在動畫裡的世界，時間是會飛的，一秒鐘並不是一秒鐘。」

「嗯，這麼說也對。」

「真正的事實都被遺忘了。」

「最近忘得特別嚴重。」

「明明能記的事不多，卻連『現在』這個時間的存在有多厲害都忘記了。」

「聽起來好複雜。什麼意思啊？」

計程車司機乘隙說。

「不好意思，我們往上野車站的方向開就行了嗎？」

小惠想了想，回答他：「請開到上野公園吧。」

「我們剛剛在說什麼？」

「忘了。」

「這麼快？真的什麼都能忘吔。」

聽小惠這麼說我笑了，小惠也笑了。笑了之後，比起好笑的事，更明顯的是在這之前沒有笑的那段時間。

計程車開過淡島通，即將來到神泉十字路口。大概要開上首都高速公路吧。我把手放在座椅上。小惠的手就在旁邊。我覺得手背有種痙攣的感覺。車子開在通往首都高速公路入口的坡道上，漸漸升高。我看到平靜的夜空。

「夜空。」

「真的吔。」

「梵谷他說得沒錯，不是黑色的。」

「不要說得好像梵谷是妳朋友一樣。」

星與夜之間彷彿融化，滲透在整個夜空中。

「梵谷看到的夜空，應該更暗一點吧。所以看在他眼裡就像〈星夜〉一樣。」

「現在我看到〈星夜〉還是會有想吐的感覺。只有那個時代的事始終忘不掉。」

計程車疾馳在深夜的首都高速公路上。

「會想吐啊？」

「嗯。」

「那個晚上都已經過了至少十五年呢。」

「哪個晚上？」

「那個晚上啊，下著大雪對吧？」

「嗯。」

「所以看到〈星夜〉我就會想到那個晚上，下著雪我也會想起〈星夜〉。」

「搞得像謎語一樣。」

耳邊聽著車子靜靜行駛的聲音。眼前看到了東京鐵塔。小惠的手就在旁邊。

「每個人都有難受的事，但是大家都可以若無其事地過活，我覺得真是佩服。大概只有我太脆弱吧。」

「每個人狀況都不一樣啊。」

「在那之後我對自己的人生再也不抱期待。『凡人A的罪狀在於相信自己的才能』對吧？大家都笑我這句話是自我意識過剩，但也是因為還有餘力，才有辦法對自己說出那麼殘酷的話。我想跟別人確認，我自己能發現痛苦的真相是不是還算勉強及格？但這看起來也像在媚俗討好。可是我明明很拚命啊。」

「就是因為很拚命的關係吧？」

司機是不是也聽到了小惠的低喃？

「在那之後又因為跟妳的事……」

「跟我的事？」

「嗯，對我來說是件大事。已經過了那麼久時間，我也漸漸擅長假裝沒事，不過還是不行。我一直在想，該怎麼樣才能把那個時期發生的事在心裡稀釋掉，我甚至想過，最快的方法就是再經歷一次更糟的體驗。假如特別的體驗次數增加，或許就可以稀釋掉了吧。就好像……好像專收痛苦的收藏家一樣。名字聽起來不太稱頭就是了。」

「但這樣好像很辛苦。」

「反正我是變態，習慣了。」

聽了之後小惠乾笑了幾聲。

「被人背叛，自己也背叛人。就算交了女友也會分手，沒能做想做的工作，這些事我都漸漸懂了，但是最初感受的痛苦卻一直沒有變淡，始終強烈地留著。就算假裝已經消失，還是會影響到我的所有行動。」

小惠點著頭，好像在確認什麼似的。

「年輕時的事都會記得很清楚呢。」

小惠看著窗外這麼說。

「妳為什麼？」

「嗯？」

「為什麼跟飯島……」

我無法繼續說完。我想讓手稍微去碰碰小惠的手，但手卻不動。就一點點、就一點點，我在腦中這樣告訴自己，好不容易動了動，但還是沒能碰到小惠的手。

「我跟你是很要好的朋友，彼此之間可以聊很多事。但我不知道當時你為什麼會突然變成那樣。」

小惠第一次直視我的眼睛。

「什麼叫突然變成那樣？」

「我告訴過你，我喜歡飯島。」

小惠封在車裡的聲音在我腦髓中迴響。

「嗯，我知道。」

我在說什麼？我知道什麼？

「但是……」

但是什麼？

小惠沒等我，繼續往下說。

「我聽說你告訴 House 的大家我們在交往時很驚訝。我也反省過自己的態度，是不是讓你誤以為我有那個意思，所以也開始跟你保持距離。我沒跟大家說清楚我們有沒有在交往。因為我不想看到大家責怪你。」

仲野太一質問我這件事的記憶突然在腦中甦醒。我之所以對仲野又恨又怕，或許也跟這段記憶有關？

「等等……」

「但是我只對飯島坦白。沒辦法，因為我喜歡他。」

「嗯。」

小惠說話的語氣實在太溫柔，讓我不知道該如何反應。

「飯島他說什麼？」

「他說永山這個人腦子有點怪，最好不要刺激他。」

明明說的是我自己，我還是忍不住笑了。說得還真過分。

「但《凡人A》的時候妳還是幫了我？」

「因為我們是朋友啊，這跟戀愛是兩回事。」

「那妳對我從來都沒有感覺？」

「這我不知道。」

「怎麼這樣講。」

終於碰到的那隻手，是香澄的手。

我跟香澄一起望著不忍池。水面的光在風中搖晃。

「七月不是應該更熱嗎？」

「是嗎？差不多就這樣啊。」

也不知為什麼，香澄顯得有點得意。

身體裡還有點酒意，但也有種大哭一場之後的倦怠。

「上次我們一起來過對吧？」

「嗯。」

「在那之後我一直很想再來。」

「對，是去博物館那天吧。」

「去看爺爺的蝴蝶那天。」

香澄看起來並沒有喝醉。

「對了……」

「等、等一下！」
香澄露出明顯害怕的表情制止我往下說。
「我沒有要說鬼故事啦。」
「你上次也突然開始說可怕的事。」
「上次也沒有說什麼可怕的事啊。」
「不好意思，在深夜公園裡說鬼故事，我回去會睡不著的。」
「不是鬼故事啦。妳聽了可能會覺得很無趣吧。」
香澄瞪大了眼僵住不動。
「妳這表情，是聽鬼故事時的臉吧。」
「誰叫你說話方式這麼嚇人。好，我聽。」
說著，香澄先站起來，深呼吸之後再坐回長凳上。
「也犯不著這麼正式。我國中時候社團活動穿過號碼背心，妳知道那是什麼嗎？」
「知道。有印背號的運動背心那種吧？我在家也會用。」
「在家？還真少見。社團活動用過之後都是汗臭，所以會拿去水龍頭下洗。洗過後的號碼背心就得拿去體育館二樓欄杆曬乾，那個時間多半已經傍晚，其他社團活動都結束了，體育館裡一片漆黑。」

「你看，果然很可怕。」

「不是啦。妳聽完就知道一點也不可怕，不用擔心。」

「真的？」

「嗯。我們每次都兩個人一起去曬，有一天我們說好猜拳猜輸的人要自己去曬。其實只是好玩。然後我輸了，自己去曬，體育館裡只有上二樓的螺旋梯有燈，非常暗。」

「你看啦。」

「不是啦，我要講的不是這個。」

香澄還是一臉害怕。

「我剛剛說到哪裡？」

「你都說完了。」

「才怪，我還沒說到重點呢。所以我一個人爬上螺旋梯去二樓曬號碼背心，不過因為很害怕，我再三要求其他人『一定要在下面等我』。」

「要是大家都走了一定很可怕吧。」

「對啊，我也這樣告訴他們。」

聽到一陣自行車車鏈摩擦的聲音，一個中年男人從我們面前經過。我感覺到香澄的身體瞬間僵硬。直到那個男人騎遠到看不見，香澄的視線都一直盯著他的背影。

「然後等我上了二樓，發現本來以為只有一樓才有的電燈開關，在二樓也有一個。我心想，如果把燈關掉大家一定會嚇到吧，就順手關了。我自己關掉了二樓的開關。」

「關了？」

「關了。然後在一片漆黑當中，我對樓下的人說：『喂！不要關燈啦』，結果大家都以為燈自動熄滅了，『哇！』地大叫了一聲後全部跑出體育館。漆黑的體育館二樓就只剩下我一個人，我實在怕得不得了，其實開關就在旁邊，只要打開就行，我卻嚇到腦子轉不動。明明是自己關掉的燈，卻『哇！』地大叫著在黑暗中衝下螺旋梯，在最後一階跌倒，膝蓋還流血了。」

「也太蠢了吧。」

「就是啊，實在蠢得可以。」

又聽到自行車車鏈摩擦的聲音，我轉過頭，看到剛剛那個男人回來，再次經過我們面前。

「我忽然想到，總覺得我的人生從小就一直重複這種自導自演。」

「自導自演？」

「嗯。自己關掉燈、讓自己害怕，然後跌倒流血。」

「喔。」

「當時我也沒有告訴大家，是我自己關的燈。然後有好一陣子在我的記憶中，那電燈都是自動熄滅的。」

「所謂怪談就是這樣出現的吧。」

「可能吧。妳看，一點也不可怕吧？」

「嗯，有點蠢的故事。」

說著，香澄笑了。

我讀了影島三年前寫的小說。這本小說我一直放在心上，但從沒想過要看。一方面也是因為這本書成為熱門話題之後，減弱了我把自己累積的稿子成書的力氣。但是當我知道藝人影島就是奧之後，突然很想讀讀看。

讀的時候我一直忍不住在小說裡尋找影島的存在，始終進入不了故事當中，但又重讀了一遍後，終於了解這是個什麼樣的故事。如同傳言，這本小說以搞笑藝人這種職業為題材，但我覺得影島想描寫的並不是搞笑藝人這種職業或生活。
接著我又讀了影島的第二本小說。形式上是一部描寫任性男主角戀愛的小說，其中我確實可以感受到奧的氣息，也有理應單純是讀者的我。我甚至有一瞬間懷疑，奧是不是從哪裡聽說了我的事才寫了這些，不過中途我又發現，這對自己來說是如此愚蠢、可怕的妄想，不禁一陣悚然。
直到太陽西下，我一直讀著關於影島小說的各種報導。其中也有些寫得很嚴苛。這當然是我事後的猜測，不過他之所以對 Nakano Taiichi 有過度強烈的反應，或許因為那個人是仲野的關係吧。
門鈴響了。看了看監視畫面，是香澄。我在玄關門前等著。聽到電梯升降聲，在我這一樓停下。我一直屏息等待房間鈴聲響起。鈴聲響了。我等了幾秒後打開門，一臉笑容的香澄扛著吉他盒走進來。
「你一直站在玄關嗎？」
她忽然這麼問，我一時不知道該如何回答。
「為什麼這麼問？」
「因為沒聽到跟平時一樣的腳步聲。」

「喔。」

香澄還掛著狐疑的表情，脫了鞋把吉他盒靠在玄關附近牆邊，進了房間。

「你看，這樣走路地板不是會發出嘎嘎聲嗎？但是剛剛我在門外仔細聽也沒聽到腳步聲，就覺得奇怪，所以我才想，你會不會都一直站在玄關這邊等著。」

香澄把背包放在沙發繼續說。

「我說得沒錯吧？那你人都在門口了，為什麼不馬上幫我開門？」

「不要挑剔這種事啦。」

我寄了郵件去，說想讓她幫我剪頭髮，香澄回信說自己沒經驗，有點不安。但我說失敗也無所謂，於是她帶著剪刀到了我家。

屁股下的塑膠質感有點冰冷。我彎起身體，將頭甩向前方。我聽到剪刀落在留了一陣子沒管的頭髮上的聲音。

「怎麼不去外面剪頭髮呢？」

鏡子裡的香澄這麼說，一邊抓起我的頭髮，很認真思考該剪成什麼樣子。我垂下視線，有點起霧的鏡子裡映出全裸毫無防備的身體，真是不堪。我試著在肚子上使力，但實在很難受，馬上就放棄了。剪好側面跟後方後，香澄把剪刀放在浴室外，仔細撿起散落在浴室的頭髮。一直低著頭有點腦充血的感覺。香澄轉開蓮蓬頭調好溫度，俐落地搓揉洗髮精起泡，站在我背後沒用指甲而用指腹按壓頭皮，把我的頭髮仔仔細細洗了個遍。她再次扭開蓮蓬頭，把噴射出來的水沖向鏡子，鏡面反彈的飛沫濺到身體，有點冰。我們在乾淨的鏡面裡四目相對，香澄稍微笑了。蒸氣氤氳，冷水變成了熱水。香澄用自己的手摸了摸熱水確認溫度後，細心沖掉洗髮精。熱水快進到眼睛之前我張開眼睛，目送那些被沖到排水口的頭髮。

「好了！」

說著，香澄打開浴室門，讓熱氣散到脫衣處。香澄按下換氣開關，耳邊聽到風扇旋轉的低沉聲音。

腳底踩上脫衣處的地墊，香澄用浴巾替我擦頭髮。我只是把頭交到她手上，什麼話也沒說。

「跟小孩子一樣。」香澄邊說邊笑。

我穿好內衣，套上運動褲和T恤坐上沙發，香澄也坐在附近喝著寶特瓶裝茶。

「我今天聽說，現在已經沒有像妳這樣的女孩了。」

「那當然。」

說完香澄笑了，她走去廚房，在玻璃杯裡倒了水回來。

「沒有嗎？」

「廢話。要是被知道我做這些事，一定會被罵。」

「被誰罵？」

「被那些有水準的人啊。大家都好可怕喔。所以我很努力在掩飾。幫人家洗頭髮、剪頭髮很奇怪喔。」

「明明真的存在卻被當作不存在，這不是在說謊嗎？為什麼不生氣？」

「啊？」

「為什麼非得扮演一個平均值的人物呢？」

「因為害怕啊。而且你有資格說嗎？是你叫我做這些事的吔。」

香澄又笑了。

「在笑什麼？」

這時香澄安靜了下來。

「不要像不丹蝴蝶一樣，因為別人的關係被當作不存在，從故事裡被消失。」

「是不丹尾鳳蝶啦。」

香澄豁出去地說。
「那些學者明明都看過不丹尾鳳蝶，但是可能因為一心覺得不存在所以看不見。他們眼裡只看到了自己想看的東西。」
「通常捕食的一方都不太容易看到蝴蝶。」
「但躲起來生活不是很痛苦嗎？還是逃到輕鬆的地方比較好。」
「哪有什麼輕鬆的地方？就算再怎麼努力也只是一直被罵，不管我去哪裡都一直被欺負。」
說完，香澄低下頭。
「總比跟我在一起好吧。」
「你為什麼要這樣說？」
「因為我腦子有問題啊。」
「我知道。但是會覺得自己腦子可能有問題，就已經比別人好很多了。其他人都深信自己是對的，根本說不通。不管說什麼他們都覺得是我的錯，會對我生氣。他們也沒發現自己正在欺負人。這些會霸凌的人都誤以為自己是溫柔的好人。但是因為害怕，我總是很快就道歉。」

「妳說的那些人是誰？」

「大家啊。我姐、高中時的同學、老家附近的朋友。大家都看不起我。去參加同學會或者老家附近的聚會時我都這麼覺得，但不去我又害怕。我只是想當個普通人而已啊。」

「但妳這樣忍耐也不會有任何改變啊。」

「你看，你又生氣了。我又沒有做錯事，我只是說想當普通人而已，但是看到這樣的我大家就會覺得不耐煩。這些我都知道。」

「我沒生氣。不過妳可以試著對那些人表達自己的憤怒。」

「我辦不到。根本輪不到我。我只能安靜聽著別人的主張，等對方覺得開心滿意，一切就結束了。」

「不覺得不甘心嗎？」

「現在已經不會了。只要不對我生氣就行了。我討厭跟別人吵。」

香澄將臉埋在自己雙膝之間。

「我誰也不是，只是一個箱子，不、連箱子也不是。大概是放什麼東西用的畫框吧，因為我自己本身是沒有意義的。最好不是我自己，是別人的人生。我不想被強制要像自己、當自己。我玩音樂也會被人說不求長進，但是我從來沒想過希望被誰看見。我只是喜歡唱歌而已。可是我這樣說，又會有人莫名其妙說我是在合理化自己紅不了的事實，結果我又不得不說謊。」

聽著隨身聽裡的音樂，從我家慢慢走在前往下北澤的路上。過了午夜零時的淡島通上幾乎沒有行人。我走在人行道上，經過的計程車放慢了速度。知道我沒有要搭的意思後又加速揚長而去。有好幾輛計程車都以一樣的方式駛過，看起來就像要捕獲人的大型生物一樣。

正要從派出所旁邊小道走進住宅區時，跟警察對上了眼，但他沒說什麼。從什麼時候開始不再會受到盤查了呢？十年前左右，看到警察跑在一條人潮洶湧的街上，我不禁提高警覺，心想是不是發生了什麼事件，結果氣喘吁吁的兩名警察突然對我丟出一大串問題。

當時我才剛到東京沒多久，在大庭廣眾下被叫住讓我心裡充滿疑惑和抗拒，不過習慣之後，有時幾天都沒跟人說話，就算是警察也好，這種跟真人說話的瞬間也能讓我覺得開心。也有些警察會好奇地觀察著我這種帶著喜悅的說話方式。在人潮中成為少數被發現的人物，我之所以開心不是因為想受到誰的認定，而是希望透過跟人交談來親自確認自己的存在。身穿制服的警察，在我眼中就像個老朋友一樣。

這幾年被警察叫住的頻率漸漸減少，原因可能是自己的生活和外表出現變化的關係，但也可能是因為我內心有某些東西消失了。

我看了看手機確認時間。這個時間影島應該還沒有來，但我也沒其他地方可去。爬上複合式大樓的樓梯，打開酒吧店門。店主抬起頭，低調地說了聲「晚安」。互相打過招呼後，我坐在跟上次同樣的位子上。

店裡以大音量播放著我沒聽過的靈魂樂。配色鮮豔的唱片封面上有「Funkadelic」幾個字母。我已經想好要點的飲料，不過形式上還是把架上排列的酒瓶都看過一遍。看到自己想喝的酒覺得很放心。上次來的時候也看到了，其實我知道店裡有這瓶酒。

「Harper 的威士忌蘇打。」

我點好酒後店主小聲回應我，稍微調低了唱片的音量。

今天晚上影島會來嗎？我跟影島見面打算說些什麼呢？我越是想思考，昨天晚上香澄說的話就會參雜進來，讓我無法好好整理思緒。

開始喝第三杯的時候覺得有動靜，看了看店外，一個男人正在窺探店裡的狀況，一邊不斷翻著自己口袋。我看不清楚對方的長相，但已經凌晨兩點多，說不定是影島。男人安靜地推門入內。

「晚安。」

聽到聲音我立刻知道是影島。

影島把長髮隨意紮在頭頂，穿著胸前有金龍刺繡的黑色功夫襯衫搭深色寬褲。他跟店主打過招呼後，還繼續站著掏摸口袋。

「掉了什麼東西嗎？」

店主擔心地問，影島回答：「沒事。」不過沒有停下動作的意思。

「啊，沒什麼事，只是剛剛在外面路上被警察盤查，要我把口袋裡的東西都掏出來，結果東西都掉到地上。全都掉了。掉在地上的零錢包也開了，零錢和手機什麼的都掉了，掉在地上。因為我偷懶、想一口氣把所有東西拿出來的關係。然後我大概在六秒之內把自己掉下的東西全部撿起來，警察大概也有點同情我，跟我說了對不起後就離開了。其實冷靜想想，好像不太可能短短六秒之內就把所有東西都撿起來。總會掉個一樣東西吧。但是我手機在、錢包在，零錢也都在。還有文庫本跟家裡鑰匙都在。」

影島露出很不可思議的表情，話聲嘟囔在嘴裡，店主對他說：「東西都在不是很好嗎？」一點也沒錯。

影島一臉訝異，低聲說著：「確實是。」這才終於在吧檯中央附近的椅子上坐下。我跟影島之間隔著三個座位。

「不好意思，請給我 Harper 威士忌蘇打。」

影島說完後店主小聲回應，接著響起冰塊落入玻璃杯中的聲音。店裡迴盪著妮娜・西蒙（Nina Simone）強而有力的歌聲和鋼琴音色。

倒好酒的杯子放到面前，影島低聲道謝：「謝謝。」不過他的聲音聽起來像在念經一樣。

我已經決定，只要影島出現在店裡，一定要跟他搭話。

「你好。」

我聲音有點緊張，影島手裡拿著玻璃杯，轉頭看著我，也低聲地回應：「你好。」他看起來並不驚訝，也沒有特別在意的樣子。可能因為平常就經常被陌生人上前搭話才會有這種反應吧。

「我想你應該不記得我了。」

「啊？你是……」

影島瞪大了眼睛。在我表明身分之前，影島表情好像想起了什麼，不過我受不了等他開口的時間。

「我是永山，以前跟你一起住過House，還記得嗎？」

「喔喔喔，當然記得。也太久不見了吧。」

影島面朝前方笑了。笑法有那麼一點像奧。

「你一個人？」

影島試探地問。

「對。」

「可以坐你旁邊嗎？」

「當然，不過你不用勉強喔。」

我差點要脫口叫他「奧」，但又覺得不太恰當，頓時不知該如何稱呼他。椅子摩擦地板的聲音響起，影島移動到我旁邊來。

「你剛剛掉了什麼東西嗎？」

「你都聽見了？」

影島很難為情地笑了。

「你說六秒就全部撿起來那句嗎？」

「看來都聽到了。也不是沒有可能啊。」

「全部吔。」

「嗯，六秒能都撿起來是挺厲害的。」

「是吧。我們幾年沒見了？」

「大概十八年了吧？」

「差不多這麼久了吧。記得我以前叫你『奧』嗎？」

「記得超清楚。你記得我也叫你『奧』嗎？」

「才沒有！兩個都這樣叫對方，對話也太複雜了吧。」

「是嗎？」

「我要怎麼叫你好？」

「叫奧也行，什麼都可以。」

「那我還是叫你影島好了。」

「好，先乾杯吧。」

我們慢慢碰了杯。

想說的話很多，但不知該從何說起。

「最近怎麼樣？」

先問了個無謂的問題。

「經常被人家說看起來沒什麼精神，但其實我過得挺不錯的。」

「其實我也沒有期待影島過得多有精神。」

我想要剝除影島的表層，忍不住脫口說出這句話。影島嘴角下彎，輕輕咬著下唇。

「我好像養成了假裝沒事的奇怪習慣。怎麼可能好呢？其實難受得不得了。」

聽他這麼說我反射性地噗哧一笑。看到我笑，影島好像安心了一些，看起來沒有剛剛那麼緊張。

「從以前開始就這老樣子。」

影島故作輕鬆地說。

「因為太忙了吧？」

「畢竟想做的事情不快點做，可能就等不到明天了。」

「這倒沒錯。」

影島喝光杯裡的酒，又要了一杯一樣的。

「以前在 House 發生了許多事，我後來離開那邊，當時跟奧，啊、跟影島兩個人聊天，我覺得給我很大的幫助。」

「我們竟然能聊到天亮都不累吔。」

「之後我有一段時期什麼都沒辦法思考，最近才知道奧、啊，不對，才知道影島成了藝人。」

「改不了口的話叫奧也沒關係啦。」

「不，我已經決定了要叫你影島。」

「是嗎？那隨便你。」

「我很早就知道藝人影島、會寫文章的影島，但是一直沒有把這個人跟當時的奧連接起來。可能在心裡不希望這個人是奧吧。所以才會下意識一直沒有發現。」

「為什麼？」

「因為覺得不甘心啊，我會覺得奧能辦到的事自己說不定也辦得到。可是實際上自己卻什麼也辦不到。」

「假如我真的有什麼成就，那永山你也一定辦得到。」

「不，看你現在多紅。」

「我不覺得自己紅。這麼久沒聯絡，說這些你可能覺得是客套話，但至少我覺得自己很多時候都借助過你的力量。」

知道影島還記得我讓我很放心，但他腦中意識到我的存在這一點，卻讓我很意外。

「借助我的力量？什麼意思？」

「比方說看到同年代的人有趣的表現時，不是會覺得害怕嗎？雖然會努力假裝平靜。」

影島盯著玻璃杯低聲喃喃說道。

「我們到底為什麼要這樣假裝沒事呢？一想到故作姿態的自己就覺得很沒用。」

聽我這麼說，影島也輕輕點頭。

「總不能去跟對方說，『欸，你的天分傷害到我了』吧。」

「確實。對方聽了也會不知所措吧。」

我又覺得驚訝，原來影島也會有這種感覺。

「面對自己贏不了的對象時我總是會想，不過永山更厲害啊。永山更犀利，個性不好又很纖細。」

「個性不好嗎？我覺得自己很普通啊。」

「這樣講的話每個人都很普通啊。我會自己在腦子裡讓嫉妒的對象跟永山對戰。」

「那我應該慘敗吧。」

「不，每次都是你贏。因為我跟你算是不相上下，所以如果你贏了對方，就等於我也贏了。」

「什麼歪理。」

傾斜酒杯，冰塊碰到鼻尖。不覺得冰，可能已經有幾分醉意。

「我是說真的。」

影島表情認真，我也不知道怎麼回他好。

「我曾經單挑克林．伊斯威特還贏了。」

「贏了？」

「而且我腦中的永山還是二十歲左右的永山。」

大概是察覺到我的心情，影島這時半開玩笑地補了這句。

「我怎麼可能贏。」

我笑著這麼說，但影島依然不改嚴肅的表情。

「我們一起度過了不到兩年的短短時間，但是對我來說，奧、不，影島的影響真的很大。」

「你就叫我奧吧。」

「不，已經決定要叫影島了。」

「你從剛剛就一直叫錯啊。」

每當杯裡的酒變少，我就會覺得不安。影島點了酒，我也看看玻璃杯，假裝現在才發現一樣跟著加點。

「我們一起度過的期間雖然短，但是對我來說那段日子非常濃密。當時我抱著如果能在東京闖出名堂就能活下去，否則只有死路一條的心情。不想被周圍的人看不起，其中最不希望被你看不起，對我來說算是生與死極度接近的一段時期。那時的你應該是從音樂或文學上獲得力量，而我則是從你身上獲得了一樣的力量。」

「怎麼可能，我什麼也沒做啊。你腦中的我不是我，應該是活在你想像中的我吧。」

在我的記憶中，我才是一直找奧商量的那個人。影島可能只是想暢快地喝頓酒。在喝酒地方聊的話題多半如此。

「二十出頭時，連克林．伊斯威特是誰都不太清楚，還呆呆以為自己說不定能贏過克林．伊斯威特。」

「影島，我從來沒這麼注意過克林．伊斯威特，這是某種比喻吧？」

影島沒有回答，我大概問了什麼不得體的問題吧。

「我以相信自己力量為前提的觀點在看世界，所以實在無法接受之後發生在自己身上的現實、把我打得遍體鱗傷的現實，覺得很痛苦。但我覺得不能讓永山看到我這不中用的樣子，所以說不定我也一直在刻意避著你。」

說著，影島拿下自己一顆假牙放在吧檯上。

「不好意思，我怕不小心把假牙吞下去。」

影島用面紙擦了擦假牙，放回口袋。

「你得去看牙醫啊。」

影島覺得有點麻煩似地「嗯」，隨口應了一聲。

「是哪顆牙？」

我像突然想起般又問了一句，但他沒有反應。

「可是我沒想到你會這樣想。」

「什麼？」

「就你剛剛說的那些啊。」

「喔～嗯。」

影島看起來情緒有些不安定。

影島似乎也對這個不安定的自己感到困惑。本來以為他安靜下來，卻又忽然開口說話。可能醉了吧。

「我們以前那麼認真討論什麼藝術啦、表現啦，都沒有浪費呢。可能對某些愚蠢的教授來說，我們只是看起來像文學、看起來像藝術罷了。可是我們說不定能贏得過克林．伊斯威特，就表示這可不是能歸類在區區文學或藝術之內的東西，而是比這些更重要的東西。」

克林．伊斯威特又出現了。

「當我們把克林．伊斯威特當成宇宙時……」影島繼續往下說。

「克林．伊斯威特就是宇宙。這回答或許讓人意外，但是我懂。」

我也不知道自己在說什麼。但我確實可以理解影島想說什麼，我也知道他遇到了煩心事。

「為了討克林．伊斯威特歡心而認真學習的人，到頭來會因為測量克林．伊斯威特的身高、推測他的體重，找出他生日而開心。然後稍微優秀一點的人才終於能接近他的內在。這樣太慢了。」

「確實很慢。」

我一邊附和，一邊在腦中反芻著影島的話。

「笨蛋反而動作快得多。笨蛋才可以接近克林．伊斯威特。」

還沒來得及整理好這些字句，影島又繼續往下說，話語逐漸變形。

「漸漸搞不清楚在說什麼了。」

店主正在挑選下一張要播的唱片。影島沒管我剛剛那句話，自顧自地說。

「當時我們就是井底之蛙，從井底拚命抬頭看著天空。宇宙很近對吧？好像真能去得了。水井跟宇宙幾乎一樣。還會被在海裡游泳的那些小魚嘲笑。被大魚嚇得到處跑的那些傢伙自以為了不起，說我們是天真的青蛙。但我們在談論的可是宇宙呢。跟我共享這個祕密的就是你啊。」

「對啊。」

「但是我現在已經看不見宇宙，也碰觸不到克林．伊斯威特了。」

我不想聽影島這麼說。

「為什麼這樣想？」

現在在播放的音樂我好像曾經聽過。

「我確實這樣感覺到，只能這麼說，可能是因為想用研究克林．伊斯威特的人能了解的話來談論克林．伊斯威特，才會變成這樣吧。假如真的是這樣，我也覺得那算了吧，就這樣吧。」

影島藏不住後悔的表情。跟影島一起說著這些充滿自我意識的話，就好像回到了年輕時，但最不一樣的地方是，原本是奧的影島多了一點人味。相反地，我自己則刻意在抑制這一點。

「但那也可能只是藉口。」

影島似乎又想收回自己的話。

「藉口？」

「因為我明明討厭那種狀態，最近乾脆豁出去做最後掙扎，管你那麼多！但結果還是沒能指望看見克林．伊斯威特。」

最近大家覺得影島的言行出狀況，這或許就是其中一個理由。

「應該過一陣子就能看見了吧？」

「看見什麼？」

「克林．伊斯威特啊。」

「喔喔。」

「怎麼還問我？不是你自己說的嗎？克林．伊斯威特。」

影島像是在配合我的語氣，勉強地笑了。聽了影島的話，我也試圖想整理出自己的解釋，但是既然有兩個人在，不如先說出來看看有什麼反應。

「與其說是你為了讓研究的人了解把感覺化為言語，結果反而被言語控制，我覺得應該是因為你已經知道那些學者理所當然使用的梯子，其實永遠也到不了宇宙吧？」

「什麼意思？」

「可能是過去接觸宇宙這種理應很純粹的行為，因為知道了那梯子的存在，才開始想任性踩空梯子吧？因為自己選擇了跟大家不同的方式，而覺得難為情？」

影島好像在想什麼，我只好繼續說。

「就好像大家都死了，卻只有自己為了保命而使用投機的方法，因此覺得羞恥那種難為情？」

不管是跟大家一樣或不一樣，都會有不同的難為情。

影島陷入沉思，但大概也厭倦了這沒有答案的狀態，他慢慢開口說。

「如果是因為跟別人不同而覺得羞恥，或許可以說明無法在人前行動的理由，但是依然沒辦法說明為什麼有些感覺明明沒有其他人知道、只有自己才有，而過去能掌握得到現在卻抓不到。」

影島大概希望我否定他吧，話說得有點自暴自棄。我本來想說，那是因為這種狀態已經成為日常，不過我把話吞了回來，挑選了不同的字眼。

「小時候喜歡畫畫，總是隨自己高興愛畫什麼就畫什麼。幼兒園的老師還會對我說，我很期待看到你的畫。不過上了小學，有一次美勞課要畫一隻象。我毫不猶豫地在圖畫紙上畫了街上風景跟大象的尾巴。我打算畫出象走過的風景。十秒前這隻象還在圖畫紙中央，但現在牠已經走到圖畫紙外面了。」

「很好啊。」

「你猜老師說什麼？」

聽到我的問題，影島將臉側向我這邊。影島缺了一顆門牙。

「應該誇了你一番吧？」

「一般都會這樣想吧？」

「沒有嗎？」

缺了一顆門牙的影島認真地等著我往下說。我稍微吸了口氣後緩緩吐出。

「他敲了我的腦袋，叫我不要胡鬧。」

影島噗哧一聲噴出剛喝下的威士忌蘇打。看到他笑，我也忍不住笑了。

「不會吧？」

「真的啦。」

「太離譜了吧。」

「之後老師稍微笑了笑，叫我不要再這樣標新立異。我覺得很丟臉，甚至覺得再也不想畫畫了。」

說完我又笑了，但影島這次並沒有笑。

「在那之後，每次我想畫畫，那個老師說的話就會在腦中響起。我開始擔心現在這樣畫是不是也在標新立異？是不是故作姿態？所以刻意畫出平凡的構圖，我不想讓別人覺得我因為那些話而受傷，所以刻意把自己的奇怪控制在被取笑也無所謂的程度。」

「簡直是地獄啊……」

影島說出地獄這兩個字，讓我心裡稍微輕鬆了些。

「你覺得是地獄啊。」

「真的是地獄啊。」

「因為比較常聽到人說『這是常有的事』、『不用在意』、『畫你自己喜歡的東西就好了』之類的話。」

「但根本不是這樣啊。」

「嗯。後來我開始覺得做跟別人不一樣的事情很丟臉。跟別人做不一樣的事，就會被解釋為想與眾不同，這讓我很痛苦。因為我沒有能力去反擊那些聲音。」

「那正好是連人類本能都會因為得適應社會而被矯正的時期，比方說，明明肚子還沒餓，但是考慮到效率問題，最好跟周圍的人在同樣時間用餐等等。身體還無法接受，但有很多事你不得不接受、不得不適應，於是漸漸習慣自己的感覺跟行動悖離。我們一直被教導自己的感覺並不正確。站在大人的立場，這麼做當然是為了讓我們在社會比較容易生存，跟設定用餐時間一樣，都講求效率優先，很容易讓所有人都變成一個樣子。一個孩子如果每天經歷這些，除非他身邊有人支持，否則怎麼可能只在藝術領域有能力靠自己去判斷呢？」

「就是啊。」

看到我應聲附和，影島露出不安的表情，低喃道：「我的牙齒呢？」我告訴他，他剛剛收進口袋了，他這才再次認真地往下說。

「另一方面，一個反覆以這種方法來教育學生的老師，就算腦海深處存在『必須尊重每個人的個性』這句話，但也沒有真正滲透到他的身體中，結果連本來應該能自由創作的畫也忍不住開口矯正。而且還不是針對畫作本身的批評，是基於『跟人家不一樣是丟臉的事』這種邏輯。他們應該覺得不可能有異端存在，只是偶爾有想成為異端的人出現而已。聽起來荒唐，但無法認同其他規則卻還是養成乖乖聽話習慣的永山少年，最後接受了那個老師的話。你還能有提筆畫畫的欲望真是了不起。」

「可能是因為找到了漫畫這種自由的表現手法吧。」

「漫畫當然很自由，但畫畫也很自由吧？」

影島掏出口袋裡用面紙包起來的假牙，確認了一番後又再次仔細包好放進口袋。影島喝乾了玻璃杯裡的酒，又點了杯一樣的。

「掉牙的地方不覺得酒精很刺激嗎？」

「嗯，當作消毒。」

影島用手指把玩著杯墊。

「畫畫讓我覺得害怕。先不管漫畫是不是為了取悅讀者而存在，假如暫且當作如此吧，我就覺得好像可以做自己喜歡的事。在漫畫的世界裡，不管是標新立異或者是被嘲笑看不起，只要有趣，都可以被接受，我覺得漫畫有這種包容。感覺漫畫就像在對我說：那種事都無所謂啦，你愛怎麼畫就怎麼畫。可是一旦自己真正要畫漫畫，又好像有哪裡不一樣。以前天真畫畫時能掌握的東西，終究還是消失了。」

「我懂。」

影島輕聲這麼說，喝下一口酒。可能把我小時候的事跟他再也碰觸不到克林．伊斯威特這件事重疊在一起了吧。

「假如被老師這麼說之前，能維持個幾年自由的狀況，又會變成什麼樣子呢？一想到這個我就會覺得痛苦。真想讓影島你看看我畫那幅象之前的畫。雖然只是很普通的畫。」

「這就要看看當時我腦中的克林．伊斯威特是什麼形狀了。」

我又點了一杯酒。店裡開始播放李歐納．柯恩（Leonard Cohen）的〈哈利路亞〉。

「這種話題是不是很無聊？」

影島偏著頭說。

「很難說。」

我也老實地回答。

「繼續說這些可能也講不出什麼有趣的東西，過去應該也有很多人誤入這條小路吧。」

這些對話當然無趣，也可以說是俯瞰自己這種狀態的行為，才讓對話變得無趣。

「就算繼續往前走，走到盡頭可能會看到有人塗鴉，或者有人在那邊亂小便。」

說法越來越粗魯。

「但還是會想往前吧？」

影島的話又讓我覺得安心。

假如見到影島，有一件事我一直想問。

「你為什麼對 Nakano Taiichi 有那麼大的反應？你很生氣對吧？」

這個問題他大概已經聽膩了，影島笑著說。

「不，我沒有生氣，只是單純討厭。他故意把嘲笑別人的行為宣揚成高尚的東西，被批評之後又表現出『哎呀，何必對像我這種微不足道的小人物說的東西認真呢』的態度，隨著風向改變立場，我就討厭他那種卑劣的嘴臉。」

「你超生氣的啊。」

大概是說出來之後怒氣漸漸高漲，影島的語尾變得更強烈。

「我只是好奇像 Nakano Taiichi 那種人多得很，你為什麼偏偏對他反應這麼大？」

「因為那傢伙以前也待過 House，其他人我不知道。如果一個人只能用這種方法活下去那也無所謂。順應周圍的狀況，有時表現得強大、有時表現得弱小，在這個人面前要強勢一點，不過這個人跟那個人關係不錯，不如多誇他兩句，這種活法不是很累嗎？我一點都無法尊敬他。我總是忍不住會想，靠這樣賺來的錢，他今天晚上會用什麼樣的表情買什麼東西來吃？但 Nakano Taiichi 曾經住過 House，我就無法對他視而不見不是嗎？因為對我來說 House 是一口井。剛剛我們說到井底之蛙，但再怎麼樣他也曾經出入過那裡。他從以前就很像一隻非常嚮往大海的小魚。曾經待過 House 的人竟然會變成這個樣子？我現在甚至會覺得，就是因為這傢伙我們才無法完全獲得宇宙。假裝自己是個創作者，逃避身為當事人的責任，這種人怎麼有臉表現得這麼自以為是？」

影島板著臉。

「我看了你寄給 Nakano Taiichi 的郵件，忽然有點不安。我覺得裡面有些好像在說我。我想你要求的是一種態度吧。」

「你跟 Nakano Taiichi 完全不一樣。」

「哪裡不一樣？」

「你對自己的作品負責。」

是嗎？影島很清楚當年我的作品是怎麼問世的。

「是嗎？我其實不知道那能不能稱得上是自己的作品。」

「再怎麼看那都是你的作品。」

我不知道影島為什麼能如此篤定。

自己畫的作品要借助自己輕視的人之力才完成。我一直困於這種不堪的情緒當中，直到現在。

「因為我沒能靠自己走到最後一步。最後還放棄了。」

這種對話我們到底要持續到幾歲呢？

「這樣很好啊。應該說，就是因為這樣才好。假如是一個完美無缺的人畫出那種無可救藥、滿腦子只有自我意識的主角，那才叫人生氣。一個厲害的人憑想像構思出不中用的人，那比刻意畫得糟糕的畫更沒意義。假裝是天才卻搞砸，這才比較有趣。知道該怎麼跌才不會受傷的專家固然也不壞，但我覺得也沒必要採取被動的姿態，一個人高聲主張之後骨折，也讓人很想關注他之後的動向。原本不就應該是這樣嗎？喝醉了之後把作品丟著不管，睡了一覺醒來，發現已經完成，這棒透了啊！不管讓誰來畫其中都有你的存在。那個作品跟你一模一樣。假如一個想當漫畫家的年輕人，請別人來替他畫自己的圖畫日記，身為一個創作者，這就像全身複雜性骨折一樣。所以我說你的作品很好。飯島不可能做出那種叫人看了不舒服的東西。他只是在模仿你。那個人光是在人前故作姿態地放屁就得費盡心力了。你呢，則是因為一直都在用力，所以無意識之間不斷地有屁放。」

「不會說得太過分了嗎？你還好吧？」

「我沒事，抱歉。」

「怎麼還道歉了呢。」

「我不知道之後是誰寫下故事的梗概，但自從有了那個，你一直徹夜沒睡在畫畫，那樣子我記得很清楚。沒有人會記得《凡人A》故事的內容。但是你過剩的文字和筆壓強烈的畫讓人留下深刻記憶。就像一個骨瘦如柴的男人誇張動著身體跳舞一樣，好像看到了什麼不該看的東西，不管其他人怎麼說，《凡人A》給我的感覺就是永山你。喂，你哭什麼？」

「我沒哭啦。」

梵谷的〈星空下的咖啡館〉好像搖搖晃晃閃著光。我聽見影島的聲音。

「《凡人A》標題的由來是『凡人A的罪狀在於相信自己的才能』這句話吧？」

「對。」

我不太想聽到他重新提起這句話。

「你這句話一點都不謙虛，這就是你啊。表面上主張自己痛苦是因為明明是凡人卻誤以為自己有天分、從事創作，但實際上又企圖以這種說法來證明自己的天分。向對方低頭時，又想用低下的頭去衝撞對方。但你應該是無意識地這麼做。」

「嗯，我想我應該沒有這種意圖。」

「對吧，這就是你啊。只有你能辦得到。該怎麼說呢，或許確實處於一種不得不說的狀況。但正因為是不得不說的狀況，也會有不說的方法。可是永山你卻露出自己化膿的可怕傷口，大大方方地採取讓對方畏怯的戰法。把感傷和類似嫉妒的憎恨都攬攬在一起。」

「不，我只是因為除此之外沒有其他方法。」

這幅畫很像喝醉之後看到的風景。

「我老家在大阪，但是父母親是沖繩人，十八歲來到東京，我一直嘗試抵抗所謂的屬性，不想說大阪腔，可是跟你在一起時，有很多瞬間我都覺得自己很假。每當不說大阪腔讓我覺得很不自在時，老家的輪廓就越清晰，讓我陷入一種兩難。經過將近二十年，看我現在成了這個樣子。咦，剛剛本來在說什麼？」

我說到這裡影島又笑了。

「所以我說我從永山你身上獲得很多幫助，是真心的。」

「你只是都記得我好的一面吧。」

影島也請店主喝了一杯酒，我們三人又碰了一次杯。

「剛剛話題扯開了。所以我之所以會對 Nakano Taiichi 反應強烈，一方面因為你，另外我也覺得，那個把現實世界中的平凡帶進必須瘋狂的 House 裡的當事人，那種世間罕見的雜碎到底有什麼好囂張的。」

影島臉上浮現出難以判斷他情感的微笑。

影島在激烈痛罵 Nakano Taiichi 話語中獲得某種快樂的同時，也持續在自己胸口留下疙瘩。我雖然一點都不想替 Nakano Taiichi 辯護，但也確實感到某些與自己極度相似的部分。

「我讀著你跟 Nakano Taiichi 往來的文字，有時候的確會因為你指出 Nakano Taiichi 討人厭的部分覺得痛快，但因為你說的都太對了，所以讀起來也會覺得不安，有些地方儘管違背我的本意，我也不得不支持 Nakano Taiichi 的主張。」

總覺得這話聽來很像在推卸責任，但我漸漸不知道自己平常是怎麼說話的。

「比方說哪裡？」

「比方說他提到因為自己具備平凡的感受所以才能寫，也對這一點很有把握這些地方。」

我一邊觀察影島的反應，語尾微微不確定地上揚。

「嗯。」

影島表情沒什麼變化，點了點頭。

「你之所以主張創作者必須特別，是因為自己曾經因為擁有特殊個性被揶揄，有過被強迫變得平凡的記憶，但我還是覺得，確實有些事是因為平凡的感受才能辦得到。我並不覺得一個不具備特別感覺的人就不能創作。」

影島盯著玻璃杯，好像在沉思著什麼。

「嗯。可能是我說得不夠清楚吧，我並沒有要否定平凡，我想講的是把平凡當作防護牆的態度。假如一個一百公尺能跑九秒的人是特別的，那麼有人跑十三秒當然無所謂，但我無法理解的是要大家一樣去享受這十三秒的奔跑、把這當作賣點，假如要把這當作一種職業，那至少該表現些有趣的跑法，比方說一邊吸泥巴一邊跑等等，總要有些與眾不同的特別，正因為他看不起泥巴才會產生風險，也才會斷言平凡沒什麼不好。」

「但是Nakano Taiichi主張他想深入挖掘那種平凡的感受。假如是這樣，那麼透過清澈眼光來看確實平凡的東西，就讓它維持平凡也沒有什麼不可以吧。」

「也對。」

說著，影島緊抿著唇。

我不確定影島是不是真的接受了我的說法。

「還有……」

「嗯？」

看到認真傾聽的影島，不知為何我心中泛起一絲不忍。難道這個人連我的不滿都得聽嗎？

「算了。」

「說啦。」

影島的聲音有些嘶啞。

「算了，仔細想想我也不該對你說這些。我畢竟不是當事人，可以隨便愛說什麼就說什麼，你其實只是給了我一些思考的素材。讓你一一去回應所有的意見也沒有意義。」

「不會啦，我也沒想得那麼嚴重。」

「本來就是我自己該處理的問題，不應該倚賴別人。」

說到最後像是在吐苦水。

「你難得講到重點呢。」

影島說。

「確實很難得，那我就說了。」

影島喝了口酒。

「那傢伙說，回應企劃者的要求寫法並不會影響創作，也有可能出現新的化學反應。」

「嗯。」

影島低著頭附和。
「我覺得你應該正面回答這一點。」
「沒錯。」
影島輕聲應了一句後又繼續。
「我也一樣。自己心裡什麼都沒有，其實都是對某些東西的反應。但是如果不這樣虛張聲勢，遇到攻擊時就太沒意思了。以前跟某個人對談的時候，我曾經跟對方商量。」
「商量這件事？」
「嗯。我說我什麼都沒有，有的只是自己什麼都沒有的感覺。」
原來影島也會找人商量。我想著這些自然不過的事。
「嗯。」
「對方聽了之後回我一句很重要的話。」
「他說什麼？」
「什麼都沒有，就意味著全部。那個人應該可以自在地摸摸克林・伊斯威特的頭吧。」

我覺得眼前視界有種頓時開闊的感覺。

什麼都沒有的狀態，可能跟影島所謂井裡的狀態很像吧。

「誤以為自己有些什麼，然後執著於這一點，之後就會漸漸走上錯誤的路吧？」

影島這些話好像是丟給自己的問題。他或許也發現對 Nakano Taiichi 說的話跟自己想法之間的扭曲。

「成為搞笑藝人之後，你有改變過做法嗎？」

我問了個自己也不太了解的問題。

「我身邊的事從來就不曾依照我想像的進行。我都是怎麼做的呢？我現在只能想起一些片段，但中間有好幾年其實我沒有任何意識。我沒有聰明到懂得擬定策略去因應，也不夠聰明到把自己不聰明這件事當作賣點。」

我大概也一樣。

「為什麼要寫小說？」

「因為想寫。」

「那廢話。」

店主跟我們的座位有些距離，不知道他有沒有聽見我們的說話聲。

「我喜歡小說。假如你邀我『一起組個棒球隊』，我可能覺得奇怪，但還是會去買手套，開始自主練習。如果你說『來玩滑板』，我也會開始在網路上看滑板的動畫，打開Amazon看看得花多少錢。要想出理由拒絕有趣的事比較困難吧？因為不想做所以不做、因為想做所以去做。我也沒有其他更了不起的理由了。」

影島平靜地說。

「這樣啊。」

「嗯。我覺得大家都對搞笑藝人寫小說這件事太大驚小怪了。大家覺得很新鮮，這對我來說當然是件好事，但是我好歹也創作了十年以上的段子，到目前為止曾經自由地操控過好幾千個虛構人物的對話，比起其他職業的人，我跟故事的距離更接近。當然寫小說跟寫段子完全不一樣，我確實是個新人，不過我覺得這種經歷跟服用禁藥相當接近。假如是學生，或者工作上跟創作完全無關的人突然產出一個故事，這跟他們日常生活的差距極大，確實值得讚揚，我一直受到關注反而有點愧疚。不過那些看上去儼然作家的人也不是生來就是作家，而是在人生中途才成為作家，對於不同業種出現過剩反應，我覺得這可能是一種傲慢。因為搞笑藝人寫小說而覺得驚訝，從正面角度解讀，也是因為瞧不起藝人才有的觀點吧。」

影島微笑的臉在我眼前泛白晃動。

可能是因為我們兩人身上堆積了將近二十年的時間，這個夜晚感覺有點脫離現實。影島的聲音好像也是從遠方傳來。

「我說這話沒有不好的意思喔，不過我覺得你有種把任何事都戲劇化解釋的習慣。」

影島這麼說。

「是嗎？」

「在House的時候也是。記得我們聊過雪景球嗎？轉動雪景球後會出現漩渦，成為類似世界末日一樣讓人不安的風景。」

「記得。」

我說過，何必特別去做會令人感到不安的事，當時還是奧的影島則是預言我一定會照著做。

「你明明是自己去搖晃雪景球，卻又後悔地看著那散發危險氣息的光景。我想直到現在你還是這個樣子吧。不好意思啊，這樣擅自揣測。」

假如我的煩惱全都是自導自演，那也未免太蠢了。

「你為什麼這麼肯定？」

「因為我也一樣。雖然並不期待那樣的世界，大概是為了確認，也會忍不住想這麼做。看了在House裡的生活後我有這種感覺。像是情人、有其他人涉入自己的作品等等，這些事看在其他人眼裡都是小傷，不過你寧可扭曲事實，也想把那些傷放大成致命傷。會覺得比起樂觀看待，嚴厲追究自己的責任才更接近真實，我覺得這是人很容易陷入的錯覺，只能成立在人不會說自己壞話這種可信性薄弱的前提之下。說自己壞話，意味著能冷靜俯瞰事物，道理很單純。這種想法其實也帶有很深的偏見。我覺得到頭來這也是把自己看得太過特別。自己主動舉手表示要背負汙名。周圍知道這傢伙已經受到懲罰的狀態，對自己來說較輕鬆。但其實也不是任何地方都能承受攻擊，有些地方可以、有些地方不行，對吧。這對其他人來說很難判斷，可是你自己卻有著明確的基準。你知道哪些地方是絕對不希望別人碰觸的。」

我覺得臉部皮膚乾燥，有種抽動痙攣的感覺。

「不過這也只是推測，因為我自己就是這樣。」

影島的話清晰又沉重地留在耳中。

「新約聖經的福音書裡，用了四個敘事者對吧。」

我不知道影島這句話跟之前有沒有關聯。

「只有四個嗎？」

我直覺說出自己的疑問。

「應該有更多，但在新約聖經裡採用的應該只有四個人吧。假如他們的名字並不是真名，而是類似記號的稱呼，那麼我想重要的是不能編輯成只有一個人在敘述，必須留下局部的矛盾。這樣才能證明，即使是同樣的情景，也因為敘事者的不同而帶來不一樣的印象。」

影島說得平靜卻帶著熱情。我不知道實際上如何，但每個人的感覺跟記憶都不同，說話方式會有變化也是很合理的。

店主在小玻璃杯中裝了水，放在我們兩人面前。影島也順從地喝了一口水，又繼續接著說。

「我覺得福音書採用四個敘事者這件事，跟福音本身帶給我一樣大的啟發。這表示事情的現象本身是搖擺不定的。所以自己的眼睛所看、所感的世界並不是一切，我們永遠擺脫不掉這個事實。不過我並不是想假裝別人的痛苦並不存在。」

聽到這裡，我開始覺得影島應該是想鼓勵我。

「也對。」

隨口應了一聲後，不知該怎麼辦，又喝起了酒。

「你不再創作了嗎？」

「為什麼這麼問？」

「沒有啊，因為你就是這種人嘛。」

「嗯，其實我有在準備啦。」

「真的嗎，漫畫？」

影島顯得很驚訝。

「漫畫跟文章。我想把三年前寫的東西整理整理。今天也找到了一些線索。」

「對啦，你一定要繼續。」

「嗯。我終於覺得，把時間拿去嫉妒別人實在太浪費了。我畫《凡人A》的時候你說過，嫉妒的時候回顧自己的時間，會覺得很傻很丟人，你還要我叫你豬。」

「不過如果真的被叫豬可能又要吵起來了。」

我看著在笑的影島，覺得很不可思議。

「真期待。」

影島靜靜喝著玻璃杯裡的酒。

我覺得現在兩人這樣交談，幾乎不像現實中發生的事。

「感覺這次應該沒問題。」

「是嗎？要是我能跟你定期聊聊就好了。」

我開始想像影島身處的狀況。

「對年輕女孩丟椅子可不太好啊。」

聽到我的話影島好像垂下了頭。

「那些人把有生命的人看做單純的小道具看待，我一方面想讓他們知道，在我眼裡你們都只不過是寫著粗糙情節的一張薄紙，另外我也想知道紙會不會流血。」

「紙的話，應該會流出屬於紙的血吧？」

「對啊。就像是印刷墨水一樣，奇怪的血色。」

或許是想起了現實中的日常生活，影島的臉色變得憂鬱。

「被罵了？」

「嗯，被罵了。Nakano Taiichi 那件事幾乎所有人都一致覺得對方是蠢蛋，所以沒有演變成嚴重的問題，但跟小孩子吵架就不一樣了。」

店主聽到這句話也毫不客氣地笑了。

「做錯了就好好道歉，然後繼續恢復正常生活就行了吧。」

看到皺起眉頭滿臉凝重的影島，我也跟著做出一樣的表情。

「已經回不去正常了，我也不知道什麼才是正常。我現在只能繼續維持不正常，已經不是自己能管理的狀態了。」

泫然欲泣的影島，有一瞬間看起來是那麼的稚嫩。

「再說，麻煩的還在後頭呢。」

說完這句，影島沉默了下來，我無法問他發生了什麼事。

影島拿起放在自己身旁椅子上的文庫本翻著頁。文庫本沒有包上書套，直接露出曬成褐色的封面，可以看出他讀過很多遍。

「那是什麼？」

「這個？新潮文庫出的《人間失格》。不知道是第幾本，都被我翻爛了。」

「我們認識的時候你已經在讀這本書了呢。我也看過。」

影島開心地翻開文庫本的頁面，逐行追逐著文字。

看到他面露幸福，我也無法打斷，自己盯著梵谷那幅畫看。

「你記得嗎?這裡面也提過梵谷?」

「竹一那段吧?」

「對,講到怪物的圖畫。」

對外宣稱自己愛看書,同時表示愛看《人間失格》,是件非常需要勇氣的事。

「原來你真的愛看啊。」

「為什麼這麼說?」

「我相信你是真的喜歡啦。但有些人對已經廣為流傳的東西,無關真正內容,會只因為外界評價或者狀況就否定看待,我本來以為你帶著對這種人的諷刺,才持續說自己喜歡的。」

「你這是什麼複雜的想法?我才沒那麼糾結。只是因為覺得有趣所以才看而已。」

影島這麼說道,眼睛沒有離開書本。

「啊,怎麼看到不一樣的段落去了。」

影島輕聲碎唸著,再次埋頭到書裡。

「怎麼好像我很礙事一樣。」

他沒有反應,繼續翻著書頁。

「啊，找到了！『我也要畫！我要畫怪物！要畫地獄的馬！』我最喜歡這裡。同學竹一看到梵谷的自畫像後說這是『怪物的圖畫』，聽了之後他下定決心，大聲宣稱不要欺騙自己、要面對自己的創作。只有在這裡主角大庭葉藏對自己的人生抱持著肯定的觀點。在這之前他對事物的悲觀看法，都可以歸結到這一幕吧。在這之後也可以當作是葉藏的『怪物圖畫』故事來讀。我想這本書對太宰治來說，就是他的『怪物圖畫』吧。」

我探頭看了一眼影島的文庫本，幾乎所有地方都用紅筆藍筆畫了線。我讀的《人間失格》也很像，但不想被覺得我在模仿他，所以沒說出口。

「也畫太多線了吧，這樣根本看不出哪邊比較重要吧？」

影島聽了笑著說：「最近都只重點式地看畫線的地方。」

接著他又說：「接下來輪到永山你來畫出『怪物圖畫』了。」我無法確認他這話是認真還是在開玩笑，不過這話已經遠遠超越影島的意圖，打動了我的情感。

〈鋼琴師〉（Piano Man）的序曲響起，同時也疊上了影島的話。

「你記得《人間失格》後半出現的反義詞遊戲嗎？」

「說出相反意思的詞語那裡吧。」

「記得『罪』的反義詞是什麼嗎？」

「葉藏舉出杜斯妥也夫斯基的名字，認為罪與罰不是同義語，應該是反義詞。」

「但是文章後面又接著『……啊，我快想通了，等等，我還是不懂……』所以我想應該還有後續。後面接的是良子被強暴的那一幕。」

我第一次讀《人間失格》時，這一幕實在太淒慘，讓我讀不下去。我也想問問影島這個放在心裡很久的疑問。

「你覺得為什麼太宰那麼執著於處女性？」

影島本來要回答，但又把話吞了回去，用手指按著自己一邊眼睛，看似在深思。

在House時，我跟還是奧的影島曾經針對小說交換過許多意見。每次討論完後，即使是已經讀過的小說，我也一定會再重讀。這時一定會發現特別勾起我注意的場景。

「並不是為了隨便帶來衝擊而寫吧？我對這一點一直很好奇。」

我繼續追問。

「太宰，或者說大庭葉藏執著的，應該是剛好相反的事吧？」

影島說話時好像同時在一一確認自己的字句。

「相反？」

假如直接解釋影島這句話，那就表示葉藏執著的是處女性的相反？

「我不確定這其中包不包含自己，但太宰應該已經發現執著於處女性的人的脆弱了吧？正因為那是一種被粗暴區分的存在，他才這麼執著吧。所以葉藏會痛苦。另外，他自己也想到杜斯妥也夫斯基眼中罪與罰並非同義而是反義這個假設，這讓葉藏的痛苦失去了歸屬，走投無路。」

影島望著前方說著。

「因為無法逃往罰的方向。」

雖然話題有點混亂，但我好像能懂。

「罪的反義是背負罪的存在。例如基督。配不上稱人的人、失格的人。我們知道的小葉……是個像神一樣的好孩子。不，這才是單純的文字遊戲吧。」

影島靜靜說著。

我有沒有跟影島說過自己小時候的事？

「小時候在幼兒園的畢業典禮吧，總之是學校的最後一天，得在大家面前發表自己對未來的夢。」

「好像有過這種節目。那永山你說了什麼？」

「練習的時候我充滿自信地說將來想當牧師，可是到了當天，我忽然對於得就此確定自己將來這件事覺得害怕，當時一心相信，自己一定可以成為想要成為的人，所以開始不安，真的可以這樣隨便就決定嗎？最後我說了兩個職業，想當牧師跟工匠。」

「選一個！」

影島說著也笑了。

「就是決定不了啊。我外公是虔誠的基督徒，受到他的影響我確實很嚮往當牧師，但是約瑟這個人又一直在我心裡揮之不去。」

「也對。因為有耶穌跟瑪利亞，更加突顯出身為凡人的養父約瑟，而且他還是個工匠。」

影島肯定了我的主張。

「就是啊。」

「但小葉的父親並不是約瑟。你想說的是這個吧？」

影島說出了令我意外的一句話。

「不，我沒有想這麼多。我也不知道約瑟的為人如何。」

「我也不知道自己在講什麼了。這真的是最後一杯了。」

說著，影島又點了一杯酒，我也要了一杯一樣的。

「連自己將來夢想都無法決定的永山啊，我能不能問你一個更難回答的問題？」

「什麼？」

「假如有前世，你覺得你的前世是做什麼的？」

「這真的很難回答。」

聽到我這樣說，影島很有共鳴地笑了。

「每次喝酒時講到這個話題，我完全答不出來，一起喝酒的前輩會有點生氣，要我不管說什麼都好，總之給個答案，但儘管如此我還是只能道歉：『抱歉，請讓我回去好好想想』。」

「你也隨便掰個答案啊。」

人在遠處的店主笑聲響起。

影島的身影徹底融入空氣凝滯的酒吧裡。隨著時間流逝，他的語氣也越來越沉穩。

「最近那些經常看到的平凡的風景，不知道為什麼總覺得特別美。例如感冒在家躺了三天左右，終於外出時看到的景色會覺得特別鮮明，季節變換時會喚起遙遠的記憶，感覺風景的質量變得更厚重，偶爾會有這種時候。」

「我懂。在美術館看畫看很久之後，來到外面處在看慣的景色中，眼前看到的明明是跟平時一樣的風景，但是卻異常的清晰，看在眼裡就好像奇蹟一樣。」

「可能是因為暫時借用了藝術家的眼睛吧。不受限於原有的認知，經由看過世界的藝術家眼睛來看風景，才會看到跟日常不同的狀態吧。」

「也對。所以說那種狀態慢性在持續？」

「大概吧。當我想到這種可能的時候，又覺得那會不會是死者的眼睛。」

「死者的眼睛？」

「我在想，假如一個已經死過一次、再也不能看到這世界風景的人，又有機會再看一次這個世界的景色，他眼中會看到什麼樣的風景呢？」

「可能會有種好像移民到其他星球後再回老家的鄉愁。」

「沒錯，跟鄉愁很接近。這到底該怎麼形容呢？對於『活著』的現在，感到濃烈的鄉愁。這跟身處於戀愛當中，或者沉浸在感傷中的情緒都不一樣。」

「大概是還不習慣活著的人的眼睛吧。」

「假如是初生的眼睛，那還會對看見的對象感到恐懼，不過這當中好像沒有那種成分。」

「死者的眼睛這幾個字看起來好可怕。」

「我還想不到其他的形容。」

「快點想想吧。」

「嗯，所以我最近經常覺得，『現在』真的非常珍貴。因為可以忘記其他的時間。可能就連自己在過去時間中感受到什麼都會忘記。這讓我覺得害怕得要命也開心得要命。我終於發現自己處在『現在』這段時間中是很自在的。自言自語講這麼長時間廢話很簡單，但是要懷疑自己眼前所見也真的很難。」

「至少我不會問『你腦子沒問題吧？』你放心。」

「你有稍微說了一點吧？」

「就像是感受到自己會有被別人瞧不起的危險一樣，我只是覺得這個人的人生裡必須要有這種醜惡的瞬間而已。」

「謝謝。」

「哪裡。」

「記憶和敘述中的一秒都不是一秒。一秒鐘的事無法在一秒鐘想像。一秒遠比一秒更加龐大。要重現那一秒，得花上莫大的勞力。」

「還有現實中幾乎不可能的費用。」

「現在這個瞬間也度過了這樣的一秒，就是跟我們最接近的奇蹟。」

「的確。另外在眺望夜空的時候，跟其他星星相比只有月亮顯得格外大，但是因為大家太常看也都習慣了，這也是一種奇蹟吧。」

「對吔。哇，真的呢。好開心啊。」

「開心什麼？」

「開心可以一起講這些。現在我心裡是高舉雙手在開心吶喊的狀態。」

「有這麼高興？」

「那當然啊。最近我走在外面，有時候會自然地想要跳舞。青春期對跳舞那麼抗拒，可能是一種對本能的恐懼吧。跳舞不是誰發明出來的東西，而是放著不去管也會自然出現的現象。」

「因為被歸類為可能不會跳舞的人，所以對於自己跳舞這件事感覺到不同於單純跳舞的意義，才會抗拒吧。我自己就還很抗拒跳舞。」

「真沒用。如果現在在外面，我早就跳起來了。」

「怎麼說得這麼得意。」

「現在沒有其他客人，想跳舞的話隨時請便。」

店主微笑地這麼說時，坐在椅子上的影島上半身已經開始出現奇妙的律動。他表情認真地不斷跳著，我不知該拿他怎麼辦，只能這樣看著他。影島一邊跳，一邊發出不成字的叫聲。「不要出聲啦。」我這樣提醒他後影島不再大叫，可是直到曲子結束他都沒有停止舞動。醉意漸濃，眼前視野開始旋轉。我沒有留下聯絡方式，對他說了聲：「下次這裡再見吧。」先離開了店裡。夜空鮮明浮現眼前。那一瞬間，我覺得自己好像用影島的眼睛在窺探著這個世界。

跟影島喝完酒的隔天，睜開眼睛時還留有幾分醉意。在洗臉台洗了臉，看著自己映在鏡中紅通通的臉，試著回想昨夜的片段，不過都這種時候了，我竟然還在擔心自己有沒有對影島說什麼不該說的話，真是沒用。

今天計畫下午開始工作，但隨著時間的經過我頭痛和暈眩越來越嚴重。昨天喝的酒好像完全沒消化，還留在胃袋裡。突然一陣噁心，我衝進廁所，覺得胃裡的東西正一口氣要從喉嚨深處噴出來。我急忙蹲在馬桶前吐，吐完之後胃附近好像還是有東西湧上。我想乾脆吐個乾淨。兩耳深處迴響著自己粗喘的呼吸聲。

抬頭看天花板，感到一陣強烈的暈眩。閉上眼睛，眼皮裡爬著好幾隻白色蚯蚓般的物體。腦袋一片朦朧。腦袋在作嘔感牽引之下垂在馬桶上。

嘔吐的量遠遠多於昨晚喝的酒量。真想乾脆連內臟也一起吐出來清洗一番。血沖腦門。我背靠在廁所牆上，盤腿坐著，等待噁心的感覺再次出現。

聽到大樓鄰居彈鋼琴的聲音，斷斷續續的樂音勉強成調。彈了一陣子又回到最初，不斷重複練習同一個地方，可以聽出是小孩子在彈。從更遠的地方傳來拍打棉被的聲音。不知道影島去看牙醫了沒有？

抬起沉重的步伐，搖搖晃晃走到浴室。脫掉衣服扭開蓮蓬頭，用還沒變熱的冷水沖濕頭，直接沖遍全身。我小心跨過浴室門檻怕自己跌倒，隨便用浴巾擦了擦身體。正要穿上內褲，但不知道腳要往哪裡踩，一直維持單腳站立狀態的自己實在有點好笑。好不容易跨進褲管，再穿上有明顯摺疊痕跡的T恤。覺得現在的自己就像無法一個人生活的小孩子一樣。

感覺身體變熱，我打開房間窗戶，涼風吹進房間裡。在杯子裡倒了水喝下，喉嚨深處有股灼燒般的熱燙。我喝下水想冷卻這股熱度，不過每當水通過，喉嚨就會痛。看了看手機，姐姐傳來好幾張令人懷念的老照片。

這些透過郵件傳來的舊照片是在父親獨居的沖繩老家發現的。據說母親會定期寄照片到父親老家，報告家人在大阪生活的樣子，裡面有很多照片我還是第一次看到。

母親扶著還不到一歲的我，泡在嬰兒用的小浴盆裡。兩個姐姐中的大姐好奇地在旁邊盯著這個弟弟，而二姐對弟弟卻沒什麼興趣，視線直對著相機。不過這張照片也只截取了短短的一瞬間。

在知道這個道理的前提下，我繼續看著其他照片，看到小時候的自己竟然笑得那麼平凡，讓我感到困惑。照片上那張臉天真無邪，要是被認識現在的我的人看到這種笑臉，我一定會難為情到面紅耳赤。我想，自己所能掌握的記憶其實只是極小的一部分，即使是一模一樣的人生，也會因為連接不同的點跟點之間，可能變成充滿喜悅的故事，或者灰暗慘澹的故事。總覺得好像可以連起什麼，可是眼前的一切也開始模糊，腦袋混沌，我放棄繼續思考，倒回床上。遲鈍的思考漸漸在眉頭附近膨脹，抗拒著睡眠，但我用力閉上眼睛，終於揮散這些思考，進入睡眠中。

再次睜開眼睛時不知道是早上還是晚上。從床上起身時感覺內臟還殘留著一些疲勞，不過腳步已經比較穩定，不僅如此，眼睛還特別清明。身體告訴我它現在的亢奮。是因為影島的話語滲透到我身體中的關係嗎？我把累積的稿子攤在桌上，從開始到中間又讀了一次，還是無法遏抑興奮的心情，打開電腦，我用新的文字從頭開始書寫。

時間不斷流逝，我一直維持著高度專注。我覺得話語跟自己的距離時近時遠。留下字句的同時，開始無法抑制想畫畫的衝動。一提筆作畫，字句又開始蠢動，無法讓它們等太久。

也不知道這樣的時間持續了多久。我覺得手有點痙攣，指頭無法動彈。停下手邊的作業，這才感覺到緊繃的肌肉漸漸放鬆。我不捨得浪費時間，點了外賣，大口扒著送來的咖哩。很久沒有打開電視，畫面中一瞬間映出影島大大的臉部特寫。播報演藝新聞的節目已經進入下一個話題，但我卻感到一陣未能平息的心慌。

深呼吸了一口氣後，我打開網路新聞。影島的名字立刻出現在畫面上，看來果然出事了。我怯生生地用手指點開畫面。

「喪失理智的影島，竟橫刀奪愛」，報導的標題具有強烈的既視感。

最近媒體經常報導一對十多歲的明星情侶，這次新聞的主角就是這對情侶中的女方，新聞內文提及影島被八卦雜誌拍到他跟這名女性私下幽會。

我們在下北澤酒吧見面時，影島應該已經知道這件事會被爆出來。

「再說，麻煩的還在後頭呢。」

當時輕聲這麼說的影島聲音，在我腦中重播。

這應該會是不小的麻煩吧。光是瀏覽網路新聞的內容，就已經看到好幾篇出刊，八卦新聞也都爭相報導，不過我也有點安心，看來頂多也就這個程度吧。

這種問題就算知道大致事件概要，如果不是當事人也無從知道真相。大家只是在擅自推論，然後其中可能有某個最合適的意見被採用，編造出一套故事而已。我會這樣想是不是太偏袒影島了？

比方說，影島可能只是被人家騙了。例如一個在工作上有煩惱的女孩在熟人介紹下想找他商量。一開始他應該有所警戒吧，不過他也許會對自己堅持拉起跟對方的警戒線感到難為情。實際上跟這個女明星見面之後，她可能告訴影島男友幾乎每天對她暴力相向，影島應該會建議她分手。女人說她很想逃開男友身邊，但這麼一來就等於背叛了支持他們的人，也擔心會因此失去工作機會。媒體上的介紹跟現實實在差異太大，女人可能告訴他，不希望這些差異被公諸於世。假如分手一事被媒體爆出來，男方很有可能為了保身開始單獨上綜藝節目赤裸裸地談論兩人之間的事，把女方說成壞人。聽了這些，影島或許會對眼前以不同於凝重內容的溫度不斷說謊的她感興趣，想更深入了解這個人。任何人都很容易有這類幻想，不至於因為這樣就被論罪吧？

我一邊回憶影島的話語，一邊埋頭於創作。跟三年前的製作概念和要處理的記憶都一樣，但產出的內容卻截然不同。

我把重寫的原稿寄給編輯，對方覺得很有趣，呈現出跟以前不太一樣的反應，也對稿子提出了一些疑問和批評。每一項我都親自驗證，不斷重複著修正過程。

原本就不多的會議或聚餐現在我一律拒絕，過著不跟任何人見面的日子。我跟香澄也沒見面。連載用的稿子我提前完成，把剩下的所有時間都花在寫書上。

我連自己泡咖啡的時間都覺得可惜，一整天只來回於自家桌前跟附近的自動販賣機。取出口蓋子碰觸到手背的熱度提醒我夏天的到來，對了，我想起清晨時蟬隻似乎說好了一樣，同時開始發出鳴聲。

跟住在同一棟大樓的小學生一起搭電梯時，我低著頭不想讓人看到自己沒剃乾淨的鬍鬚。

汗水會自然滲濕T恤的季節已經過了，秋天準時地到來。

跟影島見面之後，起初沒留下太深刻印象的話，會在某些瞬間忽然浮現在心中，成為強烈的影像。

「凡人A的刑期也太久了吧。」

當時我對穿梭在音樂的縫隙間，傳入耳中的聲音有所反應，附和著影島笑了，不過每當回想起那個夜晚，這句話的重量就會漸漸增加。

我並不覺得自己在服刑，或許在自己也沒發現的狀況下，用類似的心境在過日子吧。就好像背負在身上的罪在背上融化、滲入皮膚，然後吸收到體內。假如我不再背負那些罪，假如我能意識到自己就是這些罪本身，我就不再需要懼怕任何事。

就像酒徒口中的「最後一杯」一樣，我做了多次最後確認，終於到了必須交出原稿的時候。幾經猶豫，定下了《蛻變》這個標題。

很久沒有自己泡咖啡喝了。我稍微休息，打開網路新聞。影島的報導莫名被炒得很熱。我帶著不可思議的心情，一篇一篇讀起報導。跟影島傳出緋聞的女明星跟男友分手後出現在電視上的次數銳減，男友單獨受邀參加節目，對背叛自己的前女友表示理解，這些發言引起觀眾共鳴。同時他也對影島表現出近似挑釁的嚴苛態度。

跟影島傳出緋聞的女星對於自己社群媒體接收到的批判做出過剩的對抗，引來更多的批判。這些批判越演越烈，甚至把她國中畢業紀念冊和現在的照片拿出來比較，驗證她哪些部位整過形，八卦雜誌上還刊載了只有過去跟她有過親密關係的人才可能有的照片。儘管有人覺得這麼做太過火，對這場異常的騷動感到擔憂，不過這些聲音也很快就被多數派「她的工作性質就是這樣吧？」的意見給淹沒。

對她的批判越高，追究影島責任的聲浪也隨之膨脹到難以遏止的地步。一有報導表示他同時與多名女性來往，馬上就會刺激出其他反應，有人會自稱也跟他交往過，或者表示影島對自己糾纏不休、強硬要求發生關係等等。還出現了一名全身刺青，自稱是影島後輩的前藝人，面對攝影機栩栩如生地傾訴自己如何受到影島的暴力和欺凌。

影島對這一連串報導始終保持沉默，圍觀群眾大可自由想像任何故事情節，卻對這可能成為某個人的宣傳視而不見，外界之所以想建構出足以對影島和她問罪的故事，確實多多少少也受到他最近言行的影響。有人要求影島應該出面召開道歉記者會，但我個人並不想看。我只覺得影島提供出自己的身體，成為高舉正義旗幟的集團想教訓某個人的道具。

夠了。

我不自覺地這麼自言自語。

像影島這種會把事物思考得很複雜的人很難獲得共鳴。影島是個笨拙、做什麼事都無法順心如意的人。大家會揶揄這種人，說他們老是自我陶醉、愛裝腔作勢，老是得意忘形地說些陳腔濫調的老套句子。對於使用這種常套句卻毫不覺得難為情的人，很難讓他們了解影島不合常理的思考。不思考這些也能開開心心過活，所以很多人並不需要這種思考。

影島並不認為自己的想法有多特別或者是唯一解答，但這件事或許也很難讓旁人了解。就連他無意把自己想法強加給別人的心情，都很難表達。

因為這個社會普遍認為，一個個性陰暗的人放棄了溝通，活在周圍的人寬容對待之下。但到底什麼是「個性陰暗」？這種想法可能也會受到批判，認為是以淺薄的見解來區分、論斷他人吧。

當時是什麼樣的狀況，這些人物有著什麼樣的背景，在什麼樣的心境下有這些言行等等，大家都太過忙碌，沒有空閒去驗證。也不可能去考慮那會是什麼場合、什麼狀況。大家總是很容易被「畢竟其他人都好好的」這個解釋說服。就算因為貧窮、沒能接受良好的教育，被人暴力相向，但依然有人會說：「但還是有很多人能正經過日子吧？所以歸根究柢都是看自己願不願意努力。」說這些話的人到底怎麼搞的？奧曾經說過的這些話，好像附身在我身上，不斷在我腦中盤旋。

昨天晚上開始讀的書，我在早上看完了。伸個懶腰，放鬆一下僵硬的身體。窗外漸漸染上顏色的街景，看起來好像跟去年的景色不太一樣。喝完自己泡的咖啡，我這才想到要檢查郵件，打開信箱，收到編輯正式確定要出版的聯絡。喜悅和不安在我身體裡交錯，靜靜擴散到整個房間。

當天下午，我看到跟影島傳出緋聞的女明星自殺的消息。才十九歲的她在筆記本裡留下以「我對不起社會大眾，決定以死謝罪」開頭的凌亂字跡。

幾天前，記者湧入她老家，那些堵不到女兒轉而從母親口裡引出道歉話語的八卦節目，這次又開始強烈撻伐在社群網站上伸張正義、將她逼上自殺之路的網民。

假如除了「想引起別人的興趣」之外沒有其他主體，這或許是正確的態度，但看在我眼裡，那些人就像是永遠也無法理解的生物。

這是最糟的結局。沒有人能救她。我覺得心情很糟，但是對於這件事我也不曾說過什麼。我只是靜靜替影島和她加油，一個單純的旁觀者，或許也等於其中一個加害者吧。被社會風氣所左右這種行為本身，就是在助長所謂的社會風氣。

但另一方面，我也徹底輕蔑那些批判女明星將她逼上死路的人。要覺得明星都靠自己吃飯那是個人自由，可是靠自己吃飯的人一失敗就該肆無忌憚地被痛罵？這邏輯怎麼想都很奇怪。大家應該要意識到，直接咒罵本人這種行為，不僅會傷害這個人的工作，更會傷害對方的生命。

大家應該知道，咒罵換取的不是某個人的收入，而是人的生命。所以那只是單純的暴力。而正義又是什麼呢？

假如投書到某個合適的平台發表意見那還另當別論。當然，我並不是想肯定這種行為。只是能勉強理解，大概有人會喜歡這麼做。

接受人生中存在無法讓自己隨心所欲的事這個事實，是一種怠慢嗎？戀愛和夢想，其實多半都是這樣吧。我的疑問是，假如有這麼多的熱情或者衝勁，為什麼現在還待在這裡？為什麼不上前拿起麥克風？這種攻擊時有所保留的態度不可能打動人心。想要輕輕鬆鬆擁有力量，不也是一種怠慢嗎？

3

距離影島消聲匿跡已經過了一年。

我數次造訪跟影島重逢的那間下北澤酒吧，但從沒能見到影島。

店主說，影島跟我喝到清晨那天之後，又過了幾天他一個人來過店裡。離開前他在店裡回顧了一下過去的記憶，當時店主就感覺到，這可能是他最後一次出現。

由於完全沒有任何目擊到影島出現的消息，大家紛紛謠傳他可能已經死了。許多人都深受女明星自殺這個悲慘事件打擊，有好一段時間，大家紛紛批評攻擊特定人物的行為，但是等到當時跟明星在社群網站上直接交鋒的人身分開始被揭露，又有一批人出現，主張應該追究這些人將明星逼上絕路的責任。

到頭來只是攻守互換而已，今後大概還是會持續類似的循環吧。話雖如此，我也沒有想到什麼解決方法。

包含我自己在內，我們其實都很不擅長當個人吧。自從影島失蹤後，「我身為一個人，作為是不是太過笨拙？」這個疑問就始終沒有離開我腦中。

就說今年春天付梓的《蛻變》吧，其實也就是回顧自己過往人生，然後公然宣稱自己不擅長當個人。

《蛻變》獲得部分讀者的好評，當然也有人批評。雖然沒有賣得特別好，但我現在也覺得銷量好像沒什麼要緊。這本書讓我拿到了散文類新人獎。報上刊出消息的隔天，收到許多朋友的郵件。過去從來沒發生過這種事，我很開心。

「永山，恭喜你！我覺得就像自己得獎一樣開心！」我打開森本寄來的郵件，但最後不自覺地說出「所以你誰啊？」

跟幾年前影島發表小說時的轟動相比，這或許只是十分微小的波動，可是對我來說已經是很了不得的非日常了。不過只要有影島這個人的存在，我就不會貿然被這種波動吞噬。

在這樣的時期，大阪的母親久違地來電，說是打算在父親現居的沖繩村裡替我祝賀。母親說到時她會去沖繩，所以我也決定過去。不知道有多久沒有同時見到父母親兩個人了。

準備長期旅行的行李時，我看到塞進敞開行李箱中的大量小說時忍不住苦笑。因為這讓我想起每次從旅途回來時，總會把連一半都沒看完的小說放回書架上。我把所有小說都拿出來，只留一本文庫本放進包包。這時我想起，應該有還沒聽過的CD。那是香澄第一張自己獨立發行的專輯。封面上不知誰的手寫字跡，寫著「空閒」。為了聽這個我還挖出了舊CD隨身聽，一起放進行李箱。

我搭進從那霸機場前往名護的公車。空氣暖得不像是十月，但喉嚨深處還記得沖繩的十月本就如此。我告訴父親自己會比母親早兩天到沖繩，他對我說：「你來這裡也沒什麼好玩的，先在那霸玩玩再過來吧。」

本來計畫住在父親在名護的老家，沒想到會被他拒絕。我在那霸沒有熟人，所以沒聽父親的。決定在名護的飯店住一晚，隔天去找他。

我想起幾年前我因為工作住在那霸時，他也曾經對我說：「那霸很遠，我就不去了，你如果來名護再告訴我。」並沒有來見我。

我在電話上從大我三歲的二姐口中聽說了父親從大阪回沖繩的理由。她平靜地說起當時的事，我聽著那聲音，心裡覺得這樣的姐姐有點奇怪。

「大半夜的，家裡電話響了，我想說這種時間會有誰打來，一接之下原來是警察，說是爸滿身是血地倒在公園裡，被警方帶回去。我心想如果他受傷了那最好開車去接他，急著換衣服出門，這時警察又打了電話來，說爸跑著逃出警局！拜託我在家裡等！我想說他竟然還能跑？不是流血了嗎？總之還是很擔心，在家門前等他。後來警察也到家裡來了，我跟警察一起等了一會兒。結果他臉上沾滿血跡很正常地走回來，我跟警察都忍不住爆笑。爸聽見我們的笑聲抬起頭來，你猜他說什麼？他問，是不是妳把住址告訴警察的？拜託，你給警察看的駕照上就有住址了啊！」

我一邊附和著姐姐，靜靜聽著她說。

「當時我應該跟媽說的，但又覺得可憐，就沒告訴她，後來想想好像不該瞞她。」姐姐繼續用那聽起來一點也不像後悔的語氣往下說。我從小就很喜歡聽這些家裡的故事。

前往名護的公車一路順利北上。

小時候坐著父親駕駛的親戚家車前往名護時，我通常都會在後座睡著，路上太過顛簸時，我會睜開眼睛確認窗外的景色。祖母家離海很近，所以如果還沒看見海我就會繼續睡，看見比那霸街景更深濃的綠意，我總是能睡得很安心。

公車繼續往北前進。

父親曾經跟二姐大吵一架，打了姐姐的臉讓她眼睛附近黑了一圈。母親建議姐姐請假別去上學，但姐姐說：「我要去讓大家看看我爸有多爛！」跟平時一樣去上學。姐姐從小就勇猛十足。

「真沒想到都要四十了，還會被爸爸打。」

姐姐說的這個事件，才是父親離開大阪回到沖繩的最大原因。

「有一天媽上夜班不在家，他在公園喝酒。後來喝醉了，最後坐在家門前喝酒被警察帶走，他可能覺得自己只是在一個能吹風的地方舒服地喝酒，不明白警察為什麼要把他帶走，所以大鬧了一場。我開車去警署接他，一進去就聽見大聲叫喊的聲音，馬上有不好的預感，果然是老爸，大概有五個警察一直在安撫，要他冷靜下來，我真的覺得很丟臉，整張臉都紅透了。當時我對他說：『你夠了！』他突然打了我。我是去接他的吔，他憑什麼打我？早知道還不如讓他被警察逮捕。但是我想到不能給用本名工作的弟弟添麻煩，跟警察道歉了好幾次。隔天我還帶了點心去道歉，所以你不用擔心啦。我一想到還得幫這個打我的人低頭道歉，就不甘心到想哭，但是想想又覺得，為什麼要為了這種人掉眼淚，硬是忍下來。」

知道這件事跟我也有關，讓我覺得很抱歉。

「不只這樣，他還跟個小孩子似的，硬要那個看到他在家門前喝酒時最先上前詢問的警察跟他道歉，否則不肯走，真是丟臉死了。電視上那種警察特別節目裡出現的醉漢都還有點可愛，跟他比起來真是好太多了。警察大概是給我面子，跟他道了歉，我覺得怎麼可以這樣，跟警察說請不要這樣、請抬起頭來，他聽了又激動起來，根本腦子有問題！回家路上他一直在車子前座碎碎唸，說我只是覺得風很舒服所以在那邊喝酒而已，為什麼要把我抓進去關，好像受到了驚嚇。我越聽越氣，告訴他我用水把他棉被澆濕了，他聽了笑起來，我聽他笑自己也笑了起來。」

告訴我這些的姐姐也正在笑。

因為是血親，就算聽到幾分鐘前毆打自己的人說話還是笑得出來，這確實很不可思議，但也有點想念這種感覺。我腦中浮現姐姐眼睛旁黑了一圈的臉。

車窗外甘蔗田的風景連接到遙遠的記憶。

「這個可以吃嗎？」

「這是大家的，可以。」

把車停在兩邊都是甘蔗田的路邊，父親大大方方拔起一根甘蔗，老練地削皮啃了起來。「你也試試。」我用臼齒啃下他遞過來的甘蔗，先聞到植物的香氣，之後是一陣甘甜。我看到在相隔一段距離的地方小便的父親背影。

大阪老家是四戶相連的新式住宅邊間，隔著還是泥地、沒有鋪上水泥的腳踏車停放場，隔壁蓋起了一間獨棟房子。

「不可以對隔壁牆壁尿尿喔。」

母親對還是小學生的我這麼說。

鄰居好像來抱怨，說我在面對腳踏車停放場那面牆上小便。

「我沒有啊。」

聽到我這麼說，母親特意去隔壁告訴他們，不是我家孩子做的。

父親回家後在浴室洗腳，邊喝啤酒邊看棒球轉播。那是一台側面是橘色的舊電視。

「今天隔壁的人來罵媽媽，說我在停腳踏車那邊……」

「聲音轉大一點。」

父親眼睛還盯著電視這麼說。我聽了馬上扭著電視旋鈕調節音量。是不是因為我開始說話所以他聽不清楚轉播？

「隔壁的人以為我在他們牆壁上尿尿。」

明知道會吵到他，我還是把話說完了，但父親聽了並沒有反應。

「我覺得應該是野狗吧。」

母親從廚房拿出超市海鮮區買回來的花枝生魚片，放在桌上這麼說著。

這時父親說：「是我啦。」

「你為什麼要這樣？喝醉了嗎？」

母親問他理由。

「在外面尿比較爽啊，我還特地走到外面去尿。」

「人家會以為是小孩子尿的，你不要再這樣了！」

「反正地上都是土啊。」

兩個人的對話宛如平行線，不過彼此好像都能接受對方的說法。其實不說也不會怎麼樣，可是母親還是正式去隔壁道了歉。

坐在搖搖晃晃的公車上，我不知不覺睡著了。看看時間，應該已經到名護了，路上好像有點塞。

大概是小時候容易暈車的後遺症，直到現在我還是一搭車馬上就想睡。足球隊遠征時要到外地，也因為暈車還沒緩過來，沒能參加第一場比賽。

父親有一次開車送我們。其他人家裡都開適合遠征的廂型車，但父親的車是豐田的

MARK II。因為轎車很少見，朋友都爭先恐後想搭這輛車。我希望搭其他車，想在朋友父親開的車後座睡覺，但偏偏這一天怎麼都睡不著，一直擔心父親會不會多說什麼不該說的話，始終坐立不安。

「你爸開車超快的吔！」

到達比賽會場，搭父親車的朋友開心極了。

悶在車裡的熱氣再次將我拉入夢鄉。

「上次永山他爸到公園來，超屌的！」

朋友的聲音在耳邊清晰重現。

朋友們聚集在附近公園踢足球。我當時不在。父親在公園入口拿著啤酒看大家比賽，朋友們交頭接耳道：「永山他爸喝醉了，不要看他。」父親喝完啤酒後走進公園，大喊一聲「集合！」強迫大家暫停足球比賽，聚集在公園的砂場。

「你們知道花牌嗎？」

父親一邊用砂堆出一個四方形台子一邊問，聽到大家說不知道，父親先讓大家看了牌上的圖案記住名字，然後仔細講解玩法。

「你們身上有多少錢？」

父親問朋友們身上帶了多少錢，然後命令他們去便利商店把錢換成十圓硬幣。
「永山你爸一個人全贏吔，不過最後有把錢還我們啦。」
「對不起啊。」
「但是很好玩吔。」
父親可能很喜歡跟小孩子玩吧。
公車到達名護總站。我下了公車把行李放在地面，有一瞬間不知道接下來該幹什麼好。天色漸暗，風也有點涼。我準備在飯店過一晚，明天去見父親。
我在飯店大廳等計程車。站在陰暗入口，外面照進來的光線無比眩目。計程車停在飯店前，我拿著行李走出去，司機替我開了車後行李箱。是個帶著黝黑笑臉、令人印象深刻的老人。
告知去處後車子開始行駛。
「你是永山先生的兒子吧？」
司機這麼對我說，我很驚訝他為什麼知道。
「對，您怎麼知道？」

「哎呀呀，長得一模一樣啊。你是作家對嗎？」

三天後即將在公民館舉辦慶祝活動，當地人可能已經知道了。

「你父親跟我是同學呢。醫生叫你爸不能再喝酒了對吧。」

「好像說他再喝下去就會沒命。」

「對啊，就是啊。」

父親嗜酒如命，長年來每天晚上都喝到不醉不休，搞壞了肝臟。他一直堅持不去看醫生，在母親的說服下好不容易去醫院接受檢查。醫生嚴格要求他一個月不能碰酒，他一個月後再次到醫院回診，看到檢查後的數值，醫生偏著頭，沉默深思後問他：「伯伯，你最近應該沒有喝酒吧？」父親回答醫生：「我有。」聽說之後他有稍微節制酒量。

「這件事大家都知道，如果在酒館看到你爸，就會開車把他載回村子裡。」

「啊？所以他還繼續喝？」

「嗯，我也載過他三次吧。」

司機很擔心地喃喃說道。

「真的很抱歉，車錢我還給您吧。」

「不用啦，是我自己願意載他的，你不用介意。」

說著，司機笑了。

「這樣說實在很不好意思，不過以後如果看見還要再麻煩您載他回家。」

「不能叫他別喝了嗎？最近無酒精啤酒也挺好喝的啊。」

「我試試看。」

右手邊可以看見海。

小時候祖母曾經帶我來游泳，眼前這片風景看來很熟悉。祖父長眠的祖墳也能看見這片海，不過風景已經跟以前大大不同。

右手邊的海變成河，橋的對面可以看到一座小神社。隔著一條馬路的橋另一邊，就是父親現在居住的村子。

計程車停在三天後的宴會會場公民館前。公民館旁邊的商店徒留招牌，看起來已經停止營業。

小時候父親曾經要我到商店來買啤酒。店裡的大叔面露狐疑的表情問我：「這啤酒是誰要喝的？」我覺得很奇怪，他竟然會懷疑是我要喝，回答他：「我爸。」大叔說出父親的名字後對我說：「你們長得真像。」

面對公民館的公園有一座小鐘，到了除夕夜附近的人都會來敲鐘，還有一座槌球場。長大後看這一切都覺得好小，不過好像也因為如此變得密度更濃。

很快就走到父親家附近。我沒告訴他幾點會到，忽然有點擔心該不該這樣突然跑過來，不過都已經看到門口的名牌了，我敲了敲玄關的門。

敲了幾次都沒反應，我從面對庭院的窗戶往屋裡望。看到一頭白髮的父親閉眼坐在佛壇前的椅子上。從父親左手往左手邊庭院延伸有條看似繩索的東西搖晃著，陽光照到的地方隨之變化發著光。從我站的地方看不見那條繩索繫著什麼。

敲了敲窗戶，父親先是眼睛一張一閉，彷彿在舒展那張緊繃的臉，然後才終於睜開眼睛。我總覺得好像不該看到這一切，將視線移向院子裡的土和停車場的鐵鏽上。再將視線拉回房間時，父親正慢慢抬起頭來看著正面的庭院，像在確認狀況。一看到我，他花了一點時間站起來，把手上的繩索掛在椅子上。

「是今天啊？」

打開玄關門的父親臉頰瘦削，但肉卻還扎扎實實留在肚子上。父親身上穿著在大阪工作時會穿去現場的工作服。

「你在工作？」

「什麼意思？」

他好像不知道我為什麼這麼問。

「看你穿工作服啊。」

「穿這個最舒服。」

父親大聲這麼說。

我想起幾年前回大阪老家時，半夜十二點聽到父親房間傳出電視聲，敲了門後打開一看，看到父親穿著工作服躺在棉被上。問他為什麼要穿工作服，他回答：「明天要很早去工地，這樣一醒來就可以直接出門。」

椅子上放著一塊有父親屁股凹陷形狀的坐墊。他又坐回椅子上，摸著自己肚子：

「你看看，我快死了。真沒用。」

「那什麼？」

「肚子裡都是水。」

父親低頭盯著自己肚子看。

「那就把水抽出來、把肉割掉啊？」

「哦，也對。我倒沒想過。下次問問看。」

剛剛從窗外沒看見，現在才知道父親身邊放著罐裝啤酒。

「那條繩子是幹麼用的？」

「喔，這個啊！我想逮那些在田裡作怪的鳥，設了陷阱。」

說著，父親拿起繩索、伸直了脊背，像是要看清繩子的另一端。

窗外設置了一個一拉繩索籠子就會落下的單純陷阱。

看到我靠近窗戶，父親輕輕叫了一聲：「等一下！」

「有野貓來了，大概是要吃鳥吧？」

我回頭看父親，他一臉認真地看著窗外。

「啊？那太可憐了吧。」

「不要緊，在籠子裡呢。」

父親無言地守護著籠子裡的鳥跟野貓，接著他小聲說了一句：「不行，貓走了。」

從佛壇抽屜拿出幾顆小石頭，打開窗戶，一邊對籠子裡的鳥丟石頭，一邊走到院子裡，打開籠子給這些鳥忠告：「別再來了，會被貓吃掉的。」父親望著飛上天空的鳥，說著：「我看那傢伙一定會再來。」

「這是專門用來趕鳥用的石頭？」

「不只這樣。」

窗戶射進來的陽光照得父親皺紋更加明顯。父親大大方方喝起罐裝啤酒。看來他並沒有偷偷摸摸喝。喝乾最後一滴後右手捏扁罐子的動作，讓我想起年輕時的父親。

母親值夜班不在家時，父親的存在感就會膨脹，家裡的空氣變得很特別。父親把廚餘裝進一個小袋子裡，對在畫畫的我說：「走，我們去神社。」拿起從玄關旁工具箱取出的鏟子和廚餘，自顧自地出發。我以前有好幾次找不到父親、被他忘在路邊的經驗，所以雖然不知道他要做什麼，我還是急忙穿上鞋跟在父親身後。走在前往神社路上的父親看起來格外開心。父親步寬極大，正常走路我險些跟不上，我拚命跟在後面走，有些地方還得用跑的，但還是擺出一臉正常走路的表情，無言地跟著。

來到神社，父親在大銀杏樹下用鏟子挖了個洞，把廚餘放進去，再把土蓋回去。

「這邊。」

我跟著父親來到距離銀杏有一段距離的地方。父親站在其他樹後抽起七星。仰頭看著父親口裡吐出來的白煙，他對我說：「好好盯著。」我又把視線拉回銀杏樹那邊，這時兩隻烏鴉飛到銀杏樹下。

「烏鴉來了。」

「喔。」

烏鴉翻起土，靈巧地用尖喙啄著廚餘。

「看吧。」

說著，父親吐著煙圈滿意地看著烏鴉。不知為什麼，我也帶著滿足的心情看著烏鴉。天空裡是一整片平時看來可能覺得害怕的夕照，我心想，真不希望聽到父親說「回家吧」。我帶著希望這個瞬間可以再延長一點的心情，看著父親和烏鴉。

當時的父親應該比現在的我更年輕吧？

「對了，我去一下河邊。」

年老的父親聲音也變得有點虛弱。

「去幹什麼？」

「我在河裡放了一張網子，抓到一隻大螃蟹，拿去陽二家，他說只有一隻煮不了火鍋，所以我又裝了一次網子。我去看看。」

說著，父親踩著涼鞋離開家。

本來是來看父親的，現在卻成了一個人。我把自己的行李拿上二樓，拿出文庫本隨便翻開來。

父親從河邊回來，說抓到一隻比早上更大的螃蟹。

「陽二也說這樣就可以下鍋。一隻不夠，兩隻就夠全家吃。」

父親還穿著工作服，從冰箱拿出一罐啤酒，安靜地開始喝。

忘記是幾年前了，大姐一家搬進新家，大家一起在外面吃飯慶祝她家喬遷，吃完飯後父親說：「我要先回去，把妳新家鑰匙給我。」姐姐有點擔心，但父親說：「剛剛去過，我知道妳家在哪裡。」

父親離開餐廳，姐姐上小學的女兒問了父親的事。外甥女看起來跟外公很親，我很好奇他們之間的關係。外甥女說：「外公真的很亂來吔。」母親和姐姐聽了都笑了。外甥女跟父親去公園時，父親指著攀爬架問她：「妳有沒有爬到最上面過？」外甥女回答：「沒有。」父親說：「妳如果爬到最上面，我就帶妳去超市，買妳愛吃的東西給妳。」外甥女雖然害怕還是試著挑戰。可是來到攀爬架最上面時，她一個腳滑摔到地上。差一點就要受重傷，幸好順利落地不至於太嚴重。父親眼睜睜看著這一切發生，卻一點也不擔心，只顧著自己捧腹大笑。

「外公一個人在旁邊爆笑，我就把他留在公園，一個人哭著回家了。」聽到外甥女這樣說，母親和姐姐又笑了。

因為擔心先回家的父親，我們速速結完帳後前往姐姐家。這時候距離父親一個人離開店裡已經過了將近一個小時。回到姐姐家，發現門沒關，但屋裡沒開燈。進了房間後在黑暗中覺得有動靜。有一瞬間，全家都感到一股緊張。姐姐打開燈後發現父親坐在客廳正中央喝著罐裝啤酒。

「我不知道怎麼開燈啊。烏漆抹黑的什麼都看不見，我可是靠毅力找到冰箱的！」當時父親在我眼裡就像一隻野獸一樣。

父親打開窗戶，坐在檐廊邊喝著罐裝啤酒。在這裡不會被任何人罵，可以安心吹風喝啤酒。我也從冰箱拿出一罐啤酒，拉開拉環。父親聽到聲音轉過頭來，說：「記得再補回去喔。」

我就這樣跟父親兩個人一直待到晚上。

「你沒訂飯店嗎？」

父親還坐在椅子上繼續喝啤酒。

「今天沒有。」

我也喝著啤酒。

「我不是說了這裡什麼都沒有，叫你去那霸玩嗎？」

祖母現在住在那霸的長照設施裡，父親一個人生活。

屋裡還有祖母住過的痕跡，像是貼在牆壁的大量孫兒親戚照片，裡面也有我的照片。房間裡的東西比祖母住的時候少，佛壇周圍整理得很整齊，祖父用過的三味線靠在佛壇旁的牆邊，顯得格外醒目。

「爸，我中學時你離家過一次吧？」

「嗯。」

父親很鎮定地回答我。

當時大姐上住家附近的高中，但是為了避免跟老是惹事的父親一起住，她特地從大阪市此花區的外公外婆家每天搭電車來回通學。在這樣的狀況下，母親跟姐姐們商量後決定請父親離開家。母親把這個結論告訴父親後，父親破口大罵：「給我一百萬我就走！」母親馬上領出存款，把一百萬圓交給父親。

父親開始在離我們家有三站距離的地方獨居，但短短三個月就把一百萬揮霍殆盡，再也生活不下去。

「你住的古川橋那間公寓景觀很不錯，夏天開著窗風吹進來，很舒服呢。」

「就是啊。」

父親的表情放鬆了下來。

「去看房子的時候公寓窗戶開著，風吹了進來，可以聽見外面樹上傳來鳥叫聲，我就決定要租下來。」

父親從以前就莫名喜歡鳥。

「但是開始住之後發現那些鳥叫聲吵死了。一大早就開始叫個不停，真是吵得不得了。」

「是八哥吧。」

有件事我以前就一直很好奇。

「那時候你在古川橋站前彈三味線嗎？」

「啊，我嗎？」

我朋友告訴我，看到父親坐在站前地上彈唱三味線。到頭來父親獨居時間不到半年就若無其事又回到家裡來。最叫人恨得牙癢癢的就是他只維持了幾天老實樣子。

我把祖母的棉被搬到二樓鋪好，但還沒有睡意。

父親洗好澡後，穿著一件大腿部分鬆鬆垮垮的衛生褲躺下。至少沒穿工作服睡，讓我稍微放心了點。

發現兒子從二樓下來，父親似乎若有所思。

我在廚房喝水，聽到父親的聲音但不是很清楚，走到他房間，看到父親盤腿坐在棉被上。

「這邊有不知道誰拿來的酒，要喝嗎？」

「都要睡了不是嗎？我喝水就好。」

「我明天早上起來要去山裡，差不多該睡了，但你要喝的話可以喝。」

「我也要睡了。你去山裡做什麼？」

「明天妳媽也要來，我先去山裡掃墓祭拜。」

父親一邊搔著背，一邊打呵欠。

「小時候我也跟奶奶還有你去過山裡一次，用鐮刀割草。」

「哦，你也去過啊？」

「去過。明天我也一起去吧？」

「不、不用。」

說著，父親又打了個呵欠。平常這個時間他應該都已經睡了吧。

「小時候爸有個朋友送我們家一台遊戲機吧？雖然只有麻將、將棋和宇宙巡航艦的遊戲卡匣。」

「喔，你說溝口啊。」

「他也是沖繩人吧，回沖繩了嗎？」

「死了。已經死了十年左右吧，我們約好去喝酒，但是一直聯絡不上，去了他家發現沒人應門，後來才聽說他死了。」

「這樣啊。」

「那傢伙也愛喝酒。你記得阿良嗎？他在我們家住了半年左右。」

「經常給我零食的叔叔。」

那個人是父親的同學，因為居無定所，曾經在狹小的永山家寄居過一段日子。

「他也死了。」

「不會吧？」

「他欠了一大堆錢，回到這裡來無所事事閒晃了很多年，也是酒精中毒。」

那個叔叔最後離開我們家時，送了我們姐弟塞了滿滿一大袋的零食。我還記得當時我們很開心，但父親卻說他「只會用些便宜貨來敷衍」那一幕。

「替我剪頭髮的那個朋友現在呢？」

「和壽去年喝醉，被車撞死了。」

我覺得就好像在聽什麼神話故事一樣，人竟然這樣簡簡單單就死了。父親喝了幾罐啤酒睡著了。聽到這久違的鼾聲，有種活著的感覺，但我不太清楚那到底是指父親，還是指我自己。

我聽到在棉被周圍繞圈子跑的腳步聲。腦中浮現出父親現在正繞著我的棉被奔跑的光景。就在這不知道是醒是夢的朦朧狀態下，身體還留有地面搖晃的振動感，也聽到許多呼吸聲。我意識混沌睜開眼睛，兩個陌生孩子正張著兩手，以我棉被為中心繞著圈。

我又閉上了眼睛，但是太陽太過刺眼，我實在睡不著。孩子們發現以為睡著的大人忽然睜開眼睛醒來，嚇得大叫一聲笑著衝下樓。樓下好像也有人。我疊好棉被下樓，看到剛剛的孩子跟應該是他們父母親的人正在喝茶。那母親懷裡抱著一個嬰兒。

「你好。」

我打了招呼後那兩人也笑臉回禮。聽完說明之後知道我們的上一輩好像是表親，那麼抱著嬰兒的那位母親和我應該是遠房表親吧。這次祖母也從那霸回來，所以也邀了些平常不太有機會見面的親戚過來。

「小孩到處跑，嚇到你了吧？」

孩子們跟他們的父親到院子裡去玩了。

「我夢到我爸繞著我棉被旁邊跑。」

這親戚看起來比我年輕，五官跟我姐姐很像。有個自己不知道的親戚存在，明明是初次見面，卻覺得對方的長相似曾相識、很令人懷念，這實在是種很不可思議的感覺。

「那你一定嚇到了吧。」

「睜開眼睛發現是沒看過的小孩在跑，我心想，會不會是祖先來玩了？」

「而且小鬼幾乎只穿著一條內褲呢。早上我在陽二叔那裡見到你爸爸，所以就過來玩了。你爸剛剛上山去了。」

她們一家好像住在陽二叔家裡。陽二叔是爸爸的弟弟，從以前就很熱心、很會照顧人。他也是町內會的副會長，這次的聚會也是由陽二叔來主導。我本來覺得要替我辦這種聚會很難為情，拒絕了，但父親卻說服我：「大家只是想聚在一起吃吃喝喝而已，你不用想得那麼嚴重。」我說如果是這樣，那我就送點酒給大家致謝，他說：「這我來處理，你把錢匯給我就好。」我想起後來真的聽他的話，匯了錢過去。轉給父親的那筆錢，後來怎麼了呢？

母親搭公車，晚上到達名護。我在公車站附近等，她身上穿著我看過的衣服，所以我一眼就認出站在路邊的母親。陽二叔從駕駛座按了幾聲喇叭，母親卻轉頭望向完全不同的方向。

父親打開窗戶低聲叫「喂！」母親往這邊看。停下車，陽二叔把母親的行李放進後車廂。我也下了車，但父親沒下來。母親在後車廂前打開手上的紙袋，開始對陽二叔說明自己帶來的伴手禮。陽二叔也探頭看著紙袋裡，不斷追問，這段伴手禮的說明越來越長。父親不知何時下了車，對著路邊的樹尿尿。

陽二叔開著車駛上跟來時一樣的路回家。母親坐在前座，父親跟我並肩坐在後座。陽二叔跟母親彼此報告了家人近況後，開始聊起其他親戚的話題，但父親跟我始終一語不發，望著窗外的風景。

這種時候我也很習慣一句話都不說，但看著跟我一樣的父親，我卻覺得沉默不說話的自己非常奇怪。

母親和陽二叔的對話再次繞回伴手禮上。車子在紅綠燈前停下，街燈照著榕樹盤根錯節的樹幹，赤裸裸映在眼中，看起來既扭曲又可怕，但是不知為什麼，卻叫人離不開視線。

陽二叔打開前座置物箱，拿出一張照片遞給我：「阿充，你看這個。」照片還挺新的，上面是身穿工作服的父親高舉著一面小旗子站在看似體育館的地方。照片空白有鮮活的字跡寫著「登志哥第一名！」我忍不住笑了出來。父親也斜眼偷看著照片，但馬上又將視線拉回窗外。

「什麼什麼？」

我把照片遞給好奇的母親，她看著照片放聲笑了，但又小聲說：「現在不戴眼鏡什麼都看不見了。」重新戴上眼鏡確認照片，然後又笑了。

沒有人問她一開始明明什麼都沒看清楚又為什麼笑。

「拍得不錯吧。畢竟是我這個知名攝影師拍的。」

也沒有人對陽二叔這番話有所反應。車子繼續行駛，四周終於看不見榕樹。

母親攤開從大阪家帶來的報紙看，老家有相當大量的報紙。我們姐弟的同學家長還有鄰居如果來家裡推銷，母親幾乎都會點頭簽約。狹窄的家裡有朝日新聞、每日新聞、讀賣新聞、聖教新聞、赤旗等等大量的報紙。母親一有空就會翻看，把看報當成自己的工作，但從沒見她談論過新聞內容。就算父親吼她：「報紙訂一份就好了吧！」她也是笑笑繼續翻看報紙。

我把陽二叔給我的父親照片放在佛壇前。父親那奮力奔跑後難掩亢奮的表情很令人懷念。

「那什麼？」

母親抬起頭看著我。

「爸的照片。」

「他這個人很會跑。」

母親眼睛盯著報紙。

「他現在還能跑嗎？」

「我可是跑不動喔。」

母親驚訝地看著我。

「我又沒問妳。」

有一次幼兒園運動會，那天母親要工作，所以父親中途來看我。父親手裡拿著輕型摩托車的安全帽站在門外一直看著我。當時有個表演要跟自己的爸媽一起跳舞，我走到躲在門後的父親面前邀他一起跳，他拒絕了我：「不要。」我跟老師一起跳舞時，看到父親騎小五十離開的身影，心裡覺得很後悔，早知道就不該邀他。

參加我小學運動會的父親，莫名地興致勃勃參加了親子障礙物競走。我曾經追在出去玩的父親身後看過他奔跑，但那還是我第一次看見父親在運動場上奔跑。父親一起跑就拔得頭籌跑在最前面，迅速穿過第一個網狀障礙物，他也靈巧地走過獨木橋，但不知為什麼會場卻湧起一片笑聲。大概是頂著一頭爆炸鬈髮的父親竭盡全力奔跑的樣子很有趣吧。眼看著即將順利完成遊戲，父親卻在最後一關漂亮摔了一跤，會場頓時大爆笑。父親馬上站起來，可是後面的跑者已經都追了上來。儘管距離終點還有一段距離，父親忽然往前方一個飛撲，旁邊的跑者也紛紛跟著一起飛撲。會場再次沸騰。父親站起來，最後撲向終點彩帶，渾身是血地拿到了第一。這張照片讓我想起了他當時的表情。

公民館裡聚集了很多人。

大部分都是村裡的人和永山家親戚，聽說名護市公所也派了人來。公民館裡有個舞台，有個代表上台致詞。陽二叔告訴我這個表情柔和的老人在這一帶的地位很高，儼然是村長。

我跟父母親被帶到由長桌排成的來賓席，三人並肩坐著。這種狀況下母親顯得很惶恐，父親則跟平時一樣，搞不清他腦子裡在想什麼。

舞台前的空間擺放著桌椅，大約五十多位參加者中有被許多親戚包圍、直接坐著輪椅入座的祖母。

台上老人溫柔的話聲，像是在對我說明，所有參加者也都靜靜聽著他說。

「戰爭結束之前呢，這村子的人都逃到山裡了，等到戰爭終於結束呢，回到自己家發現住了很多不認識的人。」

老人說到這裡，參加的人都輕聲笑了。

「那些從南部逃過來的人呢，進了我們家門呢，就擅自住下來了。過了一陣子之後呢，那些逃過來的人跟我們就開始一起生活了。」

我點著頭，想像那個樣子。腦中浮現起朦朧風景時，我轉過頭看著參加者平靜的表情，原本在風景中輪廓曖昧的臉龐線條頓時變得深刻，跟聲音還有風一起化為實像，得以確實掌握。

「我父親寫了這首詩，住在這裡的人不管過得辛苦或快樂，都一直唱著這首歌。這是一首感謝聚落自然和祖先的歌。我想阿充應該還不知道，住在這裡的人都從小就會唱這首歌，大家都知道。您父親應該知道吧？」

老人問父親。

「我可從來沒聽過。」

父親大聲清楚地這麼說。

會場湧起一片爆笑。父親筆直望著前方。也不知為什麼，母親低著頭好像在向誰道謝一樣。

「那我們就開始唱吧！」

在老人的號令下，所有參加者齊聲合唱。老人唱得比誰都大聲。這時我聽見了父親的歌聲，轉頭看看身邊，父親若無其事地唱著歌。母親微笑著一邊跟著打拍子。

村裡的年輕人獻上擊鼓的哎薩表演。染了一頭紫髮、眼神銳利的少年拚命敲著太鼓的樣子令人印象深刻。老人們吹著沖繩指笛，拍手炒熱氣氛。

母親逐桌打完招呼後坐在祖母身邊的座位。父親在桌間移動，開始跟朋友們喝酒。我跟父親對上了眼，只好走到他那桌，馬上有人挪出座位給我。

「我以前也住過東京。」

一個穿白襯衫的人這麼說。

「是嗎？」

這麼說來他說話確實沒有沖繩口音。

「我跟你爸是同學，五年前左右回來的。」

周圍很吵，我把耳朵貼近了聽。

「因為退休了嗎？」

「我提前退休，因為一直希望可以回來養老。」

「真的會有這種念頭呢。」

我嘴上這樣回答，但自己心裡卻沒有一個這樣的地方。

「不過村子裡還是有分高低。」

那個人低聲喃喃道。

「什麼的高低？」

「一直留在村裡的人地位比較高。」

這位長者對待我的態度一直客氣，看來他身上還流動著生活在都市時的時間。

「原來有這樣的分別啊。」

「也只是我自己這樣覺得啦，大家都對我很好。」

「我爸也是幾年前才回來這裡的吧？」

「在我回來之後不久吧。」

他一邊注意著父親一邊回答。父親圍繞在朋友之間，看起來很開心。

「我爸還好嗎？我很擔心他會不會愛擺架子、惹人討厭。」

「你爸沒問題的，沒多久就跟大家打成一片。他就是有這種天分。」

我並不認同這個人說的話。

「我爸在大阪住了很久，但也沒看他跟人打成一片或者習慣那個地方，他一直都跟大家格格不入。他大概比較適合這裡的環境吧。」

一位老人從其他桌上拿來大量的簽名板和筆給我，坐在稍遠地方的父親對他說：「喂，不要超過五張啊！」那老人不高興地回嘴：「為什麼！」

父親的老友輪番告訴我父親以前的故事。一位自稱是父親學長的人替我的杯裡倒了啤酒。我向他道謝，那個人遂拍拍坐在我旁邊的人的肩膀要他讓開，自己坐了下來。

「學生時代有一次我們去山裡，我命令學弟們把水泥磚大小的石塊搬下山來，學長在山下等。」

這也是跟父親有關的故事嗎？

「那些石頭是用來做什麼的？」

「不做什麼用，那是單純考驗毅力的測試，以前我們的學長也讓我們搬過。你爸爸也是當時的學弟之一。每個人都帶了石頭回來，只有你爸沒有回來，我們正擔心時，結果你爸從山那邊兩肩各扛著兩塊石頭，總共扛了四塊回來！」

那個人瞪大了眼睛，彷彿正在說著什麼名言金句。

「兩個啦！怎麼可能扛四塊！你這個人每講一次石頭的數量就越來越多。」

父親在旁邊無奈地說。

「四個！」

「兩個！」

「你胡說什麼！我可是親眼看到的！」

學長亢奮地大叫。

「兩個！」

他們表情認真，誰也不認輸。

「幾個都無所謂吧！」

也不知是誰這麼說，周圍一陣笑聲，緩和了氣氛。

「你爸就是一身蠻力。」

學長用只有我聽得見的聲音輕聲說著。

我暫時離席，到外面的自動販賣機買水。公民館流瀉出來的燈光沒有照到樹木上，樹葉的沙沙聲聽來讓人有點發毛。我擰開寶特瓶蓋喝水。

剛剛學長說的「蠻力」兩個字荒謬的聲響還留在我耳裡。

小時候就那麼一次，我看過父親在哭。那天夜裡，母親值夜班不在家。鑽進棉被後我聽到父親講電話的聲音醒了。兩個姐姐還在睡，我一個人往發出聲音的方向走去，看到父親的背影。父親把連接黑色電話的線拉長到極限，坐在廚房椅子上說著話。他的聲音跟平時不太一樣，我知道應該發生了什麼嚴重的事。「爸？」我叫了他，父親沒有回頭，只是顫著聲音說：「我明天要回沖繩。」

「為什麼？」

我問依然背向我的父親。

「沖繩那邊來電話，說奶奶快不行了。」

父親的聲音果然在抖。我覺得自己好像不該看到父親的臉，回到自己被子裡。在漆黑的房間裡，腦裡浮現許多不好的想法。儘管只看到背後，看到父親在哭的樣子還是讓我受到一些衝擊。我無法成眠，在棉被裡閉著眼，但是接著又聽到他怒吼的聲音。

「你這個混蛋！怎麼能說這種謊！我宰了你！」

從父親亢奮的話中大概可以知道事情的經過。父親的怒吼聲也驚醒了兩個姐姐。

「怎麼了？」

「他在吼什麼？」

姐姐她們還沒掌握到狀況。

「沖繩那邊打電話來，說奶奶快不行了，爸說他明天要去沖繩，不過好像是騙人的。」

我把自己聽懂的部分告訴姐姐。

「為什麼要騙人？」

「不知道。」

我再次離開被窩走近父親。

「怎麼了？」

「那些傢伙竟然騙我！真是混蛋！我再也不回去了！」

父親氣好像還沒消。聽他說，因為太久沒回沖繩，祖母和陽二叔為了騙他回去所以說了謊。他跟我說明這些時家裡的電話一直響個不停，但他並沒有接電話。

現在想想，應該是父親把那個對方馬上打算說破的玩笑話當真了吧。祖母應該也沒想到父親竟然會哭。

結果我這位祖母現在已經百歲，還活得好好的。有一陣子因為跌倒骨折後身體變差，住進了那霸的長照設施，但是三年前過完慶祝九十七歲的風車祭後體力又漸漸恢復，現在已經健朗到可以自己稍微走走路的程度。

從公民館外窺探裡面，看到祖母在親戚和鄰居的包圍下正笑著吃紅豆飯。

「老媽是不死之身啦，我會比她先死。」

我聽父親說這句話好幾次。我從來不曾在平靜說出這種話的父親身上，感覺到他在深思熟慮。

回到公民館裡，我坐在祖母附近。

祖母看著我的臉說：「很好。」然後搭配著手勢動作強烈地表達「為什麼還不結婚？快結婚！」今天見到祖母之後，她一直不斷重複這件事。我幾乎聽不懂沖繩方言，但只有祖母的話就是能聽懂。

「為什麼啦？」

祖母一直重複一樣的話，我也丟回給她一個連自己都覺得驚訝的粗糙問題。

「家人，重要！」

祖母堅定地說出這簡潔的幾個字。大家看到這一幕都笑了。大概是因為祖母的耳朵明明重聽，話要說得很大聲她才聽得見，但我那麼小聲的問題她卻馬上就有反應。

以前祖母也會慢慢對我說標準語，但現在好像忘了標準語怎麼說。

小時候我正要殺掉爬在祖母家榻榻米上的蟲子，被祖母阻止：「來到我們家的蟲子都是爺爺，他為了要見阿充才回來的。所以不可以殺牠們。」看起來很奇妙的蟲，在我聽了祖母那些話後似乎也有祖父的靈魂附身。隔天我用眼睛追著爬在榻榻米上的螞蟻。螞蟻慢慢往前走，偶爾會停下腳步，觀察四周的情況後再繼續往前進。我不知道當螞蟻跟其他夥伴會合成群時，祖父的靈魂該怎麼分配，但我決定聽祖母的，把所有螞蟻都當成祖父。

每次我回大阪時祖母都會哭著說：「阿充，這是最後一次了。下次見面就是在奶奶的喪禮上了。」我會告訴她：「我很快就會來看妳的啦。」

小學高年級之後，去沖繩的機會減少，我好幾年都沒見到祖母。碰巧高中畢業旅行要去沖繩，我在第二天搭公車去了名護。我告訴隔壁同學祖母住在名護，聽了之後導師對我說：「等一下如果你親戚可以到名護鳳梨園來接你，你就去看看奶奶吧。」我打電話到祖母家，請陽二叔來接我。幾年沒見，祖母看到我很驚訝：「這是誰啊？」我說是阿充，她說：「跟你爸長得一模一樣啊。」我看著祖母做的飯菜周圍盤旋的蟲子，心想這是祖父來見我了，下一秒鐘，祖母雙手捏死了蟲子。

半夜走到自動販賣機去買咖啡跟茶，看到公民館的燈亮著，還有父親他們嘻笑打鬧的身影。

「老爸還在喝。」

「喝不夠啊。」

母親這麼說，喝了我剛買的寶特瓶裝茶。

「以前你爸每天晚上都喝。」

「是啊。」

我的附和彷彿播放的開關，再次開啟了母親已經說過無數次的話題。

「每天晚上都可以聽到他在隔壁房間飲酒作樂的聲音。」

父親和母親各自離家來到大阪，是同一棟公寓的隔壁鄰居。

「他說的是奄美方言，我一直以為隔壁住的是奄美人。」

「很吵吧？」

「沒有，我聽起來覺得很親切。」

母親故鄉奄美大島跟沖繩的方言有些相通的部分，這讓母親有種親近感。

「你也知道，奄美的話跟沖繩這邊的很像，所以我以為是奄美的人住在隔壁。」

有一天父親宿醉身體不舒服，在路邊吐了，母親上前關心，兩人自此相識，這故事我聽了很多遍。

「竟然能因為這樣認識。通常不會跟隔壁鄰居說話的吧。」

我試著以母親比較容易說的方式來誘導。

「因為他喝多了，吐在附近的水溝裡啊。」

「老爸嗎？」

「嗯，我看到這個奄美的年輕人吐了，擔心他會不會出事，所以就上前去問他『還好嗎？』」

「不覺得害怕嗎？」

「為什麼要害怕？」

「這可是個每天喝得醉醺醺的年輕人吔。」

「可是他是鄉下人啊。」

後來父親為了道謝，帶了一顆西瓜到母親房間。

「哦，然後呢？」

「你爸說：『上次真是謝謝妳了。』拿了顆西瓜過來，給我半顆。」

「半顆？不是一整顆？」

「嗯，你爸堅持說他帶了一顆過來，其實應該是半顆吧。」

小時候我看過堅持自己拿了一整顆西瓜的父親亢奮的樣子。

「記憶真的是很曖昧的東西。」

或許，父親記得自己帶了一整顆西瓜到母親房間的重量，而母親記得的則是將西瓜切了一半後放進冰箱冰的那一幕風景吧。

「記不記得有一次老爸被送到醫院去？」

我小學時有一天半夜電話響了，通知我們父親被救護車送進醫院。

「記得。你爸睡在馬路中間，差點被卡車司機輾過，司機緊急煞車叫了救護車。」

「那是怎麼回事？」

「我也不清楚。大概是跟人吵架被揍了吧。」

在病房看到鮮血淋漓的父親那個記憶還鮮明地留在我腦裡。

「當時你對我說：『我也跟妳一起去吧』，看到你爸爸渾身是血後你還說：『幸好沒送到媽的醫院。』」

母親是護理師，我想她一定不希望丈夫被送到自己工作的地方吧。

「我本來以為你看到爸爸全身是血會害怕，但是聽到你這句話我才覺得，阿充長大了。」

「沒有啊，我真的嚇了一跳，妳難道沒嚇到嗎？」

「沒有。」

母親秒答，又喝了一口寶特瓶的茶。

「這茶真好喝。」

母親認真看著寶特瓶上的標籤。

「為什麼沒嚇到？」

「因為發生過很多類似的事啊。你爸在工作現場受重傷，在你出生之前還一度差點死了。額頭上縫了五針呢。他不想去醫院，還是我在家幫他拆線的。」

「可以這樣嗎？」

「誰叫他不肯去醫院呢。但是只要保持清潔這也不難啦，有鑷子跟剪刀就行了。」

說這話的母親表情顯得不以為然。

「還有一次被誤認為固力果・森永事件的犯人對吧？」

「那是他跟你兩個人騎機車企圖衝過臨檢站，結果被抓了。」

那是我上幼兒園時的事。我被夾在小五十的把手跟父親之間，沿著淀川邊騎，前方出現了警車跟警察。之後父親做出了令人難以置信的行動。

我跟父親兩人共乘小五十騎在國道一號線上。發現前方有警車時，聽見父親在我頭上啐了一口。

「阿充，等一下我會先停一下然後馬上發動，你要握緊把手啊。」

父親在我耳邊輕聲這麼說。

我依照父親的指示，找到一個好握的地方兩手抓緊，但握得不太穩，心裡很害怕。

「這位先生，五十不可以共乘喔。」

被警察攔下來的父親放慢了機車速度，暫停了一下，但是他取下自己的安全帽交給警察後立刻加速開走。

可是他馬上就發現前方三十公尺也停了幾輛警車，父親碎唸了一聲：「啊，糟了。」把小五十停在警車附近，看著車子引擎開始演戲：「奇怪了，這車怎麼搞的？」

但馬上被幾名警察包圍起來。

「這位先生，你剛剛企圖逃走是吧。」

「沒有沒有，我只是想說停在這裡就可以了吧，這裡應該沒問題吧？」

「你這樣突然發動很危險的，你兒子也在車上呢。」

通過臨檢站的車子都一邊徐行一邊看著我們。

「不是啊，因為後面的警察先生要我們往前走啊，對吧？」

父親要求我附和，我只好沉默地點頭。

「這種事我只要一確認馬上就知道真假。」

警察很無奈地說。父親只好放棄掙扎，從皮夾拿出駕照，在他跟警察交談的時候，我心想父親說不定還會逃走，所以始終沒有放鬆。

「回去時不要再共乘了啊。」

警察再次提醒。

「知道了，謝謝啊。」

說著，父親推著小五十往前走。

「之前用剛剛那招就能順利逃走的。」

「是喔。」

走進住宅區，父親停下小五十在自動販賣機買了咖啡喝，也買了可樂給我。

「這件事不可以告訴你媽喔。」

說完這句話後，父親抽著菸仰望天空。

抽完菸後父親環顧四周，對我說：「上來！」我猶豫了一下，他語氣又更強烈：「快上車！」

回家後，因為警察打了電話到家裡，所以母親已經知道這件事。

「當時好像因為固力果．森永事件設置了臨檢站。警察問我說，幾月幾號時你先生穿著什麼樣的衣服離開家的？」

「嗯。」

「我因為還記得，就告訴了警方，結果反而被懷疑，為什麼記得這麼清楚？」

「那妳為什麼記得？」

「我也不知道。」

回家時母親對我們說：「警察打電話來過。」父親難為情地笑了，我也有種共犯的愧疚，低著頭不敢看母親的眼睛。

在家發生的事件跟家人的反應，直接影響到我在外面的行動。

幼兒園畢業典禮的前幾天，我們在幼兒園附近的公園散步。

班上老師拿出蛋糕，依照人數切好分給大家吃。

「不可以告訴別人我們吃了蛋糕喔。」

老師為了慶祝跟我們一起度過的短暫時間，讓我們吃蛋糕，我們都很開心。

回到幼兒園，打工阿姨問：「你們去哪裡了啦？」我回答：「公園。」她又繼續問：「這麼晚才回來，你們在公園玩什麼？」

「我們什麼都沒有做！」

我這麼回答，其他同學則大叫：「祕密！」然後所有人都一起大叫：「祕密！」

不能讓別人知道我們有祕密，這樣講會被發現的！我覺得大家背叛了老師，心裡忐忑不安。

打工阿姨換了個問法：「為什麼？你們不想跟我一國嗎？」我很擔心她這樣問會騙過大家。

「絕對不可以說！」

我抓住正打算告訴打工阿姨的同學肩膀：「不可以說！」但大家不顧我的警告，一一得意地開始說：「我們吃了蛋糕喔。」

「哦，好好喔～」

「很好吃喔。」

我知道打工阿姨們一邊說話一邊互相使眼色，很擔心老師會生氣。回到家後還是掛念著這件事。

「明天晚上大家好像會到家裡來呢。」

母親鋪著棉被這麼說道。

親戚們三三兩兩走在前往墓地的路上。這些兄弟姐妹正在爭執該由誰來說禱詞。

「你是長男，你說。」

父親的姐姐這麼說，他搖搖頭。

「長女說啦，妳比較熟。」

陽二叔替父親幫腔。

父親點了香供在墓前，大姑姑在她弟弟們的催促下蹲在墓前開始說話。她把今天聚集的親戚名字告訴祖先，並且說明這次為什麼要聚在一起。

她講話的方式就像祖先們真的在聽一樣，聽姑姑說到我名字時，我便不由自主地低了頭。母親一直閉目合掌。

唸完禱詞後父親跟陽二叔熟練地將酒倒進紙杯發給大家。

轉過頭，看見隔著道路的那片海。聽說填海新造的地不久就會有飛機起降。

父親喝著酒，心情大好。

「你們是專程來喝酒的嗎？」

大家聽到姑姑這麼說都笑了。

「都是阿充說他想掃墓啊，我前幾天還一個人上山了呢。」

父親說著這些不成藉口的藉口。

「不要喝太多啊，今天晚上還有阿充買回來的上等泡盛。大白天就開喝，到時候就喝不下好酒了。」

陽二叔對父親說。

「知道啦。」

其他親戚也紛紛開始喝酒。孩子們在墓地裡跑來跑去。

「沖繩的墓地真是又大又明亮。」

母親在我身邊這麼說。

「比我們家客廳還大呢。」

我這麼一說，母親看看四周：「嗯，還真的是。」

「那邊放了鋼琴跟暖爐桌，得橫著走才能走去廁所呢。」

「那鋼琴比放在店裡時看起來更大呢，放在狹窄的地方就感覺更大了。」

「我在文章裡寫家裡的事，會被人家說是有錢人在炫耀自己的貧窮呢。」

母親聽了出聲笑了出來。

「廁所燈打不開、窗戶玻璃破了老鼠可以自由進出、就算沒帶鑰匙只要掌握竅門一樣能打開玄關門，這些事情太丟臉我可都沒寫。有錢人家的少爺要嫉妒我管不著，但有人說這種比別人家的日常稍微好一點的生活叫做炫耀貧窮呢。」

「有這種人？」

母親認真地這麼說，我忍不住笑了。

「多得很啊。這些人對於已經變成社會問題的貧困總是一臉嚴肅，假裝自己很能理解貧困階層，不過一旦事情來到個人層次，又馬上改變立場揶揄別人在『炫耀』。到頭來只不過是種紙上談兵的表態。有錢人不可能真正了解貧窮。『我們應該從社會整體來思考』，自己煞有介事地討論貧窮，但是看到比這些貧窮更低一階的窮人，卻又立刻斷言人家在炫耀貧窮。可能是因為不知道該怎麼反應，基於自己防衛才會說出這種話吧。因為有錢人和知識分子就是莫名會憧憬不良分子和貧窮，這也是一種自卑情結。上了年紀的大叔大嬸一個個撐大了鼻孔使壞，真叫人看不下去。所以我還得小心翼翼在不說謊的程度掩飾自己的貧窮，我想說的並不是貧窮的等級，明明給了那麼明顯的暗示，但是連這樣都會被認為是在炫耀。」

「哦～」

我向著對這個話題沒什麼興趣的母親說個不停。

父親的臉早就已經紅了。我聽見陽二叔的笑聲。

「年過六十的兄弟在居酒屋吵著誰要付錢，妳說這種事聽了誰會相信？」

我故作輕鬆地開玩笑，想掩飾自己認真的怒氣。

「因為這些人懂很多、想很多，所以累了吧。也多虧有這種人在，你才有這份工作啊。」

母親的話並沒有別的意思。

「但我想在那種環境裡你應該很累吧？像我，就算遇到討厭的事睡一覺也就忘了。

聰明人記憶力都不錯，你們一定會記得吧？」

「家裡窮妳也覺得無所謂嗎？」

「我們不窮啊。你爸有工作，沒工作的時候當然也沒辦法啦。但是也經常遇到公司發不出薪水呢。」

陽二叔在我紙杯裡倒了酒。

「老爸退休之前曾經跟我說，最近不景氣案子比較少，明明很想工作卻沒工作，一邊說著這些藉口一邊喝酒，這時老爸公司的人打來電話。結果老爸回對方，什麼？明天？不是啊，這麼突然我沒有心理準備，就回絕了工作。我說，你剛不是說沒案子嗎？他就滿臉不高興。」

「嗯，如果是我前一天突然接到通知，我也辦不到啊。我只是因為每天都做一樣的事，才能好好工作。」

母親袒護著父親。

「跟你爸在一起時，他姐姐和媽媽告訴我，你爸是個會工作的人，叫我不用擔心。我就放心了。」

「會工作的人，這不是很基本嗎？」

「也有不工作的人啊。」

有工作的父親被大家當成具備某種特殊能力，這讓我覺得很荒謬。

拆下紙門後，從放著祖父照片的佛壇到院子，房裡擠了三十多個人，而且幾乎大部分都有血緣關係，我覺得這很不可思議。

親戚們都圍著坐在客廳正中間的祖母。

大家決定拍一張紀念照，陽二叔巧妙地利用佛壇，確認了觀景窗裡的畫面後按下計時器，急忙跑回來站在隊伍最邊邊面對相機，這時父親剛好從佛壇旁邊拿著罐裝啤酒走過來，大家噗哧大笑，陽二叔大叫：「重來！」

父親面不改色地拉開拉環喝起啤酒。

有人開始彈起三味線，身為長女的大姑姑靜靜開始唱。我背倚著面對庭院的窗戶，用一種懷念的心情看著眼前音樂與日常無縫相連的光景。

感覺有人在敲窗戶，我轉頭看，是幾個住在附近的少年。裡面也有昨晚打太鼓跳舞的少年。

打開窗戶，招呼他們晚安，看到少年們手裡拿著簽名板。

「請幫我簽名。」

「啊，誰的簽名？」

「永山先生的。」

「啊？要我的簽名？」

「嗯。」

每個人都拿了簽名板和麥克筆來。

我一一問他們名字，寫下簽名。我想起這簽名的寫法是模仿父親的簽名。小時候不知道為什麼，父親不斷在筆記本上寫著他自己想出來的簽名。

附近鄰居漸漸聚集，有人進屋來喝酒，也有人在院子裡排隊等簽名。其中還有些小孩和老人拿著我寫的書在排隊。雖然覺得難為情，我的簽名有什麼值得要的，但還是不斷簽著。

「喂！也給我簽一個！是酒館他們要的。」

父親捏扁了啤酒罐這麼說，在庭院排隊的少年說：「不公平，你要排隊啊。」

於是父親也拿了一張簽名板特地穿上涼鞋，繞到院子裡排隊。

替少年們簽完名後，他們會道謝後再離開。每簽完一個人我就很在意父親的狀況，不過他倒是沒抱怨，乖乖排隊等著輪到自己。

在規規矩矩排著隊的父親俯瞰之下簽名，覺得筆下的文字好像有些部分特別擴大，一瞬間忽然不知道自己打算寫什麼。我的簽名是模仿父親的，不過這件事他本人似乎不記得。我依照父親所說寫上了簽名的對象，那明顯是間酒店的店名。

「他們說我如果拿你的簽名去，喝酒就可以半價。」

父親低喃的聲音音調聽起來比平時高了些。

簽完一輪後我關上窗戶。親戚和鄰居在喝酒。兒時的記憶跟眼前的風景在腦中完美重疊。

小時候有一次從祖母家開車要進城，在離家不久的墓地附近發現一隻雪白的山羊。

「山羊吔！」

我不太記得這句話是我說的還是坐在駕駛座的父親說的。父親停下車，跟在後面的親戚也停下車。父親打開駕駛座窗戶在跟人說話。

「那山羊是野生的嗎？」

「附近應該沒有野生山羊吧？」

「但是也沒人在管吧。我回家開小卡車過來。」

說著，父親回轉開回祖母家，開了小卡車跟大人們一起出門。我被留在祖母家，看著沖繩電視台播的喜劇節目。本來要進城的計畫取消，我感覺到家裡有股嚴肅的氣氛。

聽到小卡車回來的聲音，走出院子，看到貨台上載著一隻很大的白山羊。大人們話都比平時少，俐落地將山羊從貨台搬下來。我只聽到山羊叫聲，那聲音聽起來也像是從我肚子深處發出來的聲響。

「阿充，你最好不要看，進屋去跟奶奶待著。」

父親對在院子裡盯著山羊看的我這麼說。

當時在我記憶中父親和親戚的大人們都穿著一身白。之後我跟父親確認過許多次，他都否認說不可能，可是不知為什麼，我腦海裡確實留有父親他們像舉行重要儀式一樣身穿白衣圍著山羊的光景。不過我也曾經在祖母家裡聽過山羊的聲音，可能儀式是之後才補的吧？

進城的計畫取消了，改為邀請鄰居到家裡來舉辦宴會。桌上放著各種山羊料理，大人們理所當然地吃著。我腦中一直揮不去山羊的身影，待在房間的一角看著漸漸酣醉的大人們。

「阿充。」

父親叫我過去坐在他身邊，要我吃吃看山羊肉。我依言拿起筷子挾了一塊放進嘴裡，感到一股腥味差點要吐出來。

「很腥嗎？吐出來吧。」

我聽父親的話把肉吐出來。吃不了山羊肉又讓我更覺得自己失去了歸屬感。

有人開始彈起祖父的三味線，姑姑先開始唱，之後變成所有人的大合唱。喝醉的父親站起來跳起沖繩傳統手舞Kachashi，把氣氛炒得更熱烈。鄰居們跟著拍手、吹指笛替父親的舞助勢。

「阿充也跳啊。」

有人開始起鬨。聽到這句話之前我就有預感遲早有人會這麼說，我明明一直小心隱藏自己的存在不想被注意的啊。

父親繼續搭配著音樂跳舞。換成平常的我，可能會假裝沒聽到就這樣敷衍過去。

但是在墓地附近看見山羊那時開始，自己周圍空氣越來越稀薄的感覺一直揮之不去。宴會的喧鬧好像是從遠處傳來的聲音。大家一身白衣的記憶並不是來自山羊的白給我的印象，或許是一種隔離我自己跟其他存在的隔膜。我感覺到自己被某種東西包覆起來，非常窒息難受。

這並不是我原本就具備的感覺，或許是受到他說的話的影響，由新的話語所建構出的記憶吧。總之，我自己內心確實有股想打破眼前狀況、想呼吸的衝動。

在大人們的邀請下，我站起來搭配三味線的聲音動了動身體。我不知道自己的動作跟聲音有沒有搭上。我沒能像父親那樣靈活，想必一定沒跟上拍子吧。但是當場的大人們看到我的動作都同聲笑了。那個瞬間我覺得心情很暢快。我越跳大家就笑得越開心。等我停下來，大家你一言我一語地稱讚我。有種從窒息中解放的舒暢和熱度。

我在跳舞，在場的人對我的動作有所反應，這讓我獲得一種充分攝取氧氣到體內般的快樂和喜悅。還沒消化完這種龐大的興奮，來到空無一人的廚房喝麥茶，察覺到自己的呼吸相當紊亂。

父親看到我一個人待在廚房，走了過來。我以為他要誇讚我剛剛鼓起勇氣來跳舞。

「喂。」

在父親這樣叫我之前，我已經看著他的臉。他繼續說。

「你啊，不要太得意忘形了。」

意料之外的這句話聽來很刺耳。

「啊？」

「得意忘形在那邊跳什麼舞。」

我很驚訝父親竟然這麼誠實地嫉妒我。

換成平常的我絕對不會在這種場合中跳舞，我之所以會跳，原因多多少少跟父親有關。我實在不希望父親炒熱的場子因為不中用的我弄得尷尬冷清。我經常覺得無法回應父親期待的自己很沒用，深信這是個討父親歡心的好機會，才做出了那樣的舉動。但是竟然這麼輕易就被他否定，我也湧出一股怒氣。

少年時期曾經看過的風景跟現在重疊在一起。

「小時候老爸宰山羊的時候，我印象中當時的大人都穿白色衣服，應該不太可能吧？」

為什麼問奄美出身的母親在這裡發生的事，我自己也覺得奇怪，但母親就在身邊，我便隨口問了。

「白色衣服？嗯，我想應該不會吧。」

母親回答完後好像在回想些什麼。

「記不記得在大阪老家時，我說家裡有穿白色和服的女人，覺得很害怕？」

「你竟然還記得那件事。」

看來母親也還記得。

「我猜那時候媽應該是為了讓我放心，所以說那些人住在家裡對吧？其實妳那樣講我更害怕。」

我說完母親笑了，其實我只是覺得很不可思議，一開始就沒有覺得太害怕。在那之後我也接受了母親說對方「住在這裡」的說法，不再進去那個房間。

「我在想，你說的那個白衣女人會不會是我奄美的奶奶。」

說著，母親自己點了幾次頭。

母親的父母親，也就是我的外公外婆我很熟，但外曾祖母的事幾乎沒有聽說過。

「老媽的奶奶，是奄美的靈媒尤塔對吧？」

「嗯，是叫尤塔嗎？是有拜神沒錯啦。」

「她是什麼樣的人？」

「嗯，我小時候很怕她。她一生氣就會穿起類似白色和服的衣服走遍整個島。」

「為什麼？」

「對啊，為什麼呢？奶奶穿上白色和服變成靈媒之後，也不知道為什麼，當時還是小孩子的我莫名朝著海邊走，就這樣走進海裡面。還好被其他大人阻止了，所以我很怕她。」

「妳為什麼走到海裡？」

「我也不知道。」

我小時候母親經常說起在奄美大島的往事。母親上小學前，一次參加親戚喪禮時，大人們在房間裡說話，母親來到院子裡跟親戚的叔叔玩，之後父母親問起：「妳在院子裡做什麼？」她說出一起玩的親戚叔叔名字，大人說：「今天就是那叔叔的喪禮啊。」還有，她每天都從家裡走將近一小時的山路去上小學，有一天是大乾潮，黃昏時她走在平時應該是海的路上回家。但她說這件事的重點並不在於自己渡海，而在於因為經過海路所以很快就回到家，強調回家時間大幅縮短這一點，這確實很像母親的性格。

長大之後我想再詳細問問這件事，但母親說她已經不記得了。

像童話一般反覆述說的故事，其中的狀況和感情波動等細節總是奇妙地清晰，所以我並不相信母親真的不記得了。母親應該是顧及外公這個虔誠基督徒，所以猶豫著沒告訴長大的我那些不可思議的故事吧。民間宗教者外曾祖母跟外公之間據說經常爭吵，因為外公對那些奇妙故事和外曾祖母這種存在本身就抱持著疑問。我也是長大了之後才知道這些。母親很尊敬自己的父親，但小時候她對我說的那些外曾祖母的故事裡，不只有畏懼，一定也包含著愛和憧憬。那是平常並不會主動開口說話的母親，忍不住脫口而出的回憶。

宴會還在繼續。我聽見父親的笑聲。母親偶爾看著父親和祖母的身影，繼續說道。

「奄美的奶奶過世時，跟我爸，也就是你外公最後和好了。」

幼時住在奄美的母親，她的祖母和父親，這兩人當然是母子關係。

「怎麼和好的？」

「奶奶對我爸說，你信的神比較厲害，你要好好相信祂。」

我有種一顆球直落到心底深處的感覺。雖然分不清自己到底是亢奮還是消沉，總之似乎受到很激烈的震撼。

「不知道她帶著什麼樣的心情說這些話，不過應該是個很溫柔的人吧。」

母親的話變得曖昧。

「嗯，平時很溫柔。只有進入靈媒狀態時叫人不敢靠近，但有時也會跟我們玩。」

說著，母親喝了口茶。

仔細想想，擁有一位靈媒祖母跟虔誠基督徒父親，母親可以說生長在一個極為特殊的環境。母親年輕時也受過洗，一度很積極去教會，現在也會定期上教會，但是她從未強制自己的孩子。母親這樣的態度跟外曾祖母這番話，背後好像有著相通的聲響。

「『你信的神比較厲害』這句話讓我聽了很感動。我自己的解釋是，歷史上可以看到許多次神的敗北，直到現代還在不斷重複。但聽了這句話我覺得那可能並不是敗北。如果跟自己所相信的神之間沒有足夠強大的信賴關係，就說不出這種話了吧。她一方面承認自己兒子信的神比較偉大，另一方面也跟自己相信的神很親近吧。畢竟她是個靈媒，神應該已經滲透到她的身體裡了。」

聽了我的話，母親喝著茶什麼也沒說。

「妳為什麼現在在喝茶？」

「嗯？因為我不能喝酒啊。」

也不知道母親有沒有聽進我的話，她就這樣隨意帶過這個話題。

我忘記是什麼樣的狀況了，我跟母親在昏暗的幼兒園房間裡準備著回家的東西。當時沒開燈，可能是母親跟我忘了東西又折回教室來拿吧。我把那天發生的事詳細說給母親聽。我說我們校外參觀去了消防署，老師搭上了雲梯車的吊籠，還說雲梯車越伸越高，幾乎要伸到天空裡，還有老師一會兒變大、一會兒變小。

「小充。」聽到有人叫我，轉過頭去，看到老師站在教室入口。

「您今天搭了雲梯車是嗎？」

母親笑著對老師說。

「搭了，好可怕。」

老師也笑著回答，但我心裡感到一絲不安。

「他說雲梯車越伸越高，幾乎要伸到天空裡呢。」

母親天真地說著。

「不，沒有伸到天空啦，不過站在地面上的小充看起來有這種感覺吧？」

老師試著配合我的說法，但臉上明顯露出困惑的表情，我也默默低著頭。母親也把跟我的對話留在我們兩人之間，刻意沒有將老師一會兒變大、一會兒變小的這個部分說出來。

我說出的話可能不只是眼前看到的東西。眼前的風景加上心裡的感受，這才是真正看見的東西。對我來說，說故事就是這麼一回事，並不是單純地說明狀況。

「老師說小充有說謊的習慣。」

母親打電話回娘家，跟自己的媽媽、也就是我外婆商量幼兒園聯絡簿上寫的這句話。我坐在樓梯上小心不被母親發現，偷聽著這通電話的內容。外婆說，所謂「謊言」

要看人如何看待，她說這表示我遺傳了外曾祖母的能力，應該正面看待。聽了外婆這番話母親大概很開心，馬上轉告給我聽。看到母親放心的表情我就知道，自己的個性也讓母親擔了不少心。

對我來說，要理解具象和抽象的意義很困難。要把一件事抽象化時，我總是會想著要讓它回到跟原形同等的力道才行，很難將觀念或者形而上的東西視為無形。所以當我要依照自己所感受的方式來傳達，經常會被人說是在「說謊」。

小學時我跟基督徒外公一起搭電車，外公看到我手上的幸運繩責備了我。那是禮拜天從教會回家的路上。當時海外天主教徒的足球選手之間很流行幸運繩，日本也有足球選手開始戴，形成一股風潮。

「小充，那是什麼？」

外公問，我馬上回答：「是護身符啊。」剛回答的瞬間我就後悔了，但已經太遲了。新教徒外公對「護身符」這幾個字有很大的反應。

「護身符是什麼？」

外公的語氣很平靜，但聽來卻帶著緊繃的氣息。

「聽說一直把這個戴在身上，斷掉的時候表示有好事會發生。」

我想要表達戴這個東西並沒有什麼類似信仰的特殊情感，不過看來這樣的說明顯然是不行的。實際上我對幸運繩也沒有什麼特別感情。在足球店買釘鞋時，老闆說「我們多了一大堆」，隨手送我，我也就隨手戴上而已。

外公以我能理解的話仔細地說明就算身上不戴護身符這種有形的東西也沒關係，只要虔誠祈禱就可以了。他的話裡也充分傳達了不可以崇拜有形物體的意圖。

但是我雖然知道「有形物體」這幾個字的意義，卻很難消化「無形存在」這個概念。即使可以隱約掌握這個詞的意思，我也無法明確區分這裡有護身符存在跟有神存在這兩種狀態的差異。祈禱這種行為應該分在哪一邊呢？或者說，有必要區分嗎？假如被要求區分，我的思路就會開始不斷旋轉，卻始終找不到終點。我也找不到對這種曖昧存在要求嚴格區別的必要性。就如同外婆所說的，我這些想法或許是來自外曾祖母的觀點也說不定。

有人開始彈奏三味線，大家開始各自隨興搖晃著身體。住在兩戶之隔的詩人叔叔不知什麼時候進了屋裡還大方喝起了大量泡盛，他拖著一隻腳開始激烈地舞動，全場氣氛頓時高昂。父親吹起指笛，詩人舞動得更加激烈。這帶點現代風格的自由律動，緩解了一家的緊張，破壞既有的框架，醞釀出一股起伏波潮。不知道是誰家的嬰兒搭著三味線音色叫喊般的哭聲，跟祖父的歌聲很相似，這應該也不是偶然的一致吧。

就連直到剛剛都一語不發只是靜靜坐著的祖母也開始慢慢搖晃身體高舉雙手，俐落地將輕握的拳頭內外翻轉，甚至還露出了笑臉。每個人看了都覺得很不可思議，全家再次進入激動的情緒。

年幼的孩子們露出老成的表情，老人們換上年輕的面貌。母親身處於毫不害臊地出聲唱和的親戚中，面帶微笑，但是她的表情可能也是自家親戚中的某個人，我也很好奇，自己現在這個瞬間又帶著像誰、什麼樣的表情呢？都這種時候了，還是只敢在不引人注目的程度下搖晃著身體，或許這樣的自己不是什麼其他人，就只是我自己。

「你們看奶奶！」

陽二叔說完後，大家看著緊皺眉頭在跳舞的祖母，都笑了。

祖母的屁股稍微離開了椅子上，舞動得更加輕快。

「哎呀呀！」

詩人大聲地叫，嬰兒又以類似祖父的聲音哭著。

三味線的速度漸慢，祖母的動作也隨之放緩。祖母用手握住現場層疊的笑聲，讓笑聲穿過自己的身體，再回到眼前的現場。每個人都沐浴在幸福的循環中。

隔天早上睜開眼睛時，內臟還留有酒意，我下到一樓想喝水，母親正攤開從大阪家裡帶來的大量報紙看著。

「早啊。」

母親轉頭看著打招呼的我。

「你爸問要不要開車去兜風，如果你不累的話。」

「是喔，老爸呢？」

「去釣魚了。他說如果你要去的話就過去叫他。」

「那就去吧。」

我說完後，母親整齊疊好報紙出了門。

母親坐在父親開的車前座。有一座連接附近小島的新建大橋，父親說要先讓我們從那座橋上看看風景。

「昨天的宴會與其說是在慰勞祖先靈魂，更像是在召喚祂們一起狂歡呢。」

「好熱鬧啊。」

說著，母親看了看正在開車的父親。

「Kachashi 就是攪拌的意思，花招很多吧。」

父親眼睛看著前方小聲說道。大概是指死者和生者都同在一起的意思吧。

「奶奶的 Kachashi 動作也好俐落。」

「奶奶的手很大呢。」

「手真的很大。」

我不知道為什麼他們兩人都注意到祖母手很大這件事。

我想起外婆陷入病危狀態，年底很多親戚聚集到外公外婆大阪家，送外婆最後一程的樣子。冷到骨髓的房子裡，只有外婆睡的房間比較溫暖，那種感覺直接讓我聯想到向來溫暖親切的外婆。當醫師宣導臨終，大家一起圍在外婆身邊，齊聲唱著外婆喜歡的〈耶穌恩友〉這首讚美歌。我也很喜歡那首歌，大家唱出的美麗歌詞還有令人感受到血脈相連的聲音集合，以及每一個纖細的音符，都很符合我對外婆的感覺。說不定那種感覺就很接近祈禱吧。當時我第一次看見母親流淚。昨天晚上的母親，或許就帶著外婆的臉吧。

車子停在成排自動販賣機前，父親說：「我抽個菸。」下了車。

我也來到車外在自動販賣機買了咖啡。回到車裡，母親手裡拿著文庫本的《人間失格》。是我放在後座的書。我問母親要不要喝什麼，她說不用。

「你一直在看這本嗎？」

「嗯，看了上百次吧。」

「你喜歡同一本書看很多次嗎？」

「嗯，因為我笨，看一次看不懂。」

「跟你外公一樣。」

說著，母親一邊翻文庫本一邊笑。

「什麼意思？」

母親笑著回答我：「你畫了線，還貼很多便條紙，書裡面跟外公的聖經一模一樣呢。」

原來如此，說不定昨天晚上我跟外公有著一樣的表情。

父親回到駕駛座，車裡瞬間充滿菸味。前座的母親端正好姿勢直視前方。車子發出輪胎磨擦地面沙粒的聲音開始啟動。後座窗戶吹進來的風打在我臉上，但車速加快後漸漸難以呼吸，我關上了窗戶。

母親還是一樣什麼也沒說，正襟危坐面朝前方。

「有件事我到現在還搞不懂，上小學前有一次跟老爸兩個人一起兜風去淀川。記得是大半夜裡。我們兩個人看著對岸的景色，老爸忽然緊張地說，你快看看煙囪！這已經夠嚇人的了，後來老爸又說，你有沒有看到煙上面的敵人？煙囪上面的確在冒煙，上升到一半開始往旁邊飄，但看起來不像敵人。」

「你爸就是想嚇你。」

母親插了嘴，但父親沒有說話。

「我一直看著那些煙，看久了之後大概是因為害怕，就覺得看起來像是敵人。拿著長槍的、正在吹笛子的，可以清楚看到很像會出現在西遊記裡的成群敵人。」

「還有吹笛子的？」

母親對笛子很感興趣，但我沒理她。

「老爸看到我很害怕，忽然大叫，被發現了！快逃！然後拔腿就跑，我也急忙追在後面跑，鑽進車裡，老爸叫我看看後面，有沒有車子跟著我們？我說有！他面色凝重地說，他們追上來了。我雖然覺得奇怪，那些中式風格的敵人是什麼時候換乘轎車的？但還是敗給了恐懼，我哭著說，不知道啦，眼淚怎麼也停不下來。我開始哭後老爸說，現在不是哭的時候，走右邊還是左邊？我也不知道，但是大叫了一聲右邊！老爸大叫說左邊啦！然後往左轉，所以你當時到底想幹什麼？」

「真的有敵人。」

父親小聲地碎唸。

「你腦子有問題吧。」

我忍不住這麼說，母親也笑了。

「喔！就是這裡。」

父親說的古宇利大橋就在眼前。除了晴朗無雲的天空和大海以外沒有其他東西。

「不錯吧。」

「很漂亮呢。」

兩人悠閒地交談。

「阿充還是嬰兒的時候，曾經跟你爸開車去橫濱。」

母親看著海，無比懷念地開始說起往事。

「大概是你出生之後的第二個新年吧，你爸當時有工作，但公司沒付薪水，因為沒錢，也沒辦法喝酒。」

這個故事我第一次聽說。

「我也忘了買東西回家，結果你爸生氣了，說要開車去橫濱朋友家喝酒。」

說著母親笑了出來。父親握著方向盤，吹起奇怪的口哨。

「這也就算了，但是他竟然要把你也帶去。你當時還是個小嬰兒呢。」

「這不行吧。」

「對啊，我拜託他不要把你帶走，但是他幾乎像綁架一樣把你搶走，我問他，為什麼要把阿充帶走？他說，『我不能害死這傢伙，所以帶著他上路就不會出車禍了。』」

這個道理還真嚇人。

「當時天氣很冷，我想至少弄暖一點，用毯子把你捲了起來放上車。」

竟然就這樣答應，母親也不太正常。

「應該是隔天吧，你爸橫濱朋友的太太打了電話來罵我。怎麼能讓他帶這麼小的孩子出門呢？絕對不可以這樣，我被罵了之後也反省了自己。」

「真是亂七八糟。」

從橋上可以看見平穩的海面。

「後來老爸回家了？」

「回家了。我怕太刺激他，他又會把你綁架走，所以很故作鎮定地問他，玩得怎麼樣？」

父親大概吹膩了口哨，開始打呵欠。

「後來他很開心地說，途中在山丘上跟你一起看了富士山和新年的日出，很漂亮，真想讓妳們也看看。」

母親微笑地說。

「你們有沒有認真看風景啊。」

母親聽了答道有啊，一直在看啊，父親不服氣地說，風景不是這樣看的。

我們坐在車上繞了一圈古宇利島，再次渡橋回來。似乎沒打算在島上吃飯或拍照。父親大概就是想讓我們看看這景色吧。

「我們去今歸仁城吧。」

說著，父親喝了一口還沒喝完的咖啡，然後又安靜了下來。

不太表露情感的母親坐在前座看風景的樣子，好像也挺開心的。

「老爸以前是不是想當競輪選手啊？」

父親聽到我的問題，回答：「對啊。」

父親好像是為了當競輪選手，才從沖繩到大阪，但是沒有到面試會場就放棄了。

「我們剛認識的時候，我還想在你爸生日時送他自行車，所以一起去了自行車店呢。」

母親說著說著就笑了。

「你爸立刻跨上店裡最高級的自行車，店員建議他試騎，他騎著自行車轉了個彎，遲遲沒有回來。」

「大概就三分鐘左右吧？」

「你一直沒回來。我跟店員兩個人說著，怎麼還不回來呢，尷尬死了。最後因為人沒回來，我只好說那這車我要了，買下那輛自行車。我在自行車店前等了一陣子都沒等到，當時我就知道，這是一個不會回來的人啊。」

聽說那天晚上父親打了電話給母親道歉，說是騎得太開心就騎遠了。我覺得父親說想當競輪選手這件事有點可疑。就算是真的吧，也不知道他到底有多少熱情。不過我很羨慕他能夠這樣說起沒能實現的夢，還能如此沉迷地騎著自行車。

我跟母親兩個人爬上今歸仁城的高台。轉過頭，可以看見放棄登頂的父親坐在長凳上的小小身影。

「剛剛在橋上還要我們專心看風景呢。」

「大概是開車開累了吧。」

風吹過黃昏的高台，開心望著遠方大海的母親頭髮不安地飄動。就連夕照的粒子看來也很美，令人忍不住有了笑意。

「以前我每天都在奄美的海邊看夕陽呢。」

母親看著天空輕聲低喃。

「我也是。在東京沒事做的時候，幾乎每天都到附近大廈的樓梯間去看夕陽。以前沒聽妳說過，可能是受到妳的影響吧？」

當影島問我覺得自己前世是做什麼的，我答不出來。這種事根本無從得知，也沒有什麼聽了一定會覺得高興的答案。但是如果我的前世是幼時母親的視網膜，早在我出生之前就看過母親看過的景色，我是母親視網膜的轉世，那麼，與其說是我在看，其實應該說是母親在看。

飛機好像會依照原定時間抵達羽田。在漸漸降低高度的機身裡，我對回到東京這件事感到有些新鮮。

父親在今歸仁城疲倦地坐著休息，我叫了他一聲，正打算一起走回停車場，但父親指向一棟看似資料館的建築物，認真地說：「要看看那個才能學到東西。」我們決定進去看看。

我和母親避開人工種植的草地，踩在鋪設的斜坡上，但父親則跨過柵欄，選擇踏過草地到入口的最短距離。

「妳看老爸，真丟臉。」

母親聽了點點頭，說了一句讓我意外的話：「你別看他那個樣子，還是有他聰明的地方。」

我忍不住苦笑。那不是針對父母親的苦笑，而是對我自己狹小氣量的苦笑。我沒能從父母親身上遺傳到人類不需要成為什麼人物那種不自覺的堅韌。這並不是自卑。最好的證據就是，長年來與我如影隨形的焦躁煙消雲散，我心情十分穩定。或許只有現在覺得心情好。之後可能會挫折失敗，也可能會對天真到飄飄然的自己覺得丟臉。但是我看過了以人的表情、好好生活的人。我不太擅長當人。這話沒什麼特別的意思。就如同這字面上的意思，我不知道怎麼當個人。但是，這也沒什麼不好。

我終於打開之前根本沒拿出來聽的CD放進隨身聽。隱約可以聽到街上的噪音。CD開始播放沒有伴奏、香澄稚嫩聲音唱出的〈耶穌恩友〉。香澄曾經哼過這首歌，當時我問她歌名，她回答我：「我只是在學你哼的歌啊。」胸口莫名一陣緊。我覺得窗外的夜色裡有著一切。

小時候親戚聚集在大阪的外公外婆家，外公在餐前朗誦聖經，開始帶禱。大家都閉上眼睛手牽著手。我從外公低沉的聲音縫隙之間聽到其他孩子在社區空地玩的聲音，覺得很羨慕。

當時我也忍不住想，如果現在睜開眼睛會怎麼樣呢？那需要很大的勇氣。或許想法很單純，只是想看看沒看過的東西。感受著強烈的悸動，我微微睜開眼睛。我看到在祈禱的外公，帶著溫柔表情的外婆。親戚並坐在餐桌前，母親也在。稍微移開視線，我跟父親四目相對。父親大大方方睜著眼睛。他扮起鬼臉想逗我笑。我拚命忍著笑，卻沒有移開眼睛，繼續看著父親。

今後的我，該相信什麼好呢？

機上開始廣播。眼下是一片東京夜景。街上閃爍的燈光猶如細胞。而每一盞燈下，都有人的存在。

國家圖書館出版品預行編目資料

人間 / 又吉直樹作 ; 詹慕如譯 . -- 初版 . --
臺北市 : 三采文化股份有限公司 , 2022.01
面 ; 公分 . --（iREAD ; 149）
ISBN 978-957-658-716-0（平裝）

861.57 110019762

suncolor 三采文化集團

iREAD 149

人間

作者｜又吉直樹 譯者｜詹慕如
日文編輯｜李媁婷 封面設計｜藍秀婷 內頁排版｜陳佩君 校對｜黃薇霓
行銷經理｜張育珊 行銷企劃｜蔡芳瑀 版權經理｜劉契妙

發行人｜張輝明 總編輯｜曾雅青 發行所｜三采文化股份有限公司
地址｜台北市內湖區瑞光路 513 巷 33 號 8 樓
傳訊｜TEL:8797-1234 FAX:8797-1688 網址｜www.suncolor.com.tw
郵政劃撥｜帳號：14319060 戶名：三采文化股份有限公司
本版發行｜2022 年 1 月 26 日 定價｜NT$480

NINGEN
by NAOKI MATAYOSHI